I0650056

VARIÉTÉS SINOLOGIQUES Nº 5.

PRATIQUE

DES

EXAMENS LITTÉRAIRES

EN CHINE

PAR

LE P. ETIENNE ZI (SIU), S. J.

CHANG-HAI.

IMPRIMERIE DE LA MISSION CATHOLIQUE

A L'ORPHELINAT DE T'OU-SÈ-WÈ.

1894.

PRÉFACE.

———o○º⊙º○o———

Tous les étrangers qui ont habité quelque temps la Chine, savent parfaitement qu'il existe pour les lettrés de cet empire des grades obtenus au concours; ils savent qu'on distingue parmi eux des Bacheliers, des Licenciés, des Docteurs, voire même des Académiciens. Mais il en est fort peu qui connaissent l'économie de ces examens littéraires, si différents en plusieurs points des épreuves analogues en usage dans les contrées d'Occident. A dire vrai, ces notions demandent d'assez longues explications. Les examens que doivent subir en Chine ceux qui aspirent aux grades littéraires, sont soumis à des règles si minutieuses et si compliquées, qu'à moins d'en décrire la pratique dans les moindres détails, il est impossible de se faire une idée exacte de ces concours. Exposer avec toute la clarté possible les différentes circonstances et les phases multiples de ces épreuves, tel a été mon but en écrivant le présent opuscule; puissé-je contribuer par là, à éclairer ceux qui s'intéressent aux institutions de la Chine, sur une question que la nation toute entière juge d'une haute importance, et au sujet de laquelle j'ai vu que trop souvent les étrangers se forment les idées les plus fausses. J'ai entrepris cette étude d'autant plus volontiers, qu'il n'existe à ma connaissance aucun livre, qui traite pleinement cette matière et avec toute l'exactitude désirable.

Cette lacune, depuis longtemps signalée par les écrivains européens qui se sont préoccupés de l'instruction en Chine, n'a pas été, que nous sachions, com-

blée jusqu'à ce jour. Le Père du Halde de la Compagnie de Jésus, dans son fameux ouvrage Description de la Chine *(Paris, 1735, tom. II. pag.* 251 *à* 258 *), a donné une bonne notice sur ces examens, mais comme il ne se proposait pas de traiter à fond cette question, rien d'étonnant s'il est resté très incomplet.* Dans son Essai sur l'histoire de l'instruction publique en Chine, *paru en* 1847, *Edouard Biot constatait (*Op. cit. pag. VIII; 491 *et seqq.) cette pénurie de documents pour la présente dynastie. Le peu qu'il dit sur les examens aux temps modernes, en s'appuyant sur l'ouvrage chinois* K'o-tch'ang-t'iao-li *(1), sur les notes de Morrison, et plusieurs articles du* Chinese Repository, *n'a point empêché cet auteur de commettre un assez grand nombre d'erreurs (2). J'en dirai autant des récits faits par quelques écrivains plus modernes, sans en excepter celui de J. Doolittle qui a spécialement traité cette question (3); j'ai lu avec soin les soixante pages que cet auteur a consacrées aux concours littéraires de la Chine; ce travail, bien que supérieur à ceux qui l'ont précédé et suffisant pour donner une idée générale des examens, laisse cependant à désirer, surtout au point de vue de l'exactitude des détails. D'autre part, les notes ou comptes-rendus publiés depuis ce temps sur la même matière, n'envisageant la question qu'à quelque point de vue trop spécial, laissaient à une monographie d'ensemble toute sa raison d'être.*

Deux ouvrages composés par ordre de l'Empereur se rapportent, il est vrai, à notre sujet : 學 政 全 書 Hio-

---

(1) L'ouvrage *K'o-tch'ang-t'iao-li*, que Biot a consulté, comme il le dit dans son *Essai* pag. 492, et que le même auteur appelle Code des concours, était une édition de 1816, gardée dans la " bibliothèque royale" de Paris. Morrison, cité par Biot, a inséré de nombreux extraits du Code des concours dans l'article *Hio*, Tom. 1. de son grand Dictionnaire. Il s'est servi de l'édition de 1815. L'édition dont nous nous sommes servi est celle de 1887. Biot dit s'être aidé encore de l'édition de 1818 du 大 清 會 典 *Ta-ts'ing-hoei-tien*, et du *Pien-tchen-lei-k'ao* publié en 1777 et réimprimé onze ans après.

(2) Nous signalerons les principales dans le courant de notre opuscule.

(3) *Social life of the Chinese*. New York, 1867. Vol I, pp. 383 à 443.

tcheng-ts'iuen-chou *pour le Baccalauréat, et* 科塲條例
K'o-tch'ang-t'iao-li *pour les autres examens; mais ils
sont loin d'être complets et d'énumérer dans le détail
toute la pratique des examens. La présente étude
empruntera les principes généraux et plus théoriques
à ces deux ouvrages; quant aux détails pratiques, ne
voulant pas nous fier à ce que nous avions vu ou entendu jusqu'ici, nous les avons acquis par des relati-
ons directes ou épistolaires, que nous avons eues dans
ce but durant plusieurs années avec un grand nombre
de lettrés ayant eux-mêmes subi ces examens. Le lecteur pourra donc avoir pleine confiance dans ces renseignements dont nous avons assuré la fidélité au prix
de très nombreuses recherches.*

*J'avais composé la présente étude en latin; c'est
aux Pères Ch. de Bussy et H. Havret de la même Compagnie que je suis redevable de la traduction française,
aussi claire que fidèle : qu'ils me permettent de leur
en témoigner ici ma vive gratitude.*

Zi-ka-wei *près* Chang-hai, 2 *Févr.* 1894.

Etienne 徐 Zi S. J.

REMARQUES GÉNÉRALES.

1. Un certain nombre d'observations accessoires consignées dans cet opuscule, particulièrement à propos du Baccalauréat, peuvent varier suivant les régions, et même suivant le bon plaisir des officiers qui président les examens; cependant on peut affirmer ici, en appliquant l'expression chinoise bien connue : 大 同 小 異 *ta-t'ong-siao-i,* «qu'il y a accord dans les parties principales, malgré quelque diversité dans les détails.»

2. Les mesures que nous aurons l'occasion de signaler et que nous exprimerons suivant la méthode du système métrique, de même, à moins d'indication contraire, les dépenses faites par les Candidats à l'occasion des examens, ne sont point déterminées par une loi; mais bien qu'elles puissent subir quelque écart en plus ou en moins, nous avons offert des chiffres qui représentent la moyenne générale de divers pays.

3. Les décrets impériaux 上 諭 *chang-yu,* et les décisions ministérielles 部 議 *pou-i,* qui sont cités dans cet opuscule, sont pris pour la plupart des deux ouvrages déjà cités 學 政 全 書 *Hio-tcheng-ts'iuen-chou* et 科 塲 條 例 *K'o-tch'ang-t'iao-li;* les décrets plus récents viennent de la Gazette de *Pé-king* 京 報 *King-pao;* nous pouvons également garantir l'authenticité des autres documents indiqués au courant de notre récit.

4. Il y a en Chine trois grades littéraires, à savoir, celui de 秀 才 *sieou-ts'ai* (habileté éminente), celui de 舉 人 *hiu-jen* (homme élevé) et celui de 進 士 *tsin-che* (lettré introduit). Pour plus de clarté, nous adoptons pour ce triple degré les dénominations françaises de Baccalauréat, Licence et Doctorat. Ces trois grades, obtenus par trois séries d'examens différents, indiquent la division naturelle de notre sujet : c'est à ce triple chef que nous rattacherons les détails donnés dans les pages suivantes.

Ière PARTIE.

DE L'EXAMEN POUR LE BACCALAURÉAT

CHAPITRE I.

NOTIONS PRÉLIMINAIRES.

---

§ I. DES CANDIDATS.

Dénomination des Candidats. — Désordres qu'ils suscitent. — Répression. — Age des Candidats.

---

§ II. NOMENCLATURE.

Local des examens. — L'examen. — Les Répondants. — Compositions. — Gymnases des gradués. — Dénominations et privilèges des Bacheliers.

---

§ III. DES DIRECTEURS ET EXAMINATEURS.

Directeurs et Sous-directeurs des lettrés. — Examinateurs provinciaux.

---

§ IV. SÉRIE DES ÉPREUVES.

Nombre. — But. — Durée.

1

CHAPITRE I.

NOTIONS PRÉLIMINAIRES.

—•◦•—

§ I. DES CANDIDATS.

L'examen pour le Baccalauréat a lieu deux fois en trois ans. On l'appelle 小 考 *siao-k'ao*, 小 試 *siao-che*, ou encore 童 試 *t'ong-che*. Ces expressions, qui signifient «petit examen», sont opposées à 大 考 *ta-k'ao* «grand examen», littérairement 大 比 *ta-pi*, terme désignant l'examen de Licence.

Le Candidat qui se présente à cet examen, est appelé 考 童 *k'ao-t'ong* ou 考 生 *k'ao-cheng*, mais un nom plus général est celui de 童 生 *t'ong-cheng* : il lui restera jusqu'à ce qu'il ait obtenu le grade de Bachelier. A ces titres réguliers et légitimes, il s'en joint un autre, inventé facétieusement par les gens de la province de 江 蘇 *Kiang-sou*, (1) à savoir 童 天 王 *t'ong-t'ien-wang*, ou «Candidat roi du ciel», et cela non sans raison suffisante.

---

(1) La Chine proprement dite est composée de 18 provinces dont voici le tableau.

	Noms des Provinces.	Termes littéraires.	Noms des Capitales.	Termes littéraires.
1	直隸 Tche-li.	燕省 Yen-cheng.	保定 Pao-ting.	信都 Sin-tou.
2	江蘇 Kiang-sou.	吳省 Ou-cheng.	江寧 Kiang-ning.	金陵 Kin-ling.
3	安徽 Ngan-hoei.	皖省 Hoan-cheng.	安慶 Ngan-k'ing.	晉州 Tsin-tcheou.
4	江西 Kiang-si.	贛省 Kan-cheng.	南昌 Nan-tch'ang.	洪都 Hong-tou.
5	浙江 Tche-kiang.	越省 Yue-cheng.	杭州 Hang-tcheou.	武林 Ou-lin.
6	福建 Fou-kien.	閩省 Min-cheng.	福州 Fou-tcheou.	三山 San-chan.
7	湖北 Hou-pé.	鄂省 Ngo-cheng.	武昌 Ou-tch'ang.	鄂渚 Ngo-tchou.
8	湖南 Hou-nan.	湘省 Siang-cheng.	長沙 Tch'ang-cha.	三湘 San-siang.
9	河南 Ho-nan.	豫省 Yu-cheng.	開封 K'ai-fong.	汴梁 Pien-liang.
10	山東 Chang-tong.	齊省 Ts'i-cheng.	濟南 Tsi-nan.	齊州 Ts'i-tcheou.
11	山西 Chan-si.	晉省 Tsin-cheng.	太原 T'ai-yuen.	并州 Ping-tcheou.
12	陝西 Chen-si.	秦省 Ts'in-cheng.	西安 Si-ngan.	關中 Koan-tchong.
13	甘肅 Kan-sou.	隴省 Long-cheng.	蘭州 Lan-tcheou.	武始 Ou-che.
14	四川 Se-tch'oan.	蜀省 Chou-cheng.	成都 Tch'eng-tou.	益州 I-tcheou.
15	廣東 Koang-tong.	粵省 Yue-cheng.	廣州 Koang-tcheou.	羊城 Yang-tch'eng.
16	廣西 Koang-si.	桂省 Koei-cheng.	桂林 Koei-lin.	建陵 Kien-ling.
17	雲南 Yun-nan.	滇省 T'ien-cheng.	雲南 Yun-nan.	賓州 Ning-tcheou.
18	貴州 Koei-tcheou.	黔省 K'ien-cheng.	貴陽 Koei-yang.	順元 Choen-yuen.

Il existe en effet cette coutume déplorable, qu'au temps des examens, les Candidats, se prévalant de leur titre, se livrent à toutes sortes d'excès (1). Par exemple, ils imposeront au Préfet de la ville ce qui leur viendra à l'idée ; ou bien ils s'uniront pour troubler l'examen (鬧 考 *nao-k'ao* ou 鬧 塲 *nao-tch'ang),* ou même pour s'abstenir entièrement de le passer (罷 考 *pa-h'ao).* Les mandarins redoutent souverainement les scènes de ce genre, où leur impuissance à réprimer de tels attentats est regardée comme un indice de leur incapacité au point de vue administratif.

De fait ces désordres peuvent être aussi attribués en partie à la faiblesse des mandarins. Dès l'an 12 de l'Empereur 雍正 *Yong-tcheng* (2) (1734), ils étaient devenus l'objet de punitions très sévères. Voici l'extrait et la traduction d'un édit de ce monarque : 罷 考 之 人, 生 員 祕 其 衣 頂, 童 生 停 其 考 試, 如 合 邑 合 學 同 罷 考 者, 卽 將 合 邑 合 學 罷 考 生 員, 全

---

(1) Il est arrivé plusieurs fois dans ces occasions que des églises avec les maisons des missionnaires ont été détruites ou pillées, et les chrétiens maltraités. La plus grande prudence, avec une patience inaltérable, sont extrêmement nécessaires à ces époques d'examens.

(2) On compte aujourd'hui 9 Empereurs de la dynastie actuelle 大 清 *Ta-ts'ing.*

	年 號 *nien-hao,* Nom de règne.	萬 壽 *wan-cheou,* Naissance.	登 極 *teng-ki,* Avènement.	國 忌 *kouo-ki,* Mort.
1	順 治 Choen-tche.	30 11e Lune (3 Janvier) } 1639	26 8e Lune (8 Octobre) } 1643	7 1e Lune (5 Février) } 1661
2	康 熙 K'ang-hi.	18 3 (5 Mai) } 1654	9 1 (7 Février) } 1661	13 11 (20 Décemb.) } 1722
3	雍 正 Yong-tcheng.	30 10 (13 Décemb.) } 1678	20 11 (27 Décemb.) } 1722	23 8 (8 Octobre) } 1735
4	乾 隆 K'ien-long.	13 8 (25 Sept.) } 1711	3 9 (18 Octobre) } 1735	3 1 (11 Février) } 1796
5	嘉 慶 Kia-k'ing.	6 10 (13 Nov.) } 1760	1 1 (9 Février) } 1796	25 7 (2 Sept.) } 1820
6	道 光 Tao-koang.	10 8 (16 Sept.) } 1782	27 8 (3 Octobre) } 1820	14 1 (25 Février) } 1850
7	咸 豐 Hien-fong.	9 6 (17 Juillet) } 1831	26 1 (9 Mars) } 1850	17 7 (22 Août) } 1861
8	同 治 T'ong-tche.	23 3 (27 Avril) } 1856	9 10 (11 Nov.) } 1861	5 12 (12 Janvier) } 1875
9	光 緒 Koang-siu.	28 6 (16 Août) } 1871	20 1 (25 Février) } 1875	

Lorsqu'un Empereur vient à mourir, fût-ce même au commencement de la 1ère lune, les actes publics de son successeur paraissent encore jusqu'à la fin de la même année sous le nom du défunt, et le nouvel Empereur n'est censé commencer sa 1ère année de règne que l'année suivante ; c'est alors, qu'en son honneur, on accorde d'ordinaire quelques Bacheliers de plus pour chaque ville, et que l'on permet aussi un examen de faveur pour la Licence et le Doctorat.

Aux jours anniversaires de la mort des Empereurs, sont prohibés : les examens, les cérémonies civiles du mariage, les visites et banquets officiels, la musique publique, les comédies, les actes judiciaires, l'application des châtiments, etc...

褫 衣 頂, 童 生 全 停 考 試, 仍 照 例 分 別 杖 責, 如 能 改 過
自 新, 該 督 撫 會 同 學 臣, 審 實 具 題 請 旨; 倘 學 臣 將 案
內 之 人, 濫 行 收 考, 該 督 撫 查 恭 議 處, 倘 該 督 撫 通 同
徇 隱, 一 併 議 處. «Au cas où quelqu'un refuserait de passer
«l'examen, s'il est Bachelier, qu'il soit dégradé, et s'il n'est que
«Candidat, qu'il ne soit plus jamais admis à passer d'examen. Si
«tous s'entendent pour refuser de passer, qu'ils soient punis de la
«bastonnade. S'ils viennent ensuite à résipiscence, le Vice-roi·
«(制 臺 tche-t'ai) (1) avec le Gouverneur de la Province (撫 臺
«fou-t'ai) (2) et l'Examinateur provincial (學 臺 hio-t'ai), après
«mûre délibération, en référeront à l'Empereur. Si l'Examinateur
«provincial se permettait d'admettre aux examens des hommes
«ainsi compromis, qu'il soit dénoncé par le Vice-roi et le Gou-
«verneur de la province, lesquels seront passibles de peines au
«cas de connivence».

Vers la 5ᵉ lune de l'année 1886, quelques Candidats de la
Sous-préfecture de 芷 江 Tche-kiang, Province du 湖 南 Hou-nan,
mus par un sentiment de jalousie, firent grand tumulte aux examens de la Préfecture de 沅 州 Yuen-tcheou, où ils allèrent
jusqu'à blesser à la tête d'un coup de pierre le Préfet de la ville,
nommé 鄧 天 符 Teng T'ien-fou. Le Vice-roi 卞 寶 第 Pien Pao-ti,
fut vivement indigné de tant d'audace. Il condamna les coupables
à mort et fit son rapport à l'Empereur actuellement régnant;
celui-ci promulgua le 11 de la 11ᵉ lune (12ᵉ année de son règne),
un édit pour tout l'empire, avec sanction de la peine de mort.
Il y est dit: 近 來 各 直 省, 文 武 童 生: 往 往 糾 衆 滋 鬧: 借

---

(1) Le Vice-roi s'appelle 總 督 Tsong-tou ou 制 臺 Tche-t'ai; il y en huit en tout:

	Dénominations.	Vice-royautés.		Résidences.	
1	直 隸 Tche-li.	直 隸 Tche-li (Province).		保 定 Pao-ting.	
2	兩 江 Liang-kiang.	江 南 Kiang-nan	et 江 西 Kiang-si.	天 津 T'ien-tsin.	江 寧 Kiang-ning.
3	浙 閩 Tche-min.	浙 江 Tche-kiang	et 福 建 Fou-kien.	福 州 Fou-tcheou.	
4	湖 廣 Hou-koang.	湖 南 Hou-nan	et 湖 北 Hou-pé.	武 昌 Ou-tch'ang.	
5	陝 甘 Chen-kan.	陝 西 Chen-si	et 甘 肅 Kan-sou.	蘭 州 Lan-tcheou.	
6	四 川 Se-tch'oan.	四 川 Se-tch'oan		成 都 Tch'eng-tou.	
7	兩 廣 Liang-koang.	廣 東 Koang-tong	et 廣 西 Koang-si.	廣 州 Koang-tcheou.	
8	雲 貴 Yun-koei.	雲 南 Yun-nan	et 貴 州 Koei-tcheou.	雲 南 Yun-nan.	

Ce tableau indique suffisamment que trois Provinces seulement, celles du 山 東
Chan-tong, du 山 西 Chan-si et du 河 南 Ho-nan, ne sont pas administrées par des
Vice-rois.

(2) Le Gouverneur de la Province s'appelle 巡 撫 Siun-fou ou 撫 臺 Fou-t'ai;
il y en a un dans chaque Province, excepté celles du 直 隸 Tche-li, du 福 建 Fou-kien,
du 四 川 Se-tch'oan et du 甘 肅 Kan-sou. On a ajouté, il y a quelques années, deux
Gouverneurs, l'un pour 新 疆 Sin-kiang (Territoires nouveaux) l'autre pour 臺 灣
T'ai-wan (Formose). Ce qui fait en tout 16 Gouverneurs.

事罷考，希圖挾制官長，士習不端，藐法已極，恭讀組邑應督考，雍正十二年上諭，各省生童，因於地方官爭若輝煌，自省守考，而相率罷考者，即將全停考試等語，聖諭著各該省分關考，合學，俱罷考者，亦即生童，或尚未徧知，儆懼安，永遠遵守，各省應錄通行曉諭，務使士子咸知儆懼，安，撫法，毋得逞忿滋事，致罹重辟；嗣後如再有藉端滋，事等事，惟有執法嚴懲，決不寬貸，將此通諭知之。

«Il
«est arrivé dans ces derniers temps, que les Candidats tant litté-
«raires que militaires, se sont souvent unis pour faire du désordre;
«sous quelque prétexte, ils s'abstiennent des examens, et en im-
«posent par la force aux mandarins. Cette manière d'agir des let-
«trés est inconvenante et montre un souverain mépris pour la loi.
«Nous lisons respectueusement ce qui suit, dans un édit donné la
«12e année de l'Empereur 雍正 Yong-tcheng (1734): si parmi les
«Candidats des Provinces, il en est qui, à raison de disputes avec
«les mandarins, se concertent pour s'abstenir des examens, qu'ils
«n'y soient plus admis; et si tous se sont unis pour refuser de
«passer, qu'ils soient tous punis de la même manière. Cette
«illustre instruction doit évidemment être toujours observée. Mais
«elle est peut-être encore ignorée de la plupart des Candidats.
«C'est pourquoi tous les Vice-rois, les Gouverneurs de Provinces
«et les Examinateurs provinciaux devront avoir grand soin de la
«faire transcrire et de la promulger, afin que les lettrés, frappés
«de crainte, se tiennent dans leur devoir et observent les lois;
«qu'ils n'aillent pas, cédant à leurs instincts violents, faire du
«tumulte et s'exposer à la peine capitale. Que si par la suite
«quelqu'un se livrait à un semblable désordre, qu'il soit puni
«sévèrement suivant la loi, sans rémission. Que ces dispositions
«soient portées à la connaissance de tous.»

Après ces éclaircissements, revenons aux Candidats. Il n'y
a pour ces Candidats aucune limite d'âge; c'est ainsi qu'on voit
parfois des enfants de douze ans reçus Bacheliers; c'est ainsi
encore qu'à l'éxamen de Licence de 1889, le premier reçu de la
promotion du 江南 Kiang-nan, (1) nommé 方爾咸 Fang Eul-hien
originaire de la Sous-préfecture de 江都 Kiang-tou, Préfecture de
揚州 Yang-tcheou, n'était âgé que de quinze ans.

---

(1) Le nom de 江南 Kiang-nan (Sud du Fleuve bleu ou 揚子江 Yang-tse-
kiang) est celui d'une ancienne Province qui depuis la 6e année du règne de 康熙
K'ang-hi (1667) a été divisée de façon à former les deux provinces actuelles, l'une à l'Ouest
nommée 安徽 Ngan-hoei, ou vulgairement 上江 Chang-kiang "Fleuve supérieur,"
l'autre à l'Est, dite 江蘇 Kiang-sou, vulgo 下江 Hia-kiang "Fleuve inférieur".

§ II. NOMENCLATURE.

Le lieu de l'examen s'appelle 考棚 k'ao-p'ong ou 考塲 k'ao-tch'ang. C'est une construction élevée dans la plupart des villes pour cette destination spéciale. A son défaut, l'examen se passe ou dans le 學宮 hio-kong, Gymnase public dont il sera question plus tard, ou dans l'Académie appelée 書院 chou-yuen. Presque toutes les Préfectures (府 Fou et 直隸州 Tche-li-tcheou) possèdent des bâtiments spéciaux appelés 試院 che-yuen.

Se rendre à l'examen s'appelle 赴考 fou-k'ao, 投考 t'eou-k'ao, ou 應試 yng-che; passer l'examen avec des empêchements légaux dont on est conscient se dit 冒考 mao-k'ao; être exclu des examens pour une faute ou une fraude dont on s'est rendu coupable se nomme 扣考 k'eou-k'ao; entrer au lieu de l'examen 進塲 tsin-tch'ang, ou 下塲 hia-tch'ang; y aller pour la première fois 觀塲 koan-tch'ang, litt. «voir le lieu de l'examen», parce que la plupart à cause de leur ignorance, ne font guère alors que voir ce qui se passe; enfin sortir après l'examen se dit 出塲 tch'ou-tch'ang; la dernière sortie, qui vide complètement le local des examens est appelée 淨塲 tsing-tch'ang.

Les Répondants des Candidats s'appellent 廩保 lin-pao, et ce sont les Bacheliers 廩生 lin-cheng dont nous parlerons plus tard (Ch. VIII, §I.), qui en remplissent les fonctions. Il en existe de deux sortes: les uns invités par les Candidats s'appellent 認保 jen-pao, les autres distribués par le Directeur des lettrés 學師 Hio-che (pag. 12) s'appellent 派保 p'ai-pao. Aux termes de deux décrets de 乾隆 K'ien-long (1745 et 1764), les Répondants doivent être les mêmes (原保 yuen-pao) durant toute la série des examens.

La matière principale de l'examen est un 文章 wen-tchang ou amplification littéraire (1) appelée aussi 八股 pa-kou ou 八比 pa-pi (2), littérairement 試藝 che-i ou 制義 tche-i; puis une pièce de vers 詩 che, du genre 五言六韻 ou-yen-lou-yun, ayant six vers rimés, chacun de deux hémistiches (聯 lien) de cinq syllabes. Les autres compositions sont tout à fait secondaires.

---

(1) Comme le 文章 wen-tchang est un genre de composition oratoire qui n'a son équivalent exact dans aucune des littératures européennes, nous avans adopté, pour l'exprimer au cours de cette étude, le mot "d'amplification" qui lui sera exclusivement consacré.

(2) Chaque amplification, au moins suivant l'usage actuel, contient quatre membres appelés 股 kou ou 比 pi, et qui sont: 起股 k'i-kou ou 提比 t'i-pi (le membre initial), 中股 tchong-kou (celui du milieu), 後股 heou-kou (le membre postérieur) et 束股 chou-kou (le membre final). Chacun de ces membres se divise à son tour en deux parties, 出股 tch'ou-kou (le début) et 對股 toei-kou (la contre-partie). De là est venu à l'amplification son nom de 八股 pa-kou "huit membres". (V. Cursus litteral. sinicæ du P. Zottoli, vol. V. pag. 40).

Ce sont des descriptions poétiques 賦 *fou*, des dissertations 論 *luen*, des poésies de différents rythmes (1). Le thème d'une composition s'appelle 題目 *t'.-mou*. La communication de ce thème se nomme 出題 *tch'ou-t'i*. Le 文題 *wen-t'i* ou sujet d'une amplication est toujours tiré des «Quatre livres classiques» 四書 *se-chou*, ou des «Cinq canoniques» 五經 *ou-king* (2); il peut arriver qu'il ne contienne qu'un seul caractère, celui-ci, par exemple, 坐 *tsouo* «Asseyez-vous» (*Cursus litt. sinic.* vol V. pag. 155) (3).

Etre reçu Bachelier se dit 進學 *tsin-hio*, 入學 *jou-hio* ou littérairement 入泮 *jou-p'an* (4), 遊庠 *yeou-siang*. L'expression 進學 *tsin-hio* «entrer à l'école» vient de ce que tous les Bacheliers sont inscrits officiellement comme élèves dans un Gymnase public, qui se trouve dans chaque ville et s'appelle 學宮 *hio-kong*, littérairement 儒學 *jou-hio*, 黌宮 *hong-kong*, ou 學校 *hio-hiao*, attaché à la pagode de Confucius (夫子廟 *Fou-tse-miao*,

---

(1) Voir le *Cursus litt. sin.* vol. V. pag. 437 et 640.

(2) Les "Quatre livres classiques" sont le 大學 *Ta-hio* "La grande étude," le 中庸 *Tchong-yong* "Le juste milieu," le 論語 *Luen-yu* "Livre des sentences" et 孟子 *Mong-tse* "Philosophe Mencius". Les "Cinq canoniques": le 詩經 *Che-king*, "Livre des vers", le 書經 *Chou-king* "Annales", le 易經 *I-king* "Livre des mutations," le 禮記 *Li-ki* "Mémorial des rites" et le 春秋 *Tch'oen-ts'ieou* "Chroniques de Confucius".

(3) Voici en quels termes Ed. Biot, (*op. cit.* pag. 501) rend compte des matières sur lesquelles porte actuellement l'examen de Baccalauréat : "Cet examen porte sur les "principaux sujets d'étude dont se compose l'instruction primaire, savoir: la morale, la "langue chinoise ancienne et moderne, la lecture, le genre d'écriture exigé dans les concours "et les exercices calligraphiques; l'analyse d'un morceau des quatre livres classiques, "suivant le commentaire de Tchou-hi, une composition en style ancien et en style moderne, "l'étude des rites et le chant". Cette nomenclature qu'une note attribue à M' Bazin (*Journal asiatique*, 3° série, tom. VII.), nous permet d'apprécier la confusion et l'inexactitude qui régnent dans l'ouvrage d'Ed. Biot.

(4) Ces deux caractères renferment une allusion à la 34° ode des "Eloges" 頌 du *Che-king;* cette pièce, qui loue un prince d'avoir restauré le Gymnase royal, débute par cette exclamation : 思樂泮水. "Qu'elle est agréable cette eau en demicercle!" 泮 *p'an*, c'est-à-dire 泮宮 *p'an-kong*, était le Gymnase des Régulos : on l'appelait ainsi, parce qu'il était protégé au midi par une pièce d'eau semi-circulaire. (Voir la figure). Le *p'an-kong* était l'école publique du Royaume : on y exerçait les arts libéraux. — Ceux qui fêtent le 60° anniversaire de leur promotion, dans le. Gymnase public, en compagnie des nouveaux Bacheliers, sont dits 重遊泮水 *tchong-yeou-p'an-choei* "se promener de nouveau sur les eaux du *P'an-kong*".

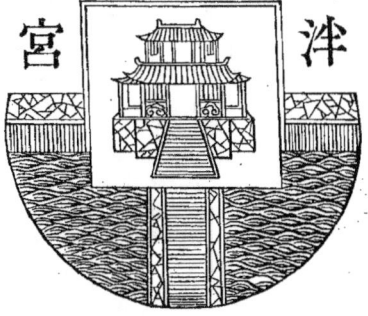

聖 廟 *cheng-miao,* ou 文 廟 *wen-miao*) (1). Du reste les dénominations données à ces établissements varient comme celles des
territoires eux-mêmes. Ainsi, à *Pé-king,* le Gymnase ou Collège
officiel s'appelle 太 學 *t'ai-hio* ou 國 子 監 *kouo-tse-kien* (V. Ch. VIII.
§ III.); dans une Préfecture (府 *Fou*), il se nommera 府 學 *Fou-hio;*
dans une ville 州 *Tcheou,* 州 學 *Tcheou-hio;* dans une Sous-préfecture 縣 *Hien,* 縣 學 *Hien-hio;* dans un 廳 *T'ing,* 廳 學 *T'ing-
hio;* dans un territoire 衛 *Wei* (2), 衛 學 *Wei-hio;* pour plusieurs
villes qui ont disparu (3), 鄉 學 *Hiang-hio;* dans les centres principaux où se fait le commerce du sel, 商 學 *chang-hio* (V. Ch. II. § VI.);
dans d'autres villes par où se fait le transport du sel, 運 學 *yun-
hio* (4); dans certaines localités particulières, 白 鹽 井 *Pé-yen-
tsing,* 琅 鹽 井 *Lang-yen-tsing,* etc., comme aussi dans la Préfecture de 楚 雄 府 *Tchou-hiong-fou* au 雲 南 *Yun-nan,* les Gymnases s'appellent 井 學 *tsing-hio;* enfin, chez les aborigènes 苗 子
Miao-tse, ce sont des 苗 學 *Miao-hio.*

---

(1) 文 廟 *Wen-miao* signifie "Pagode de la littérature", et est opposé à 武 廟
Ou-miao "Pagode de l'art militaire". Dans celle-ci, sous le nom de 關 帝 *Koan-ti,* on
honore 關 夫 子 *Koan-fou-tse,* ancien chef militaire, appelé jadis 關 羽 *Koan Yu* ou
關 雲 長 *Koan Yun-tch'ang* (V. *Curs.* vol. I. pag. 558); ce héros vivait au temps des
Trois royaumes 三 國 *San-kouo* (221–264).

(2) Au temps de la dynastie 明 *Ming* (1368-1643), un grand nombre de territoires
étaient soumis pour l'administration à l'autorité militaire, qui en percevait les revenus
pour l'entretien de l'armée. La présente dynastie après s'être rendue maîtresse de l'empire,
a supprimé une partie de ces 衛 *Wei;* un certain nombre cependant a été conservé avec
quelques modifications admini-tratives. C'est ainsi que dans la Province du 安 徽 *Ngan-
hoei,* la Préfecture de 安 慶 *Ngan-k'ing* possède le territoire 安 慶 衛 *Ngan-k'ing-wei,*
etc. Dans le 直 隸 *Tche-li,* la Préfecture de 宣 化 *Siuen-hoa* possède le 延 慶 衛
Yen-k'ing-wei, etc. Dans le 山 東 *Chan-tong,* la Préfecture de 沂 州 *I-tcheou* a celui
de 安 東 衛 *Ngan-tong-wei,* etc., etc. Bien que ces 衛 學 *Wei-hio,* comme du reste les
商 學 *chang-hio,* n'aient point de constructions matérielles leur appartenant en propre
et distinctes de celles de la ville, cependant on leur conserve ces titres ainsi que les préro-
gatives qui y sont attachées.

(3) Ainsi dans la Province du 江 蘇 *Kiang-sou,* vers la ville de 通 州 *T'ong-
tcheou,* se trouve le 靖 海 鄉 *Tsing-hai-hiang;* dans la Province du 安 徽 *Ngan-hoei,*
non loin de la Préfecture de 鳳 陽 府 *Fong-yang-fou,* existe le 臨 淮 鄉 *Lin-hoai-
hiang;* vers la ville de 泗 州 *Se-tcheou,* le 虹 鄉 *Hong-hiang,* etc., etc. Ces Campagnes
鄉 *Hiang* ou villes, remplacent des cités détruites par les eaux ou déchues pour d'autres
causes de leur rang administratif; bien que leur territoire et leur population aient été
rattachés administrativement à quelque Préfecture ou Sous-préfecture voisine, cependant
pour ne point troubler les droits acquis aux Candidats de ces régions, ceux-ci continuent de
rester groupés comme auparavant pour les examens, remplaçant seulement le mot de Sous-
préfecture (縣 *Hien*) par celui de Campagne (鄉 *Hiang*).

(4) Le 運 學 *yun-hio,* se confond d'ordinaire avec le 商 學 *chang-hio,* comme par
exemple dans le 山 東 *Chan-tong* et le 山 西 *Chan-si.* Pourtant dans cette dernière
province, la ville de 運 城 *Yun-tch'eng* (Préfect. de 解 州 *Kiai-tcheou,* Sous-préf. de
安 邑 *Ngan-i*) a un Gymnase spécial nommé 運 學 *yun-hio.*

2

Les Bacheliers sont appelés en général 秀才 *sieou-ts'ai*: cependant dans les actes publics ils sont très rarement désignés sous ce nom, mais depuis la dyn. 唐 *T'ang* (1) jusqu'à nos jours, on les appelle d'ordinaire 生員 *cheng-yuen,* et en termes littéraires 茂才 *meou-ts'ai,* 庠生 *siang-cheng,* ou encore 諸生 *tchou-cheng.* Un Bachelier flétri pour son inconduite est dit 劣生 *li-cheng;* dégradé, il s'appelle 革生 *ko-cheng.* Les Bacheliers jouissent du privilège d'être exempts de toute fonction servile ou 徭役 *yao-i,* et de n'être passibles ni de la flagellation, ni de la bastonnade, ni du fouet 鞭撻 *pien-ta* (2). Par 徭役 *yao-i,* on entend toute espèce de service ou corvée que le peuple a coutume de rendre aux mandarins, à raison par ex. de leurs voyages, de constructions, etc. Le langage vulgaire qualifie ces prestations de 當差 *tang-tch'ai* ou de 辦差 *pan-tch'ai.* Tels sont aussi les emplois de 總甲 *tsong-kia,* de 圖差 *t'ou-tch'ai,* agents préposés à la perception du tribut, ainsi que l'a déclaré 乾隆 *K'ien-long* la 2ème année de son règne (1736), puis l'Empereur 嘉慶 *Kia-k'ing,* l'an 16e de son règne (1811). Ce privilège exempte non-seulement

---

(1) Le tableau suivant présente la série des dynasties impériales de la Chine.

	Nom.	Commenc.	Lieu de la Capitale.	Lieu actuel.	
1	夏 Hia.	2205 A.C.	韓 Han.	安邑縣 Ngan-i-hien	(山西)
2	商 Chang.	1766	亳 Po.	商邱縣 Chang-kieou-hien	(河南)
3	周 Tcheou.	1122	鎬 Hao.	長安縣 Tch'ang-ngan-hien	(陝西)
		770	洛邑 Lo-i.	洛陽縣 Lo-yang-hien	(河南)
4	秦 Ts'in.	249	咸陽 Hien-yang.	咸陽縣 Hien-yang-hien	(陝西)
5	漢 Han.	206	長安 Tch'ang-ngan.	長安縣 Tch'ang-ngan-hien	(陝西)
6	東漢 Tong-Han.	25	洛陽 Lo-yang.	洛陽縣 Lo-yang-hien	(河南)
7	蜀漢 Chou-Han.	221 P.C.	成都 Tch'eng-tou.	成都府 Tch'eng-tou-fou	(四川)
8	晋 Tsin.	265	洛陽 Lo-yang.	洛陽驛 Lo-yang hien	(河南)
9	東晋 Tong-Tsin.	317	建康 Kien-k'ang.	江寧府 Kiang-ning-fou	(江蘇)
10	南宋 Nan-Song.	420	,,		
11	南齊 Nan-Tsi.	479	,,		
12	南梁 Nan-Liang.	502	,,		
13	南陳 Nan-Tch'en.	557	,,		
14	隋 Soei.	589	長安 Tch'ang-ngan.	長安縣 Tch'ang-ngan-hien	(陝西)
15	唐 T'ang.	620	,,		
16	後梁 Heou-Liang.	907	洛陽 Lo-yang.	洛陽縣 Lo-yang-hien	(河南)
17	後唐 Heou-T'ang.	923	,,		
18	後晋 Heou-Tsin.	936	汴梁 Pien-liang.	開封府 K'ai-fong-fou	(河南)
19	後漢 Heou-Han.	947	,,		
20	後周 Heou-Tcheou.	951	,,		
21	宋 Song.	960	,,		
22	南宋 Nan-Song.	1127	臨安 Lin-ngan.	杭州府 Hang-tcheou-fou	(浙江)
23	元 Yen.	1280	燕 Yen.	順天府 Choen-t'ien-fou	(直隸)
24	明 Ming.	1368	金陵 Kin-ling.	江寧府 Kiang-ning-fou	(江蘇)
		1431	北平 Pé-p'ing.	順天府 Choen-t'ien-fou	(直隸)
25	清 Ts'ing.	1644	順天 Choen-t'ien.	順天府 Choen-t'ien-fou	(直隸)

(2) Ce privilège de l'exemption des punitions corporelles s'applique non seulement aux Licenciés, mais aussi aux simples Bacheliers. Ed. Biot, dans une note insérée à la page 513, semble supposer le contraire. "Le Licencié, dit-il, reçoit une subvention et jouit, entre autres privilèges, du droit de ne pouvoir être bâtonné en justice".

du service personnel, mais pareillement des déboursés qui en seraient l'équivalent.

Quant à ce qui concerne le second privilège, c'est un principe général, sanctionné par l'autorité de 順治 Choen-tche (1653), que les mandarins de la juridiction civile ne peuvent par eux-mêmes faire frapper les Bacheliers. Même s'il ne s'agissait que de la férule, 打 手 心 ta-cheou-sin, littér. 掌 責 tchang-tché ou 朴 責 po-tché, peine propre des étudiants, les mandarins sont tenus, aux termes d'un édit de l'Emp. 乾 隆 K'ien-long (1° an. 1736) et d'un autre de 嘉 慶 Kia-k'ing (5° an. 1800), d'avertir au préalable l'Examinateur provincial, pour ensuite, d'accord avec le Directeur des lettrés, faire appliquer la peine dans l'enceinte du Gymnase; que si les mandarins négligeaient de se conformer à ces prescriptions, ils seraient, aux termes du décret précité de 嘉 慶 Kia-k'ing, abaissés de 2 degrés de dignité (降 二 級 kiang-eul-ki) (1).

On voit par là que les supérieurs ordinaires et immédiats des lettrés sont le Directeur et l'Examinateur. Dans un décret promulgué successivement par les Empereurs 順治 Choen-tche (10° an. 1653) et 康 熙 K'ang-hi (9° an. 1670), on lit ce qui suit : 生 員 犯 小 事 者, 府 州 縣 行 教 官 責 懲; 犯 大 事 者, 申 學 臣 黜 革, 然 後 定 罪. «Si les Bacheliers commettent des fautes «légères, que le Préfet ou le Sous-préfet avertisse leur Directeur «qui les corrigera; pour les fautes plus considérables, qu'il aver- «tisse d'abord l'Examinateur, afin que celui-ci les ayant dégradés, «on puisse ensuite sévir contre les coupables suivant la rigueur «des lois.»

(1) Il existe en Chine neuf rangs (品 p'in) de magistrats: chacun d'eux se divise en deux degrés (級 ki), un supérieur (正 tcheng), un inférieur (從 tsong); de là en tout 18 degrés. Nous donnons ci-joint le tableau de ces 9 rangs, pour les officiers civils (文職 wen-tche), en indiquant quel globule (頂 子 ting-tsè) et quel rational (補 服 pou-fou) leur correspondent :

	Globules de dignité.		Rationals d'honneur.	
1	紅寶石 Hong-pao-che	pierre précieuse rouge.	仙鶴 Sien-ngo	grus montignesia.
2	珊瑚頂 Chan-hou-ting	corail rouge.	錦雞 Kin-ki	thaumalea picta.
3	藍寶石 Lan-pao-che	bleu transparent.	孔雀 K'ong-tsio	pavo muticus.
4	青金石 Ts'ing-kin-che	bleu opaque.	雲雁 Yun-yen	anser ferus.
5	水晶頂 Choei-tsing-ting	cristal.	白鷳 Pé-kien	euplocamus nycthemerus.
6	硨磲頂 Tch'o-k'iu-ting	pierre blanche.	鷺鷥 Lou-sè	egretta garzetta.
7	柔金頂 Sou-kin-ting	or.	鸂鶒 K'i-tché	anas galericulata.
8	鏤金頂 Leou-kin-ting	doré.	鵪鶉 Ngan-choen	coturnix dactylisonans.
9	鏤銀頂 Leou-yn-ting	argent.	練雀 Lien-tsio	urocisso sinensis.

Les 5 premiers rangs ont droit au 朝 珠 tch'ao-tchou, sorte de chapelet qui se passe au cou et pend sur la poitrine: les rangs suivants, à part quelques exceptions, n'ont pas droit à cet insigne.

§ III. DES DIRECTEURS ET EXAMINATEURS.

Le Directeur qui est chargé exclusivement des lettrés, s'appelle 學老師 *hio-lao-che*, ou simplement 學師 *hio-che*, 老師 *lao-che;* (1) mais dans les actes publics, cet officier est désigné sous le nom de 敎官 *kiao-koan*, de 敎職 *kiao-tche*, et en termes littéraires, sous celui de 廣文 *koang-wen*, 司鐸 *se-to*. Dans la plupart des villes il y en a deux. Le premier (正堂 *tcheng-t'ang*) a des appellations différentes dans les villes de différents ordres. Dans les villes de premier ordre ou Préfectures (府 *Fou*), il est appelé 敎授 *kiao-cheou;* dans celles de 2° ordre (州 *Tcheou*), 學正 *hio-tcheng;* et dans celles de 3° ordre ou Sous-préfectures (縣 *Hien* et 廳 *T'ing*), 敎諭 *kiao-yu.* Le second (左堂 *tsouo-t'ang*) est appelé indistinctement 訓導 *hiun-tao* (2).

Dans la capitale de l'empire 順天 *Choen-t'ien* ou 北京 *Pé-king*, (3) depuis la 4° an. de l'Emp. 雍正 *Yong-tcheng* (1726), il y a deux premiers Directeurs, l'un mantchou, l'autre chinois (滿漢) et deux seconds, également pris chez les deux nations. Tous les Directeurs doivent appartenir au moins à la classe des 貢生 *kong-cheng* et n'avoir pas obtenu ce titre à prix d'argent (V. Ch. VIII. §11.), ainsi que l'a déterminé l'Emp. 康熙 *K'ang-hi* en 1679. Toutefois l'Emp. 雍正 *Yong-tcheng* (2° an. 1724) a permis aux Bacheliers 廩生 *ling-chen* (V. Ch. VIII. §1.), mais à eux seuls, au cas où ils auraient acheté le titre de 貢生 *kong-cheng*, de prétendre à la charge de Directeur. De plus ces officiers doivent être choisis dans la Province même où ils exerceront leurs fonctions. La durée de leur mandat est de six ans.

Les Examinateurs provinciaux sont d'ordinaire des officiers de grades littéraires élevés, envoyés de *Pé-king* pour 3 ans, terme habituel de leur mandat; ils s'appellent 學臺 *hio-t'ai* ou 學政

---

(1) Il est proprement le *Maître des lettrés*, dont il sera encore question plus loin (Ch. V. §V.) à propos de la fin de l'examen 院考 *Yuen-k'ao.*

(2) On voit par là dans quelle confusion est tombé Ed. Biot, lorsqu'il a écrit (pag. 501.): "Le professeur d'un chef-lieu de Département est appelé *Hiao-cheou*, distributeur "d'instruction; celui d'un arrondissement de premier ordre est appelé correcteur ou con-"ducteur des explications *(Hiun-tao)*, et celui d'un arrondissement de deuxième ordre "maître des commandements".

(3) 順天 *Choen-t'ien* ou plus complètement 順天府 *Choen-t'ien-fou* est le nom de la Préfecture établie à 北京 *Pé-king*, de là vient que dans l'usage on confond fréquemment les deux dénominations. On doit distinguer de la même façon les deux noms de 南京 *Nan-king* et de 江寧府 *Kiang-ning-fou*, qui conviennent à la même ville, suivant qu'on l'envisage comme Capitale ou comme simple Préfecture. Quant aux appellations de *Pé-king*, Cour du Nord et *Nan-king*, Cour du Sud, elles sont dues au séjour successif que les Empereurs de la dynastie 明 *Ming* ont fait dans ces deux villes comme centre de leur gouvernement.

hio-tcheng, et en termes littéraires 文宗 *wen-tsong* ou 宗師 *tsong-che*. Ils doivent dans l'espace de 3 ans visiter 2 fois les Préfectures de leur province et y faire passer les deux examens 歲考 *soei-k'ao* et 科考 *k'o-k'ao*. Le 歲考 *soei-k'ao* est un examen triennal des Bacheliers déjà reçus, pour les forcer de continuer leurs études; le 科考 *k'o-k'ao* est un autre examen également triennal des mêmes Bacheliers, préparatoire à celui de la Licence; nous reparlerons plus tard de l'un et de l'autre.

On voit ainsi que l'office principal de l'Examinateur provincial consiste à examiner les Bacheliers, l'examen des Candidats au Baccalauréat n'étant pour ainsi dire qu'une occupation secondaire. Autrefois l'examen de Baccalauréat ne se faisait qu'à l'époque de l'examen 歲考 *soei-k'ao*, mais depuis la 12ᵉ année de 康熙 *K'ang-hi* (1673), il s'est fait également au temps de l'examen 科考 *k'o-k'ao*, de là vient que les Bacheliers reçus à la première époque sont nommés 歲取 *soei-ts'iu*, ceux reçus à la seconde 科取 *k'o-ts'iu* (1).

Chaque Province a un Examinateur auquel elle donne son nom; ainsi l'on dit 江蘇學政 *Kiang-sou hio-tcheng* «Examinateur du *Kiang-sou*» (2), etc.; seul, celui du 直隸 *Tche-li*, bien que résidant dans la ville de 保定 *Pao-ting*, reçoit son nom de la Capitale 順天 *Choen-t'ien*. En outre, à Formose ou 臺灣 *T'ai-wan*, il existe cette particularité, que le Gouverneur 撫臺 *fou-t'ai*, créé dans cette île depuis 1885 (11ᵉ an. de 光緒 *Koang-siu*), est en même temps Examinateur provincial. De même en Mantchourie (ou 滿州 *Man-tcheou, alias* 關東 *Koan-tong* «Est de la douane de 山海關 *Chan-hai-koan*» (3)), le Vice-gouverneur 府丞 *Fou-tch'eng*

---

(1) "Le Directeur de l'enseignement, dit encore Ed. Biot au même endroit, fait sa "tournée dans tous les départements et arrondissements de sa province (cette assertion est "inexacte, puisque l'Examinateur ne fait sa tournée que dans les 府 et non dans les 縣), "examine les aspirants et les reçoit élèves des collèges. Ce titre correspond au premier degré "littéraire, et l'examen qui le confère, est appelé l'examen annuel (*Soui-khao*) quoiqu'il n'ait "lieu que tous les deux ans". Cette dernière réflexion est inexacte, puisque cet examen se fait deux fois en trois ans, ainsi que nous l'avons dit. D'ailleurs cet examen pour le Baccalauréat a lieu, en vertu d'un décret de 1673, et au temps de l'examen 歲考 *soei-k'ao*, et au temps de l'examen 科考 *k'o-k'ao;* il est surprenant que Biot, éditant son livre en 1845, ait pu commettre une telle confusion et affirmer que cet examen doit être appelé "annuel" ou *Soui-khao.*

(2) Il n'y avait autrefois qu'un seul Examinateur pour le 江蘇 *Kiang-sou* et le 安徽 *Nyan-hoei*. C'est l'Empereur 雍正 *Yong-tcheng*, qui (3ᵉ année, 1725) en a établi un pour chaque Province.

(3) La Mantchourie qui est le lieu d'origine de la présente dynastie 大清 *Ta-Ts'ing*, a été divisée par l'Emp. 康熙 *K'ang-hi* (22ᵉ an. 1683) en 3 Provinces: 奉天 *Fong-t'ien (alias* 遼東 *Liao-tong), 吉林 *Ki-ling* et 黑龍江 *Hé-long-kiang*. Leur position, orientale par rapport à la ville de *Pé-king* leur a fait donner le nom de 東三省 *Tong-san-cheng*. Le Vice-gouverneur de Moukden, bien qu'appelé 奉天學政 *Fong-t'ien*

de la capitale 奉 天 *Fong-t'ien* ou 盛 京 *Cheng-king* (Moukden)
cumule les attributions d'Examinateur provincial.

 Les Examinateurs résident en général dans les chefs-lieux de
Province 省 會 *Cheng-hoei* ou 省 垣 *Cheng-yuen*, à l'exception des
Provinces 江 蘇 *Kiang-sou*, 安 徽 *Ngan-hoei* et 陝 西 *Chen-si*, dans
lesquelles les résidences respectives de ces fonctionnaires sont les
villes de 江 陰 縣 *Kiang-yn-hien* (Préfect. de 常 州 府 *Tch'ang-
tcheou-fou*), 太 平 府 *T'ai-p'ing-fou* et 三 原 縣 *San-yuen-hien*
(Préfect. de 西 安 府 *Si-ngan-fou*). Les Examinateurs des 18
Provinces sont tous nommés l'année même où a lieu l'examen
ordinaire de Licence; c'est vers le premier jour de la 8ᵉ lune que
l'Empereur les désigne, et aux termes d'une déclaration de l'Emp.
康 熙 *K'ang-hi* (53ᵉ an. 1714), ils sont tenus d'arriver à leur
destination à la fin de la 10ᵉ lune.

---

§ IV. SÉRIE DES ÉPREUVES.

 L'examen pour le grade de Bachelier comprend trois épreuves.
La première qui a lieu sous la présidence du Sous-préfet (知 縣
tche-hien), s'appelle 縣 考 *Hien-k'ao*, ou 縣 試 *Hien-che*; la seconde,
devant le Préfet (知 府 *tche-fou*), s'appelle 府 考 *Fou-k'ao* ou 府 試
Fou-che (1); et la troisième, devant l'Examinateur provincial (學 院
hio-yuen), s'appelle 院 考 *Yuen-k'ao* ou 院 試 *Yuen-che* (2). L'examen complet pour le Baccalauréat consiste ainsi dans l'ensemble
de ces trois épreuves successives.

---

hio-tcheng, "Examinateur de la province de *Fong-t'ien*," exerce également son office d'Examinateur sur les deux autres provinces mantchoues.

 (1) La nomenclature de ce double examen 縣 考 *Hien-k'ao* et 府 考 *Fou-k'ao*,
comporte plusieurs variantes. Dans les villes nommées 州 *Tcheou* et 廳 *T'ing*, les examens s'appellent naturellement 州 考 *Tcheou-k'ao* et 廳 考 *T'ing-k'ao*, quelle que soit
d'ailleurs la dépendance hiérarchique de ces villes.

 Celles-ci en effet peuvent être des 直 隸 州 *Tche-li-tcheou*, 直 隸 廳 *Tche-li-t'ing*,
dépendant directement de l'Intendant régional 道 臺 *tao t'ai*, ou de simples 散 州 *San-
tcheou*, 散 廳 *San-t'ing* (alias 州 *Tch'ou* et 廳 *T'ing*). Dans le premier cas, elles équivalent au 府 *Fou*, dans le second elles se rapprochent du 縣 *Hien*; ou, plus clairement,
en prenant un exemple dans le droit administratif français, nous dirons que les 直 隸 州
Tche-li-tcheou et 直 隸 廳 *Tche-li-t'ing* se comportent comme des Départements, tandis que
les 散 州 *San-tcheou* et 散 廳 *San-t'ing* ne sont que des Arrondissements.

 (2) En quelques endroits, comme dans la Préfecture de 松 江 府 *Song-kiang-fou*
(Province du 江 蘇 *Kiang-sou*) etc., on conserve encore le nom de 道 考 *tao-k'ao*,
parce que jusqu'à la fin du règne de 康 熙 *K'ang-hi*, ce troisième examen, à l'exception de
deux ou trois Provinces importantes, était fait par un Intendant 學 道 *hio-tao* du rang
de simple 道 臺 *tao-t'ai*; ce n'est qu'à dater de la 4ᵉ année de 雍 正 *Yong-tcheng* (1726)
que la charge de tous les Examinateurs provinciaux fut élevée au rang de 學 院 *hio-yuen*.

Il y a pourtant une exception à cette règle, en faveur des villes 直 隸 州 *Tche-li-tcheou* et 直 隸 廳 *Tche-li-t'ing* : les Candidats appartenant au territoire qui dépend de ces villes n'ayant qu'un supérieur hiérarchique, administrateur immédiat des dits Départements, il serait inutile de leur faire passer deux examens successifs devant le même président. Aussi n'ont-ils que deux examens à subir en tout pour le Baccalauréat, le premier dit 州 考 *Tcheou-k'ao*, ou 廳 考 *T'ing-k'ao*, et le second, qui suit immédiatement, 院 考 *Yuen-k'ao*.

On peut se demander quel est l'avantage de ces examens préliminaires, puisque l'obtention du grade ne dépend que du 院 考 *Yuen-k'ao*. La réponse est donnée par l'Empereur 乾 隆 *K'ien-long* lui-même (50° an. 1785), à un Examinateur de la Province du 四 川 *Se-tch'oan*, nommé 錢 樾 *Tsi'en Yue* : 府 州 縣 考 試 童 生, 所 重 在 乎 查 察 頂 替 倩 代 等 弊, 至 其 入 學 去 取, 仍 憑 學 政 校 閱 «Les examens des Candidats qui se font dans la Sous-«préfecture et dans la Préfecture ont surtout pour but de s'assurer «s'il n'y a point quelque supercherie, telle que substitution ou autre «semblable. Quant à la collation du grade ou au refus, cela est sou-«mis au jugement de l'Examinateur.» Plus tard, sous 嘉 慶 *Kia-k'ing* (5° an. 1800), un Censeur impérial (御 史 *Yu-che*) nommé 張 鵬 展 *Tchang Pong-tchan* obtint cette réponse: 童 生 取 進, 責 在 學 政, 而 例 必 縣 試 府 試, 先 爲 澄 汰 «L'admission des Candi-«dats au grade de Bachelier appartient à l'Examinateur, mais il «est nécessaire que les dits Candidats soient éprouvés au pré-«alable par le double examen de la Sous-préfecture et de la Pré-«fecture.»

La durée moyenne de chacune de ces trois épreuves, que nous désignerons plus bas sous le nom de 縣 考 *Hien-k'ao*, 府 考 *Fou-k'ao*, et 院 考 *Yuen-k'ao*, varie entre 15 à 20 jours. Quant à l'intervalle de temps qui sépare ces épreuves entre elles, aucune limite certaine ne peut être assignée ; la 2.de suit quelquefois immédiatement la 1ère; de même la 3° peut succéder aussitôt à la 2.le; d'autres fois, il faudra attendre un ou plusieurs mois.

Après l'exposé de ces notions préliminaires, il est temps d'en venir enfin à la pratique même des examens.

CHAPITRE II.

AVANT L'EXAMEN.

———o○˜e˜○o———

§ I. CERTIFICAT DES RÉPONDANTS.

Fac-similé. — Traduction.

———

§ II. DES CHÂTIMENTS.

Bastonnade 笞. — Bastonnade 杖 et cangue. — Exil temporaire. — Exil perpétuel. — Peine capitale.

———

§ III. DES EMPÊCHEMENTS.

Du deuil. — Profession de satellite. — Serviteurs des tribunaux. — Irrégularités.

———

§ IV. DES NOMS.

Noms des parents. — Noms personnels. — Noms prohibés.

———

§ V. DES RÉPONDANTS.

Signature. — Souscription des concurrents.

———

§ VI. DU LIEU D'ORIGINE.

Règle et exceptions. — Exclusion des étrangers.

———

§ VII. PRÉPARATIFS DE L'EXAMEN.

CHAPITRE II.

AVANT L'EXAMEN.

———

§ 1. CERTIFICAT DES RÉPONDANTS.

Le Sous-préfet, sur l'avis que lui transmet son supérieur immédiat de la part de l'Examinateur provincial, de l'époque fixée pour l'examen, fait une petite proclamation, où il indique les jours déterminés pour la réunion des Candidats (取 齊 *ts'iu-ts'i*) et l'ouverture de l'examen (開 考 *k'ai-k'ao*) (1).

Les Candidats se rendent alors de toute part au chef-lieu de leur Sous-préfecture respective, déterminée pour chacun d'eux par le lieu d'origine; arrivés à la ville, ils se logent, soit à l'auberge, soit chez des parents ou amis (2) : quelques jours avant l'examen, chacun d'eux, soit en personne, soit par l'office d'un autre, donne son nom au Bureau des rites (禮 房 *li-fang*) (3) du tribunal du Sous-préfet, et se fait délivrer un billet ou certificat appelé 結 *kié* ou 結 單 *kié-tan*. Ce certificat, dont les dimensions sont environ 0ᵐ 245 sur 0ᵐ 220, est reproduit ci-dessous :

———

(1) D'ordinaire, un espace de 3 jours sépare ces deux dates. Par une prescription de l'Empereur 順 治 *Choen-tche* (9ᵉ an. 1452) cet examen a lieu le même jour, dans tous les chefs-lieux d'arrondissement de la Préfecture, pour empêcher les Candidats de se présenter dans deux villes différentes (跨 考 *k'oa-k'ao*, 歧 考 *k'i-k'ao* ou 重 考 *tch'ong-k'ao*).

(2) Le nombre des Candidats qui se réunissent dans une ville varie de 300 à 1200. Beaucoup de marchands s'y rendent aussi : c'est ce qu'on appelle 赶 考 *kan-k'ao* ou 考 市 *k'ao-che*.

(3) Chaque tribunal urbain de la Chine possède 6 Bureaux 六 房 *lou-fang*, qui sont : le Bureau des emplois civils 吏 房 *li-fang*, le Bureau des rites 禮 房 *li-fang*, celui des revenus 戶 房 *hou-fang*, celui de l'armée 兵 房 *ping-fang*, de la justice criminelle 刑 房 *king-fang*, enfin celui des travaux publics 工 房 *kong-fang*. Ces offices répondent aux 6 grands Tribunaux, ou Ministères de *Pé-king* (六 部 *lou-pou*), dont l'ordre et la désignation sont les mêmes, à part l'emploi de la lettre 部 *pou* au lieu de 房 *fang*.

廩保互結親供單

江南江寧府上元縣儒學爲發給結單事
照得各廩保所保童生須查明該童實係
身家清白並無刑喪過犯倡優隸卒槍手
頂替冒籍跨考等弊方准由該廩保畫押
發給該童塡寫三代年貌籍貫報名送考
須至結單者

本童　　年　歲身　面　鬚
曾祖　　祖　　父　業師
　　　　　派保
認保
互結

光緒
　年
　月
　日

本縣　　童生　童生　童生　童生
　　籍
　　保居住

TRADUCTION DU CERTIFICAT.

Certificat des Répondants, des concurrents et du Candidat.

Le Directeur des lettrés de la Sous-préfecture de 上元 *Chang-yuen,* Préfecture de 江寧 *Kiang-ning,* Province du 江南 *Kiang-nan,* à l'effet de distribution de certificat. Tout Répondant qui se donne comme caution d'un Candidat, doit auparavant savoir de source certaine que ce Candidat est personnellement honorable et appartient à une famille honorable, qu'il n'a pas subi de châtiment judiciaire, qu'il n'est point empêché par le deuil de ses parents, qu'il ne s'est rendu coupable d'aucun crime, d'aucun acte d'insubordination (1), qu'il ne descend pas d'une famille de prostituées, d'histrions, de satellites ou d'employés de bas étage, qu'il n'a pas été invité à composer pour un autre, qu'il ne prend pas un faux nom pour se substituer à un tiers, qu'il ne trompe pas quant à son lieu d'origine, qu'il ne passe pas l'examen dans deux villes différentes, et est innocent d'autres semblables fraudes. Après quoi il lui est permis de mettre sa signature comme Répondant, et de donner ce certificat au Candidat, qui devra y transcrire les noms de ses ancêtres des trois dernières générations, son âge, l'apparence de son visage et son lieu d'origine; alors le Candidat pourra faire inscrire son nom au Bureau des rites et se présenter à l'examen. Que l'on soit bien informé du contenu de ce certificat!

Candidat N., âge..., taille... (2), visage..., barbe... (3).

Bisaïeul N., aïeul N., père N., maître N.

Répondant invité N., Répondant assigné N.

Candidats répondant l'un pour l'autre : N.

Item N., Item N., Item N., Item N.

Originaire de... dans cette Sous-préfecture;

Domicilié dans le canton de...

Du règne de l'Empereur *Koang-siu* l'année... mois... jour...

Pour mieux comprendre ce certificat, quelques explications nous paraissent nécessaires: nous les répartirons sous les paragraphes qui terminent ce chapitre.

---

§ II. DES CHÂTIMENTS.

Le Code chinois (大淸律例 *Ta-t'sing liu-li*) énumère cinq espèces de châtiments 五刑 *ou-hing* en usage dans les tribunaux.

1°/ La bastonnade 答 *tche* se donne sur le derrière, au moyen d'une latte en bambou (小竹板 *siao-tchou-pan*), large d'environ

---

(1) Les deux caractères 過犯 *kouo-fan* ont ici un sens bien distinct, comme l'insinue la traduction. 過 *kouo* se dit d'un crime personnel, comme le vol (竊 *ts'ie*), l'adultère (姦 *kien*), etc., tandis que 犯 *fan* se rapporte à des offenses contre les supérieurs, comme p. ex. le manque de piété filiale (不孝 *pou-hiao*), le refus de payer l'impôt (抗糧 *k'ang-liang*), etc.

(2) Pour ce qui regarde les observations relatives à la taille du corps (身 *chen*), au visage (面 *mien*), à la barbe (鬚 *siu*), les Candidats se servent d'expressions générales telles que celles-ci : 中 *tchong* "moyenne"; 白 *pé* "blanc" ; 有 *yeou* "existe", ou 無 *ou* "fait défaut".

(3) En certains endroits, à la fin de cette ligne on ajoute cette phrase : 並無吃食洋烟 *p'ing-ou-k'i-che-yang-yen* "et il ne fume pas l'opium".

5 cent., longue de 1ᵐ 80 et pesant près de 600 grammes. Les coups s'administrent par dix, de 10 à 50, ce qui fait 5 degrés (五等 *ou-teng*) de pénalité. Il est à remarquer que parfois l'on ne donne en réalité qu'une partie de la peine nominale (折責); on donne alors 4 coups pour 10, 5 pour 20, 10 pour 30, 15 pour 40 et 20 pour 50. Pour les Tartares, la latte est remplacée par le fouet (鞭 *pien*) et les coups se donnent au complet; il en sera de même pour la punition qui suit.

2°/ La bastonnade 杖 *tchang* se donne sur les mêmes parties, avec une latte en bambou plus forte que la précédente (大竹板 *ta-tchou-pan*), mesurant environ 7 cent. sur 1ᵐ 80 et pesant près de 1200 grammes. Cette peine comporte 5 degrés répartis de 60 à 100 coups; s'il y a lieu à réduction on donne 20 coups pour 60, 25 pour 70, 30 pour 80, 35 pour 90, et 40 pour 100. Si le délit demande une peine plus grande, on use de la cangue 枷 *kia*, lourde d'environ 14 kilogr. et demi. Outre cette cangue dont l'emploi est ordinaire, il en est une autre qui pèse 20 kilogr. et demi. Cette peine comporte 5 degrés, s'appliquant de un mois à trois, par fractions additionnelles d'un demi mois. Quand le coupable a terminé son temps de cangue, il reçoit un nombre de coups de 杖 *tchang*, proportionné au degré de sa peine. D'après le Code, la peine de la cangue doit être différée durant tout l'intervalle qui s'écoule entre le dixième jour qui précède l'époque 小滿 *siao-man*, et la veille de l'époque 立秋 *li-ts'ieou* (1).

3°/ L'exil temporaire 徒 *t'ou*. Le coupable doit être relégué dans les 500 *li* du lieu de son domicile, à un des relais de poste (驛 *i*) de sa province, pour y servir. Cinq degrés (五徒 *ou-t'ou*): un an avec 60 coups de latte 杖 *tchang*; un an et demi avec 70

---

(1) Les Chinois divisent l'année en vingt-quatre parties (節氣 *tsié-k'i*):

立春 *Li-tch'oen*	Commencement du printemps.	5 F.	立秋 *Li-ts'ieou*	Commencement de l'automne.	7 A.
雨水 *Yu-choei*	Eau de pluie.	19 „	處暑 *Tch'ou-chou*	Fin de la chaleur.	23 „
驚蟄 *King-tche*	Réveil des insectes.	5 M.	白露 *Pé-lou*	Rosée blanche.	8 S.
春分 *Tch'oen-fen*	Equinoxe du printemps.	20 „	秋分 *Ts'ieou-fen*	Equinoxe de l'automne.	23 „
清明 *Ts'ing-ming*	Lumière pure.	5 A.	寒露 *Han-lou*	Rosée froide.	8 O.
穀雨 *Kou-yu*	Pluie des céréales.	20 „	霜降 *Choang-kiang*	Gelée blanche.	23 „
立夏 *Li-hia*	Commencement de l'été.	5 M.	立冬 *Li-tong*	Commencement de l'hiver.	7 N.
小滿 *Siao-man*	Les épis se forment.	20 „	小雪 *Siao-sie*	Neige peu abondante.	22 „
芒種 *Mang-tchong*	Les céréales ont des barbes.	6 J.	大雪 *Ta-sie*	Neige abondante.	7 D.
夏至 *Hia-tche*	Solstice d'été.	21 „	冬至 *Tong-tche*	Solstice d'hiver.	22 „
小暑 *Siao-chou*	Chaleur modérée.	7 J.	小寒 *Siao-han*	Froid peu intense.	6 J.
大暑 *Ta-chou*	Grande chaleur.	23 „	大寒 *Ta-han*	Grand froid.	21 „

coups; 2 ans avec 80 coups; 2 ans et demi avec 90 coups; 3 ans avec 100 coups. Le temps de la peine achevé, les exilés reviennent chez eux. Pour les Tartares, la bastonnade est remplacée par la cangue et le fouet, de même que dans le cas suivant.

4°/ L'exil perpétuel 流 *lieou* ou 充 流 *tch'ong-lieou*, dans le lieu déterminé par la loi. Ainsi pour un coupable de la Province du 江 蘇 *Kiang-sou*, le lieu d'exil est au 陝 西 *Chen-si*; pour le 安 徽 *Ngan-hoei* il est au 山 東 *Chan-tong*, etc. Trois degrés (三 流 *san-lieou*), suivant les distances : 2000, 2500 et 3000 *li*. Les condamnés arrivés au lieu de leur destination (配 所 *p'ei-souo*) sont frappés de 100 coups de latte 杖 *tchang*. Pour des crimes d'une gravité plus grande, on inflige la peine 軍 *kiun* ou 充 軍 *tch'ong-kiun*, 發 戍 *fa-chou* «exil perpétuel aux postes militaires des frontières». Cinq degrés (五 軍 *ou-kiun*), suivant que le lieu d'exil est 附 近 *fou-kin* «plus rapproché du domicile» soit à 2000 *li*; 近 邊 *kin-pien* «aux frontières prochaines» à 2500 *li*; 邊 遠 *pien-yuen* «aux frontières lointaines» à 3000 *li*; 極 邊 *ki-pien* «aux limites extrêmes»; ou enfin 煙 瘴 *yen-tchang* «dans les régions où l'air est insalubre,» comme dans le 廣 東 *Koang-tong*, etc., à 4000 *li*. Tous ceux qui arrivent à leur destination (戍 所 *chou-sou*) sont frappés de 100 coups. Pour les destinations relatives aux habitants de chaque province, on en trouvera le tableau dans le Code chinois.

Enfin, pour des crimes plus considérables encore, on inflige la peine 遣 *k'ien* ou 發 遣 *fa-k'ien*, qui est l'exil en dehors des 18 provinces, dans le 黑 龍 江 *Hé-long-kiang* (Mantchourie) ou ailleurs; là, après avoir reçu 100 coups, le coupable subit l'esclavage (爲 奴 *wei-nou*); sont pourtant dispensés de l'asservissement tous les Bacheliers et mandarins qui ont été exilés pour un crime de droit commun; pour eux, deux décrets de 嘉 慶 *Kia-k'ing* (6° et 19° an, 1801 et 1814) ont transformé le servage en «fonctions pénibles» (充 當 苦 差 *tch'ong-tang-k'ou-tch'ai*).

5°/ La peine capitale 死 *se*, ou par strangulation 絞 *kiao*, ou par décollation 斬 *tchan*. Si elle doit avoir lieu immédiatement, on l'appelle 立 決 *li-kiué*; sinon, 監 候 *kien-heou* «le prisonnier attend (la saison d'automne)». Il peut se faire alors que dans l'intervalle, à l'occasion de quelque amnistie accordée par l'Empereur, la peine capitale soit commuée. Notons en terminant, que durant la 1° et la 6° lune, on suspend l'exécution de tous les châtiments (停 刑 *t'ing-hing*) même de la peine capitale reconnue urgente, pour ne la reprendre qu'au commencement de la 2ᵈᵉ lune, et à la 7° après la période 立 秋 *li-ts'ieou*.

§ III. DES EMPÊCHEMENTS.

I. Quand il est question du deuil (喪 *sang*) pour les lettrés et les mandarins, il faut toujours l'entendre du deuil du père et de la mère, dit 丁憂 *ting-yeou*. La durée de ce deuil, (守制 *cheou-tche*, 守孝 *cheou-hiao*, 居喪 *kiu-sang*) est représentée dans le langage ordinaire comme étant de 3 ans 三年之喪 *san-nien-tche-sang;* mais aux termes de la loi, exprimée dans le Code, l'année est comptée de 9 mois; aussi après un espace de 27 mois, les lunes intercalaires 閏月 *joen-yué* non comprises, les délais légaux expirent (服闋 *fou-k'iué;* 滿孝 *man-hiao*) et le lettré peut se présenter aux examens, comme le fonctionnaire reprendre l'exercice de sa charge.

Le Code note cependant qu'au cas où les grands parents du côté paternel n'auraient pas de fils survivants, l'aîné de leurs petits-fils, dit dans ce cas 承重孫 *tch'eng-tchong-suen* devrait prendre le deuil de 3 ans. Il en est de même du fils adoptif (過繼 *kouo-ki*) à l'égard de sa nouvelle famille; dans ce dernier cas, la perte de ses parents naturels (本生父母 *pen-cheng-fou-mou*), n'entraîne pour l'adopté qu'un deuil d'un an (期年 *ki-nien*), pendant lequel examens et fonctions publiques lui demeurent interdits.

II. On compte en Chine 3 classes (三班 *san-pan*) de satellites (隸 *li*). La 1ère classe appelée du nom général de 皁隸 *tsao-li*, et distinguée en 紅班 *hong-pan* et 皁班 *tsao-pan* suivant que le chapeau de ces employés est rouge ou noir, est la plus vile : ces satellites assistent aux audiences tenues par le mandarin (站班 *tchan-pan*), donnent la bastonnade (行杖 *hing-tchang*), et servent de hérauts dans les voies publiques pour avertir de l'arrivée de leur maître (喝道 *ho-tao*, ou 開道 *k'ai-tao*). — La 2de classe s'appelle 快班 *k'oai-pan*. Les uns, nommés 捕快 *pou-k'oai* sont chargés de prendre les accusés, les autres 馬快 *ma-k'oai* sont chargés de saisir les voleurs. — La 3e classe se nomme 壯班 *tchoang-pan :* c'est elle qui compose la garde personnelle du mandarin soit au tribunal, soit au cours des voyages; ils sont assimilés aux soldats et s'appellent d'ordinaire 民壯 *ming-tchoang*. Les employés de cette dernière classe, s'ils n'ont point été mêlés aux offices des deux classes précédentes, ce que la loi du reste leur interdit, peuvent se présenter aux examens; ce droit leur a notamment été reconnu par 雍正 *Yong-tcheng* et 乾隆 *K'ien-long* (37e an. 1759).

III. Le caractère 卒 *tsou* est pris ici comme synonyme de 役卒 *i-tsou* «serviteur», ou comme on dit vulgairement 衙役 *ya-i*, et embrasse tous ceux qui servent dans les tribunaux. Je rappellerai ici quelques individus de cette catégorie, auxquels l'Emp. 乾隆 *K'ien-long* a interdit expressément, à différentes reprises, de se présenter aux examens : les 禁 卒 *hin-tsou* ou 獄 卒 *yu-tsou*, geôliers; 門 子 *men-tse*, les portiers de tribunaux; 長 隨 *tch'ang-soei*, valets de pied; 仵 作 *ou-tso*, inspecteurs des cadavres; 馬 夫 *ma-fou*, palefreniers des postes officielles (驛 *i*); 鼓 手 *kou-cheou*, musiciens; etc.

IV. Les 4 irrégularités dont il s'agit ici, à savoir 倡 *tch'ang*, 優 *yeou*, 隸 *li*, 卒 *tsou*, suivant une déclaration de l'Emp. 乾 隆 *K'ien-long* (35° an. 1770) sont perpétuelles et affectent toute la descendance en ligne droite. Il faut y joindre l'irrégularité également perpétuelle, qu'encourent les fils de révoltés (逆 犯 *i-fan*), ainsi que l'a déclaré le même Empereur (40° an. 1775).

La 57° année de son règne (1792) 乾 隆 *K'ien-long* statua que les fils et petits-fils des porteurs de chaises (轎 夫 *hiao-fou*) et des portefaix (扛 夫 *hang-fou*) de tribunaux, pourraient, dix ans après la renonciation de ceux-ci à leur profession, être admis à subir les examens. Quant aux esclaves libérés, s'ils ont averti les mandarins locaux de leur affranchissement, leurs petits-enfants à la 4° génération peuvent également, aux termes d'un édit de 嘉 慶 *Kia-k'ing* (11° an. 1806) prendre part aux concours. En outre, les officiers 地 方 *ti-fang* et 保 長 *pao-tchang* de la Province du 安 徽 *Ngan-hoei*, n'étant, d'après l'exposé d'un Examinateur provincial, que des agents de police rurale et des collecteurs d'impôt, ont été admis au même droit par l'Emp. 嘉 慶 *Kia-k'ing* (8° an. 1803); il en est de même des 地方 *ti-fang* de la Province du 直 隸 *Tche-li*; mais les 保 長 *pao-tchang* de la Préfecture de 寧 波 *Ning-po* dans la Province du 浙 江 *Tche-hiang*, ayant été reconnus par 乾 隆 *K'ien-long* (34° an.) comme chargés de la capture des voleurs, ont été en conséquence exclus des examens.

---

§ IV. DES NOMS.

L'inscription des noms des ancêtres, parents et autres, demande la connaissance des usages suivants de la nation chinoise : outre les noms de famille 姓 *sing*, il existe différentes sortes de dénominations propres à chaque personne, et que nous appellerons *prénoms* par analogie avec les vocables européens, bien qu'en Chine ils se placent *après* le nom de famille. Il y a d'abord le «prénom de lait» 嬭 名 *nai-ming* ou 乳 名 *jou-ming*, ou encore 小 名 *siao-ming* «petit prénom», dont les parents seuls se servent. Il y a ensuite le «prénom d'école» 學 名 *hio-ming* ou 書 名 *chou-ming*; puis le «prénom vocable» 號 *hao* ou 字 *tse*, par lequel un adulte est appelé par un étranger du même rang que lui. L'on peut encore rencontrer des personnes qui ont un second nom de ce genre, dit alors 別 號 *pié-hao*, ou 又 號 *yeou-hao*, ou 一 字 *i-tse*. Le 名 *ming* est le prénom dont on se sert pour se désigner soi-même,

4

dans la conversation ou dans les écritures; il se met par exemple
sur les cartes de visite, à la fin des lettres, surtout de celles adres-
sées à un supérieur, car pour les autres, la politesse ne prohibe
pas l'emploi du 號 *hao;* etc. Souvent le Candidat adopte pour
les examens un nouveau prénom, qu'on appelle alors 考 名 *k'ao-
ming* ou 榜 名 *pang-ming,* nom qu'il conservera ensuite, s'il
exerce quelque charge. De même un magistrat, qui n'a pas été
promu de la classe des Bacheliers, porte un nom officiel 官 名
koan-ming. Enfin dans les registres généalogiques d'une famille
(家 譜 *kia-pou,* ou 宗 譜 *tsong-pou),* il n'est point rare de trouver
un nouveau prénom appellé 譜 名 *pou-ming.*

Puisque nous avons abordé cette question des noms, il ne
sera pas inutile d'ajouter ici les remarques suivantes, que tout
Chinois, mais un Candidat surtout, doit avoir présentes à la mémoire, lorsqu'il se choisit un prénom. L'Empereur 乾 隆 *K'ien-
long* (32e et 35e an. 1767, 1770) a prohibé l'emploi de plusieurs
noms dont le sens est extravagant, comme sont les suivants : 劉
興 漢 *Lieou hing-Han* «la famille *Lieou* a érigé la dynastie *Han*»;
李 繼 唐 *Li ki-T'ang* «la famille *Li* a succédé à la dynastie
T'ang»; 王 宗 帝 *Wang tsong-ti* «la famille *Wang* imite l'Empereur»; 乾 元 *K'ien-yuen* «vertu suprême du ciel»; 御 天 *Yu-t'ien*
«gouverneur du Ciel», etc. Il a interdit également l'usage d'un
certain nombre de noms d'hommes illustres, tant anciens que
modernes, dont plusieurs même vivaient encore (王 公 大 臣
Wang-kong ta-tch'eng); par ex. 朱 景 熹 *Tchou king-Hi* «la famille
Tchou célèbre le lettré *Tchou Hi»;* 姬 紹 旦 *Ki chao-Tan* «la famille *Ki* a succédé à l'ancien prince 周 公 旦 *Tcheou-kong-tan»;*
張 照 *Tchang Tchao,* un autre magistrat célèbre de la présente
dynastie, etc.

En outre l'Empereur 嘉 慶 *Kia-k'ing* (8e an. 1803), par honneur pour les tombeaux de ses ancêtres, nommés 景 陵 *King-ling,*
泰 陵 *T'ai-ling,* etc., a décrété que si quelqu'un voulait employer
pour son propre nom le 1er caractère de ces tombeaux, p. ex. 景
King, 泰 *T'ai,* etc., il ne pourrait prendre en même temps le
second 陵 *ling,* ni même un autre, p. ex. 齡 *ling,* 林 *lin,*
etc., dont le son serait semblable à celui du mot 陵 *ling*
«tombeau» (1). Puis, par égard pour les «noms de culte ancestral»

---

(1) La Mantchourie possède trois tombeaux des ancêtres de la présente dynastie
(盛 京 三 陵 *Cheng-king-san-ling)* : le 1er, qui se nomme 永 陵 *Yong-ling,* est celui
des quatre premiers ancêtres, savoir : 肇 祖 原 皇 帝 *Chao-tsou-yuen-hoang-ti,* 興
祖 直 皇 帝 *Hing-tsou-tche-hoang-ti,* 景 祖 翼 皇 帝 *King-tsou-i-hoang-ti* et
顯 祖 宣 皇 帝 *Hien-tsou-siuen-hoang-ti* : ces deux derniers princes ont été tués par
la dynastie des 明 *Ming;* le 2e tombeau qui s'appelle 福 陵 *Fou-ling,* est celui de 太 祖
高 皇 帝 *T'ai-tsou-kao-hoang-ti,* prince de toute la Mantchourie et de la Mongolie, 1616,
consideré comme fondateur de la dynastie actuelle, mort le 11 de la 8e lune (30 Sept.) 1626;
le 3e enfin s'appelle 昭 陵 *Tchao-ling,* c'est celui de 太 宗 文 皇 帝 *T'ai-tsong-wen-*

廟 號 *miao-hao,* de ses aïeux, comme 肇 祖 *Chao-tsou,* 興 祖 *Hing-tsou,* 景 祖 *King-tsou,* 顯 祖 *Hien-tsou,* il approuva, par exemple (1808), que le nom d'un Bachelier 章 顯 景 *Tchang Hien-king* fût transformé en 章 顯 京; de même il reprit sévèrement le Ministère de la guerre de n'avoir pas modifié le nom d'un mandarin militaire 張 聖 謨 *Tchang Cheng-mou,* 聖 謨 *Cheng-mou* signifiant «des conseils saints c.à.d. impériaux»; il ordonna en conséquence de substituer à cette appellation celle de 張 謨 *Tchang Mou;* etc., etc.

Voyons maintenant quels sont les noms qu'il convient d'inscrire dans le certificat. Pour le père et les autres ascendants du Candidat, on inscrit seulement leur prénom 名 *ming,* sans le nom de famille, déjà suffisamment désigné par celui du Candidat lui-même. L'on écrit pour les maîtres à la fois le nom 姓 *sing* et le prénom 名 *ming,* mais non point le 號 *hao,* pour la raison de convenance donnée plus haut.

---

§ V. DES RÉPONDANTS.

I. Dans cet examen de la Sous-préfecture, 縣 考 *Hien-k'ao,* il y a un Répondant invité qui doit apposer sa signature en formant quelques caractères, mais non point en dessinant une simple croix, comme font d'ordinaire les illettrés dans les contrats; cette signature est une condition *sine qua non* de l'examen. Le Répondant devra conserver le même genre de signature dans les examens suivants, car elle sera comparée avec la première par l'Examinateur.

II. L'expression 互 結 désigne les concurrents, que chaque Candidat, par un surcroît de précautions, est tenu d'inviter à souscrire leur nom dans le certificat. Cependant en pratique, souvent le Candidat lui-même écrit pour eux. La loi en demande cinq.

---

hoang-ti, qui en 1636 voulut désigner sa dynastie sous le nom de 大 淸 *Ta-Ts'ing,* mort le 9 de la 8e lune (21 Sept.) 1643. Quant aux tombeaux des Empereurs, chacun a son nom propre; en voici le tableau :

	Noms du règne des Empereurs.		Noms de leurs tombeaux.
1	順治	Choen-tche.	孝陵 Hiao-ling.
2	康熙	K'ang-hi.	景陵 King-ling.
3	雍正	Yong-tcheng.	泰陵 T'ai-ling.
4	乾隆	K'ien-long.	裕陵 Yu-ling.
5	嘉慶	Kia-k'ing.	昌陵 Tch'ang-ling.
6	道光	Tao-koang.	慕陵 Mou-ling.
7	咸豐	Hien-fong.	定陵 Ting-ling.
8	同治	T'ong-tche.	惠陵 Hoei-ling.

Si l'on découvre quelque fraude dans les examens, ces cinq Candidats sont, en théorie du moins, enveloppés dans le châtiment du coupable.   Ainsi dans une certaine formule de ce certificat, à 廬州府 Liu-tcheou-fou p. ex.. après les caractères 等弊 teng-pi (et autres fraudes semblables), se trouve la conclusion suivante: 察 出, 凜保五童互結, 愿甘同罪, 所結是實. «Si l'on dé-«couvre quelque fraude, les Répondants, et les cinq Candidats qui «ont mutuellement souscrit, s'engagent tous à subir la même «peine. Lequel engagement est formel.»

§ VI. DU LIEU D'ORIGINE.

Enfin quelques remarques sur le lieu d'origine (籍 tsi).
I. Ce lieu est celui où les parents du Candidat sont inscrits comme citoyens, dans les registres publics, 煙戶冊 yen-hou-tché. Si c'est une famille ordinaire, elle s'appelle 民籍 ming-tsi; 衛籍 Wei-tsi, si elle est dans un territoire 衛 Wei (V. pag. 9); 軍籍 hiun-tsi, si elle descend des familles militaires qui cultivaient jadis des terres pour l'entretien de l'armée (軍田 hiun-t'ien); 苗籍 Miao-tsi, 猺籍 Yao-tsi, etc., pour les familles descendant d'aborigènes du 潮南 Hou-nan, du 廣東 Koang-tong, etc.
La loi qui limite à la contrée d'origine, le lieu propre des examens, comporte les trois exceptions suivantes:
1° Les étrangers 客民 k'e-ming, se transportant de leur pays originaire dans une autre région et qui y acquièrent des terres, s'ils ont pendant vingt ans au moins payé les taxes légales et le tribut, sont inscrits sur l'avis qu'ils donnent au mandarin de leur présent domicile, aux rôles de la population (入籍 jou-tsi ou 附籍 fou-tsi (1)), et jouissent du droit de passer l'examen dans cette contrée. Ce droit a été reconnu par l'Emp. K'ien-long, la 59° année de son règne (1794); il rend du même coup les Candidats inhabiles à se présenter aux examens dans leur ancienne patrie.   Les Candidats qui, dissimulant leur lieu d'origine (冒籍 mao-tsi), oseraient passer l'examen dans deux endroits différents, ce qu'on appelle 跨籍 k'oa-tsi ou 跨考 k'oa-k'ao, devraient être

---

(1) Ce nouveau domicile reconnu ainsi légalement s'appelle 寄籍 ki-tsi "patrie d'adoption" ou 客籍 k'e-tsi "domicile étranger", expressions qui se distinguent de celles-ci, employées pour les anciens indigènes: 土籍 t'ou-tsi, 土著 t'ou-tcho "patrie propre", et de ces autres qui caractérisent leur domicile primitif: 祖籍 tsou-tsi "patrie des ancêtres", et 原籍 yuen-tsi ou 本籍 pen-tsi "patrie originaire, propre". Celui qui après un transfert légal de domicile, revient à son premier lieu d'habitation avec la reconnaissance officielle de ses droits, s'appelle 復籍 fou-tsi; enfin celui qui, par fraude, ne serait inscrit sur aucun registre, est dit 漏籍 leou-tsi,

dégradés, et privés du droit de repasser l'examen, même dans le lieu de leur naissance (嘉 慶 Kia-k'ing 9° an. 1804).

Dans plusieurs régions, à cause du grand nombre des immigrants qui y sont domiciliés officiellement, à la suite de querelles sans fin élevées entre ces derniers et les indigènes à propos des examens, les Empereurs de la présente dynastie ont autorisé des examens séparés et des promotions distinctes. Ainsi, dans la Province du 江 西 Kiang-si, Sous-préfecture de 萬 載 Wan-tsai (Préfect. de 袁 州 府 Yuen-tcheou-fou), il existe des familles dans ces conditions spéciales, qu'on appelle 棚 籍 p'ong-tsi, des huttes en feuillage qu'elles habitaient jadis; de même dans la Province de 廣 東 Koang-tong, dans les deux Sous-préfectures de 東 莞 Tong-wan et 新 寧 Sin-ning (Préf. de 廣 州 府 Koang-tcheou-fou), et dans la Province de 雲 南 Yun-nan, Préfecture de 永 北 廳 Yong-pé-t'ing, une partie des habitants désignés sous le nom de 客 籍 k'e-tsi subissent les examens séparément du reste de la population.

2°. L'Empereur 順 治 Choen-tche, la 11e année de son règne (1654), avait statué en faveur des marchands de sel exerçant ce commerce (行 鹽 hing-yen) avec licence ad hoc (鹽 引 yen-yn), que leurs propres fils, frères, neveux, seraient attachés à un rôle spécial dit «des commerçants» (商 籍 chang-tsi) et passeraient l'examen devant le mandarin préposé au sel (鹽 運 使 yen-yun-che ou 鹽 法 道 yen-fa-tao), qui les présenterait ensuite à l'Examinateur provincial. Cette catégorie privilégiée ne se rencontre pas dans toutes les provinces, bien que chacune d'elles compte des marchands de sel, mais dans six seulement: à 天 津 府 T'ien-tsin-fou pour la Province du 直 隷 Tche-li; à 揚 州 府 Yang-tcheou-fou pour celle du 江 蘇 Kiang-sou; à 杭 州 府 Hang-tcheou-fou pour le 浙 江 Tche-kiang; à 濟 南 府 Tsi-nan-fou pour le 山 東 Chan-tong; à 解 州 Kiai-tcheou pour le 山 西 Chan-si; et à 廣 州 府 Koang-tcheou-fou (Canton) pour la Province du 廣 東 Koang-long.

L'Empereur 乾 隆 K'ien-long (43e an. 1778) a déclaré que ceux-là seulement jouiraient de ce privilège qui exerceraient ce commerce hors de leur Province; toutefois par un autre décret (23e an. 1758) le même Empereur a exclu de ce privilège les familles du 安 徽 Ngan-hoei qui font à 揚 州 Yang-tcheou le commerce du sel, bien que cette ville soit située hors de leur province. Enfin notons que 乾 隆 K'ieng-long en 1752 a statué que l'inscription d'une famille une fois faite dans les rôles 商 籍 chang-tsi, ses descendants ne peuvent plus se présenter aux examens dans leur patrie, ni être inscrits sur les registres ordinaires 民籍 ming-tsi, à moins d'avoir cédé leur patente 鹽 引 yen-yn à d'autres.

A cette classe 商 籍 chang-tsi se rattachent les familles qui possèdent des terrains salants et des fournaux (灶 tsao) pour la confection du sel; alors même que par la suite elles auraient transformé ces fonds en terrains de culture, elles restent dans la dite catégorie, tant que le tribut payé par elles est celui 鹽 課

銀 *yen-k'o-yn.* Ces familles classées comme 灶 籍 *tsao-tsi,* jouissent toujours du privilège de la classe 商 籍 *chang-tsi.* Il s'en
trouve un grand nombre dans le Département de 天 津 府 *T'ien-
tsin-fou* (Prov. du 直 隸 *Tche-li,*) dans celui de 通 州 *T'ong-
tcheou* (Prov. du 江 蘇 *Kiang-sou*), etc.

3°. Un privilège spécial a été concédé par l'Emp. 乾 隆
K'ien-long (25° an. 1760) aux descendants des exilés perpétuels
軍 *kiun* et 流 *lieou;* mais demeurent exclus des examens ceux
dont les parents ou ancêtres ont subi la déportation 遣 *k'ien,*
qui emporte le servage. Lors donc que quelqu'un est condamné
à l'exil perpétuel, les fils qui lui naissent depuis l'exécution de la
sentence sont inscrits comme 軍籍 *kiun-tsi* et ont le droit de subir
à ce titre les examens; les enfants nés antérieurement, s'ils suivent leur père en exil, jouissent après dix ans, en vertu d'un
décret du même Empereur (52° an. 1787) de la même faveur,
mais ils ne doivent plus ensuite se présenter dans leur patrie, à
moins que leur père grâcié par l'Empereur, n'y revienne lui-
même.

De cette diversité d'origine, procède d'une façon parallèle la
variété des dénominations suivantes appliquées aux Candidats;
民 童 *ming-t'ong,* 衛 童 *Wei-t'ong,* 軍 童 *kiun-t'ong,* 苗 童 *Miao-
t'ong,* 猺 童 *Yao-t'ong,* 客 童 *k'e-t'ong,* 土 童 *t'ou-t'ong,* 棚 童 *p'ong-
t'ong,* 商 童 *chang-t'ong,* 灶 童 *tsao-t'ong,* etc.

II. On pourrait ici se poser une intéressante question : les
Européens peuvent-ils prendre part aux examens en Chine? Comme en principe, aucun Candidat ne peut se présenter dans un
endroit, avant d'avoir été inscrit officiellement sur les registres
comme citoyen de la dite région, la solution de la question précédente dépend toute entière de cette autre question : un Européen peut-il obtenir cette inscription, qui équivaudrait à la natu-
ralisation des peuples occidentaux? — D'après les actes publics,
Mr Ward (華 爾 *Hoa-eul),* Américain, Colonel dans l'armée chinoise 副將 *fou-tsiang),* fut gratifié (1862) du brevet de cette natu-
ralisation; la même faveur fut accordée (1866) dans la Sous-
préfecture de 合 肥 縣 *Ho-fei-hien* (盧 州 府 *Liu-tcheou-fou,*
Province du 安 徽 *Ngan-hoei),* à Mr Pinel (畢 乃 爾 *Pi-nai-eul),*
Français, ayant le grade de Général de brigade (總 兵 *Tsong-
ping)* dans la même armée, etc. Mais dans la suite, un décret de
la cour de *Pé-king* (14° année de l'Empereur 光 緒 *Koang-siu,*
1888), adressé à tous les Vice-rois de l'Empire, prohiba de nouveaux exemples; voici le texte et la traduction de ce décret :
嗣 後 遇 有 洋 人，請 入 中 國 籍 者，即 飭 所 屬 地 方 官，毋
庸 批 准，以 省 葛 籐，並 希 轉 咨 各 省，一 律 照 辦，可 也．
«Pour le cas où à l'avenir quelque Européen demanderait à être
«inscrit sur les registres publics, pour devenir sujet chinois, faites
«savoir sans retard à tous les officiers locaux de votre juridiction,
«qu'ils ne peuvent donner une telle permission, et cela afin d'évi-

«ter plus d'une difficulté; veuillez avertir également les autres au-
«torités provinciales, afin que toutes traitent le dit cas de la même
«façon.» (Code chinois, édition de 1890, *Tche-hiang*.)

Mais ce commentaire fait à propos du certificat nous a déjà
entraînés trop loin; revenons aux formalités préparatoires de
l'examen.

---

§ VII. PRÉPARATIFS DE L'EXAMEN.

. Dès que le Candidat a reçu son certificat, il paie 100 à 200
sapèques (1) à l'employé du Bureau des rites (禮 書) *li-chou);*
puis il remplit les blancs de la feuille et la remet à son Répondant
pour qu'il y appose sa signature. Tous les blancs étant remplis,
le certificat est remis au domestique du Directeur des lettrés,
(門 斗 *men-teou),* pour le faire timbrer et l'on paie encore environ
60 sapèques (2).

Au Bureau des rites on inscrit les noms des Candidats, au
fur et à mesure qu'ils se présentent, sur des tableaux dont chacun contient 50 noms. On appelle ces tableaux, par ordre, 頭 牌
t'eou-p'ai, 二 牌 *eul-p'ai* etc, c. à. d. tableau 1er, 2e, etc. C'est
aussi au Bureau des rites qu'il incombe de veiller à ce que le
local des examens soit nettoyé et qu'il y soit mis des tables et
des bancs en nombre suffisant (3).

La veille de l'examen, le Sous-préfet quitte son 衙 門 *ya-men*
«prétoire» et se rend au bâtiment des examens, où il loge jusqu'à
la fin du concours. Pendant tout ce temps, il lui est interdit de
sortir, de recevoir des visites et de traiter aucune affaire publique,
comme seraient des procès, afin d'éviter tout soupçon de corruption; c'est ce que l'on appelle 考 試 廻 避 *K'ao-che-hoei-pi.*

D'autre part le Bureau des rites fait suspendre les tableaux
des noms des Candidats à la grande porte du local des examens,
afin que chacun puisse connaître clairement son rang et sa place,
de manière à diminuer le tumulte au moment de l'appel des noms
dont on parlera plus bas.

---

(1) La sapèque est une espèce de monnaie chinoise de cuivre, valant à-peu-près la
dixième partie d'un sou.

(2) Dans la Sous-préfecture de 霍 邱 *Ho-k'icou* (Province de 安 徽 *Ngan-hoei*),
c'est la coutume de payer 50 sapèques pour chaque timbrage. C'est ce qu'on y appelle
打 印 錢 *ta-yn-ts'ien.*

(3) Dans quelques villes très pauvres, les Candidats sont obligés d'apporter au local
de l'examen une table et un siège. Il y en a qui, moyennant quelques sapèques données
aux satellites, se font réserver une bonne place et une bonne table.

CHAPITRE III.

EXAMEN DEVANT LE SOUS-PRÉFET (縣考 *HIEN-K'AO*).

§ I. DERNIERS PRÉPARATIFS DE L'EXAMEN.

Signal. — Entrée. — Appel. — Distribution des cahiers; Fac-similé. — Clôture.

§ II. L'EXAMEN.

Timbrage des cahiers. — Composition. — Transcription. — Caractères prohibés. — Ratures, additions. — Fin de la séance.

§ III. PROMULGATION DU RÉSULTAT.

Lecture et classement des compositions. — Liste.

§ IV. RÉPÉTITIONS DE L'EXAMEN.

Leur nombre. — Leur caractère facultatif. — Matière de ces répétitions. — Les Instructions impériales. — Repas final.

§ V. PUBLICATION DE LA LISTE GÉNÉRALE.

Publication. — Visite des dix premiers au Sous-préfet. — Examens supplétifs.

5

CHAPITRE III.

EXAMEN DEVANT LE SOUS-PRÉFET. (縣考 *HIEN-K'AO*).

———oo❀oo———

§ I. DERNIERS PRÉPARATIFS DE L'EXAMEN.

Le jour de l'examen arrivé, tous les Candidats doivent se lever de très bonne heure, et immédiatement prendre leur déjeuner.

Bientôt on entend un coup de canon tiré au local des examens (號 礮 *hao-p'ao*). Ce 1ᵉʳ coup s'appelle 頭 礮 *t'eou-p'ao* (1). Une heure ou une heure et demie plus tard, deux nouveaux coups (二 礮 *eul-p'ao*) sont tirés. Les Candidats partent alors pour le lieu de l'examen portant avec eux (2) «le panier de l'examen» (考 籃 *k'ao-lan*), contenant des pinceaux, un encrier avec de l'encre, du papier (3), un petit vase pour l'eau, des livres (4) et quelques

---

(1) Le premier coup de canon doit être tiré vers le 5ᵉ veille (五 鼓 *ou-kou*). Les Chinois divisent la nuit en cinq veilles (五 更 *ou-keng*), qui durent chacune 2 heures, et sont marquées par un nombre correspondant de coups de tamtam (鑼 *louo*), ou de tambour (鼓 *kou*), frappés par les veilleurs (更 夫 *keng-fou*), pendant presque toute la nuit. On dit ainsi p. ex. 三 擊 鑼 *san-ki-louo* "trois coups de tamtam", 五 擊 鼓 *ou-ki-kou* "cinq coups de tambour" pour désigner la 3ᵉ , la 5ᵉ veille. Voici le tableau de ces veilles.

5 Veilles.	Termes ordinaires.	Termes littéraires.	Désignation de l'heure.
1ᵉ Veille.	一更 I-keng.	甲夜 Kia-yé.	7h. et 8 h. soir.
2ᵉ ,,	二更 Eul-keng.	乙夜 I-yé.	9 h. et 10 h. ,,
3ᵉ ,,	三更 San-keng.	丙夜 Ping-yé.	11 h. et 12 h. min.
4ᵉ ,,	四更 Se-keng.	丁夜 Ting-yé.	1 h. et 2 h. mat.
5ᵉ ,,	五更 Ou-keng.	戊夜 Ou-yé.	3 h. et 4 h. ,,

(2) Ils peuvent se faire aider par des amis ou des domestiques, qui les accompagnent jusqu'au local de l'examen. C'est ce qu'on appelle 送 考 *song-k'ao*.

(3) Ces quatre objets: papier (紙 *tche*), encre (墨 *me*), pinceaux (筆 *pi*), et encrier (硯 *yen*), sont ce qu'on appelle "les quatre trésors de la salle d'étude" 文 房 四 寶 *wen-fang-se-pao*.

(4) On peut aussi apporter des compositions faites ailleurs, soit manuscrites, soit imprimées, pour les consulter ou même pour les transcrire (勦 襲 *tch'ao-si*), vu que dans cet examen le défaut de surveillance rend cette supercherie facile. Mais on s'abstient

provisions de bouche (1). Arrivés devant la grande porte, ils attendent les trois derniers coups de canon (三 礮 san-p'ao), tirés après un intervalle à peu près égal au premier, après quoi la porte est immédiatement ouverte.

Le Directeur des lettrés, en habits de cérémonie, entre alors pour veiller au bon ordre, puis après lui tous les Candidats, aussi en costume de cérémonie, avec ceux qui les accompagnent; un certain nombre de ces derniers pénètrent jusque dans l'intérieur du local et choisissent pour leurs protégés une place ou une table à leur convenance. Les Candidats attendent là que l'on fasse évacuer la salle par les étrangers.

Bientôt a lieu l'appel des noms des Candidats (點 名 tien-ming ou 唱 名 tch'ang-ming), suivant l'ordre d'inscription aux tableaux: il est fait par un employé du Bureau des rites, en présence du Sous-préfet, qui en habits de cérémonie préside à l'examen. Si quelqu'un des Candidats se levait trop tard, ou, pour quelque autre cause, n'arrivait pas à temps pour l'appel de son nom, il pourrait néanmoins se présenter ensuite, pour y faire suppléer. C'est ce qu'on appelle 補 點 pou-tien.

Aux termes d'un décret de l'Emp. 雍 正 Yong-tcheng (13e an. 1735) renouvelé par 乾 隆 K'ien-long (10e et 29e an. 1745 et 1764) et par d'autres Empereurs, pendant l'appel, les Répondants ou 廩 保 ling-pao doivent être présents, afin de reconnaître (識 認 che-jen) si celui qui répond est le vrai Candidat nommé ou un remplaçant. Je n'ignore pas que de nos jours cette loi est tombée dans quelques endroits en désuétude, mais il est bon d'ajouter que si l'on vient à découvrir que quelqu'un s'est substitué frauduleusement à un Candidat, un autre décret de 1735 de l'Emp. 雍 正 Yong-tcheng soumet le Répondant à la dégradation et à la peine de 100 coups de bâton, pour avoir pris la responsabilité d'une personne qu'il n'aurait pas dû patronner (冒 保 mao-pao).

Tout Candidat à l'appel de son nom, s'avance aussitôt, remet son certificat, et reçoit pour la composition un cahier, timbré au sceau du Président; ce cahier s'appelle 試 卷 che-h'iuen ou 卷 子 h'iuen-tse, long d'environ 27centim. sur 12 de large.

Les Candidats doivent écrire eux-mêmes les deux caractères 文 童 wen-t'ong dans les deux cercles sur la couverture du cahier, et leur nom au-dessous, au milieu du sceau.

---

généralement de transcrire une composition imprimée, dans la crainte qu'un autre ne prenne le même passage: on commettrait ainsi la faute qu'on appelle 雷 同 lei-t'ong, et les deux compositions seraient refusées.

(1) A l'examen pour le Baccalauréat, on ne donne aucune nourriture. Les Candidats mangent ce qu'ils ont apporté; ils peuvent aussi acheter quelques provisions aux satellites ou aux petits marchands dont les satellites gagnés à prix d'argent tolèrent la présence dans l'enceinte des examens, malgré les défenses contraires.

COUVERTURE DU CAHIER.   *INTÉRIEUR DU CAHIER.*

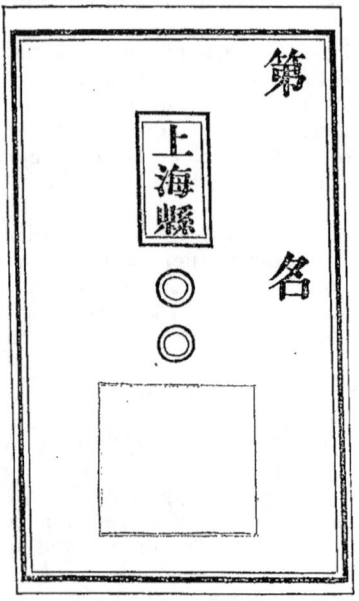 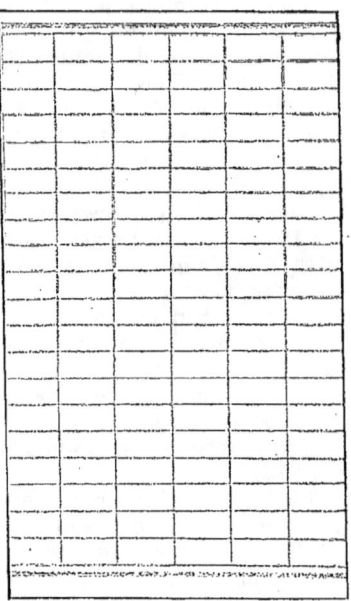

Dès qu'ils ont reçu le cahier, ils vont prendre une place, à leur choix, et y déposent leurs habits de cérémonie. Quant aux étrangers et au Directeur des lettrés lui-même, ils doivent tous sortir (1).

---

(1) Il n'est pas rare qu'un Candidat sorte, ce qu'il peut faire sans difficulté, et laisse à sa place un substitut qui fasse la composition en son nom. C'est ce qu'on appelle 頂替 *ting-t'i*, 槍替 *ts'iang-t'i*, 代考 *tai-k'ao*, 代倩 *tai-ts'ing*, etc., mais plus généralement 槍手 *ts'iang-cheou* : par ce nom l'on désigne tous ceux qui se substituent à un autre pour faire sa composition. Les auteurs de cette fraude, s'ils sont découverts, sont passibles de 3 mois de cangue et de l'exil perpétuel dans une région insalubre ou 發烟瘴充軍 *fa-yen-tchang-tch'ong-kiun ;* et ceux qui les ont invités sont condamnés à la même relégation. Le Directeur des lettrés qui ayant eu connaissance de cette supercherie, ne la dénoncerait pas, devrait être dégradé ; en cas de simple négligence de sa part, il est abaissé d'un degré (降一級 *kiang-i-ki*) et changé contre un autre poste (調用 *tiao-yong*). Il y a, outre le moyen susdit de substitution, le cas des Candidats qui prenant le nom d'un autre (冒名 *mao-ming*, ou 頂名 *ting-ming*, ou 頂冒 *ting-mao*), ou inventant quelque faux nom (揑名 *nié-ming*), subissent l'examen, munis de deux cahiers (重卷 *tch'ong-k'iuen*), obtenus d'ordinaire par corruption de l'employé du Bureau des rites ; l'un inscrit à leur nom propre, l'autre au nom de la personne supposée ; ils font la

Le Sous-préfet se rend alors avec un satellite à la porte et examine si elle est bien fermée à clef, et scellée au moyen d'une bande de papier munie de son sceau (封 條 *fong-t'iao*). Au retour de cette inquisition, il fait suspendre dans le local de l'examen un tableau portant les thèmes de l'amplification écrits sur papier rouge et qu'il a choisis lui-même. Pour cet examen, il y a deux thèmes, tous deux pris dans les « Quatre livres»: l'un pour ceux qui ont plus de 20 ans et qui ont reçu le chapeau viril (已 冠 文 題 *i-koan-wen-t'i*); l'autre pour ceux au-dessous de 20 ans (未 冠 文 題 *wei-koan-wen-t'i*). Tous les deux s'appellent du reste 首 題 *cheou-t'i* ou 頭 題 *t'eou-t'i*, étant les thèmes pour la première amplification.

---

§ II. L'EXAMEN.

Le Président se retire alors dans la chambre qui lui est réservée, et tous les Candidats doivent se mettre à commencer leur composition.

Il est d'usage pour cet examen de laisser la plus entière liberté. Aussi voit-on des Candidats changer de place, se consulter entre eux, composer et écrire pour d'autres, quelquefois aussi se disputer et même en venir aux coups. Ils sont tous néanmoins dans l'obligation de transcrire au moins 7 ou 8 lignes en écriture régulière sur le cahier. Car au bout d'une heure environ, un employé vient timbrer le cahier de chacun à l'endroit où finit la transcription. C'est ce qu'on appelle 蓋 戳 *kai-tch'o* ou 打 印 *ta-yn* (1). S'il n'y a rien d'écrit, le cachet doit être apposé en tête du cahier. Ce qui révèle l'incapacité du Candidat; aussi y a-t-il des Candidats qui obtiennent que le cachet soit mis plus loin.

Vers 9 h. ou 10 h., le 2° thème d'amplification (次 題 *ts'e-t'i* ou 後 題 *heou-t'i*) est affiché (2). Ce thème, pris aussi des « Quatre livres», est ordinairement le même pour tous les Candi-

---

composition sur chacun des deux cahiers, dans l'espoir que le Président en approuvera au moins un. Des employés même du Sous-préfet communiquent le thème à l'extérieur et vendent des compositions faites au dehors (傳 遞 *tch'oan-ti*). Pour cela, on fait aussi passer sous la porte ou par une conduite d'eau le thème écrit sur un papier ou bien sur un morceau de brique ou de tuile; ou bien même on le jette par dessus le mur à un ami aux aguets qui fait passer la composition par la même voie, etc., etc.

(1) Ce timbre n'est pas un sceau officiel; ce peut être un cachet quelconque.

(2) Ce système de donner les thèmes de l'examen en deux fois a été établi par l'Empereur 乾 隆 *K'ien-long*, dans la 53° année de son règne (1788). Il a pour but de rendre la communication avec l'extérieur plus difficile.

dats, auquel cas il s'appelle 通塲次題 *t'ong-tch'ang-ts'e-t'i*.
On y joint un thème de vers, toujours le même pour tous (通塲
詩題 *t'ong-tch'ang-che-t'i*).

Les amplifications et les vers une fois finis, il faut les
transcrire sur le cahier, d'abord en écriture régulière (謄真
t'eng-tchen ou 繕寫 *chan-sié*), ensuite en écriture cursive (草稿
ts'ao-hao). Si ces deux transcriptions ont la moindre différence,
la composition peut être rejetée.

Dans la composition et dans la transcription, le Candidat
doit surtout faire une grande attention aux noms des Empereurs
de la dynastie actuelle, les seuls pour lesquels existe la prohibition dont nous allons parler. Notons d'abord que chaque Empereur a plusieurs sortes de noms; celui qui désigne les années du
règne est dit 年號 *nien-hao*; celui qui est donné après la mort,
尊諡 *tsuen-che;* celui qui est consacré pour le temple des ancêtres 宗廟 *tsong-miao*, 廟號 *miao-hao;* le nom personnel de
l'Empereur dit 御名 *yu-ming* lorsque le prince est encore en
vie, et 廟諱 *miao-hoei* quand il est décédé; c'est précisément cette dernière sorte de nom 廟諱 *miao-hoei* et 御名 *yu-ming*, aux
caractères duquel les Candidats, par respect pour le souverain,
doivent faire une grande attention, ou pour en éviter l'emploi (敬
避 *king-pi*) ou pour les remplacer par d'autres (恭代 *kong-tai*).
Pour plus de clarté nous donnerons ici le tableau des divers
noms des Empereurs de la présente dynastie.

年號 *Nien-hao.*	廟諱 *Miao-hoei*, 御名 *Yu-ming.*	廟號 *Miao-hao.*	尊諡 *Tsuen-che.*
1 順治 Choen-tche.	福臨 Fou-lin.	世祖 Che-tsou.	章皇帝 Tchang-hoang-ti.
2 康熙 K'ang-hi.	玄燁 Hiuen-yé.	聖祖 Cheng-tsou.	仁皇帝 Jen-hoang-ti.
3 雍正 Yong-tcheng.	胤禛 Yn-tcheng.	世宗 Che-tsong.	憲皇帝 Hien-hoang-ti.
4 乾隆 K'ien-long.	弘曆 Hong-li.	高宗 Kao-tsong.	純皇帝 Choen-hoang-ti.
5 嘉慶 Kia-k'ing.	顒琰 Yong-yen.	仁宗 Jen-tsong.	睿皇帝 Joei-hoang-ti.
6 道光 Tao-koang.	旻寧 Ming-ning.	宣宗 Siuen-tsong.	成皇帝 Tch'eng-hoang-ti.
7 咸豐 Hien-fong.	奕詝 I-tchou.	文宗 Wen-tsong.	顯皇帝 Hien-hoang-ti.
8 同治 T'ong-tche.	載淳 Tsai-choen.	穆宗 Mou-tsong.	毅皇帝 I-hoang-ti.
9 光緒 Koang-siu.	載湉 Tsai-t'ien.	Le Monarque actuel.	

Voici quelques remarques à faire sur les noms contenus
dans ce tableau; il est permis de se servir des deux caractères
福 *fou* et 臨 *lin* formant le nom du premier Empereur; ceux
du second doivent être remplacés par 元煜; c'est ainsi que maintenant, pour désigner la couleur noire, on écrit 元色 pour 玄
色, comme cela se pratique notamment, dans les éditions modernes de l'opuscule des Mille caractères (千字文 *Ts'ien-tse-wen*)
(1), où l'on écrit 天地元黃. Les caractères désignant le 3e Empereur sont de même remplacés par 允禎; ceux du 4e, par 宏

---

(1) Voir *Cursus Litt. sinic.* II. pag. 112.

歴. Ceux du 5° et du 6° Empereur doivent être absolument évi-
tés, sans qu'il soit permis de leur en substituer d'autres. Enfin
dans les noms des Empereurs qui suivent, on peut se servir du
premier caractère, mais nullement du second.

Le même témoignage de respect est dû à certains caractères semblables à ceux des noms impériaux, ou qui en sont dé-
rivés; ainsi, à cause du caractère 玄 hiuen qui commence le nom
du 2ᵈ Empereur, les lettres 絃 hien, 牽 cho, 茲 tse etc. doivent s'écrire 絃, 牽, 茲; de même à cause de la lettre 禛 tcheng,
2° caractère dans le nom du 3° Empereur, il faut changer 眞
tchen en 真; pareillement, la lettre 弘 hong étant le 1ᵉʳ caractère dans le nom du 4° Empereur, 強 hiang doit être écrit 強, etc.
L'Empereur 嘉慶 Kia-k'ing, par une décision donnée de vive voix,
a ordonné que le nom de son frère aîné 顒璉 Yong-lien (nom
posthume 端慧 Toan-hoei) qui était le prince héritier, mais était
mort avant d'arriver au trône, fût remplacé par les caractères 永
連. De même l'Empereur actuel 光緒 Koang-siu par respect
pour son père défunt. a décrété que des deux caractères 奕譞
I-hiuen composant son nom, le premier seul pût être désormais
employé, le second demeurant absolument prohibé.

En outre l'Empereur 雍正 Yong-tcheng (3° an. 1725) a
statué que le nom de Confucius, 丘 K'ieou, ne devrait jamais
être employé, mais serait toujours remplacé par 邱, excepté dans
un seul cas : lorsqu'on désignerait le temple des sacrifices au
Ciel, lequel se nomme 圜丘 Yuen-k'ieou, alias 郊壇 kiao-tan.
C'est pour cette raison que partout où des familles ou des villes
avaient adopté ce nom, la lettre 丘 a été changée en 邱; par ex.
le nom de famille 丘 ne peut plus de nos jours s'écrire que 邱;
de même les Sous-préfectures de 商丘 Chang-k'ieou, 章丘
Tchang-k'ieou, etc. ont vu leur nom transformé en 商邱, 章邱.
Bien plus, par le même décret, le dit Empereur est allé jusqu'à
prescrire que toutes les fois qu'on rencontrerait ce nom de Confucius, on eût à le prononcer Meou au lieu de K'ieou. Des lettrés pleins de zèle, désireux de suivre l'exemple de l'Empereur, se
sont depuis lors abstenu d'écrire dans leurs compositions même
le nom du philosophe Mencius 軻 K'o, et bien qu'aucune déclaration impériale n'ait sanctionné cette pratique, elle est devenue
d'un usage général, si bien que le nom de Mencius est prononcé
Meou comme celui de Confucius.

Une sanction légale a été édictée contre toute infraction
aux prescriptions ci-dessus : tout Candidat qui par ignorance ou
négligence, introduit dans sa composition une des lettres défen-
dues, est mis hors de concours et reçoit la férule; si c'est un Bachelier qui se présente à la Licence, il est en outre exclu du droit
de se présenter au concours suivant.

Si au milieu de toutes ces préoccupations l'on a omis un caractère, en recopiant son brouillon, on peut l'ajouter sur le côté;

si deux caractères ont été intervertis, on ne peut en corriger l'inversion par un signe : il faut biffer l'un des deux par un petit point et le récrire à côté de la ligne (1); mais il n'est pas permis d'y faire un trou qu'on boucherait avec un morceau de papier.

Les transcriptions terminées sont remises à un des employés; c'est ce qu'on applle 繳 卷 *kiao-k'iuen*. Dès que leur nombre atteint 40 à 50, le Sous-préfet, en habits de cérémonie, se rend à la porte principale avec un employé à qui il donne la clef pour ouvrir, après avoir enlevé le sceau. La présence du Sous-préfet a pour but d'empêcher toute communication de l'extérieur avec ceux qui restent, et aussi de faire honneur aux Candidats sortants. Ceux donc qui ont remis leur cahier procèdent à la sortie. C'est ce qu'on apelle 放 牌 *fang-p'ai*, ou pour cette première fois, 放 頭 牌 *fang-t'eou-p'ai*. A l'ouverture de la porte, il est tiré trois coups de canon et la musique se fait entendre jusqu'à ce que tous soient sortis. La porte est alors fermée et scellée de nouveau. L'heure de cette première sortie varie suivant que les compositions ont pris plus ou moins de temps; elle a généralement lieu entre 3 h. ½ et 4 h. ½ .

Après un intervalle de une à deux heures, quand on juge qu'il y a un nombre suffisant de Candidats prêts, il se fait une seconde sortie (放 二 牌 *fang-eul-p'ai*) avec les mêmes cérémonies que la première; puis encore une troisième (放 三 牌 *fang-san-p'ai* ou 放 末 牌 *fang-mo-p'ai*); mais ensuite pour les autres sorties qui ont encore lieu jusqu'à minuit et même plus tard, il n'y a plus ni coup de canon, ni musique. Il est à remarquer qu'on ne fournit pas de lumière aux Candidats qui restent la nuit, et qu'ils ont dû se pourvoir de chandelles. Tout Candidat qui n'a pas fini ses compositions (不 完 卷 *pou-wan-k'iuen*) est exclu des examens ultérieurs.

---

§ III. PROMULGATION DU RÉSULTAT.

Ce premier examen (正 塲 *tcheng-tch'ang* ou 頭 塲 *t'eou-tch'ang* terminé, les Candidats attendent chez eux le résultat. Cependant le Sous-préfet, assisté de quelques lettrés, lit les compositions. S'il n'a pas de grade littéraire et qu'il ait acheté son titre, il doit se faire suppléer par un Docteur étranger à sa juri-

---

(1) Il est à peine utile de rappeler que les Chinois écrivent en lignes verticales, qui se suivent de droite à gauche. Les Mandchous depuis 1599 se servent des caractères Mongols pour représenter les sons de leur langue, qu'ils écrivent aussi verticalement, mais de gauche à droite.

diction, qu'il invite à cet effet, et en informer ensuite le Gouverneur de la province. (乾 隆 *K'ien-long* 9ᵉ an. 1744).

Le Sous-préfet prépare donc la liste des Candidats (案 *ngan*) suivant leur ordre de mérite. Il est arrivé plus d'une fois que la partialité de ces magistrats leur a attiré un châtiment mérité. C'est ainsi que la 21ᵉ année de l'Emp. 乾 隆 *K'ien-long* (1816), un nommé 段 南 金 *Toan Nan-kin,* Candidat de la Sous-préfecture de 黎 城 *Li-tch'eng* dans la Province du 山 西 *Chan-si,* ayant prié un mandarin inférieur (典 史 *tien-che,* alias 捕 廳 *pou-t'ing*) nommé 買 書 升 *Kia Chou-cheng,* d'obtenir pour lui du Sous-préfet 馮 汝 楫 *Fong Jou-tsie,* la première place, moyennant 80 onces d'argent, ce mandarin cupide qui avait accepté cette somme, sans prendre cependant un engagement formel, se vit, avant même d'avoir rien pu faire, dénoncé, puis dégradé et exilé pendant trois ans; l'officier 買 書 升 *Kia Chou-cheng* fut condamné à la même peine; pour le Candidat, il fut exilé pendant deux ans et demi.

Au bout de 3 ou 4 jours, la liste est promulguée (發 案 *fa-ngan* ou 出 案 *tch'ou-ngan*). Les noms des Candidats reçus sont écrits sur papier blanc, en figure de cercles (圖 *t'ou* ou 圈 *k'iuen*) (1), d'où vient que la liste est appellée 團 案 *t'oan-ngan* «liste circulaire». Les noms sont mis par ordre de mérite, 50 dans chaque cercle; quant aux cercles, ils ont aussi leur numéro d'ordre, p.e. 第 一 圖 *ti-i-t'ou,* 第 二 圖 *ti-eul-t'ou,* « 1ᵉʳ, 2ᵉ» etc.; pour le dernier, s'il y a, comme cela arrive d'ordinaire, moins de 50 noms, on les met plus espacés (2).

Enfin la liste est affichée au mur du local des examens, avec trois coups de canon, ce qui se fait. *toties quoties.* Ceux qui trouvent leur nom sur cette liste ne sont pas pour cela gradués; ils ne sont qu'admissibles en vue des examens postérieurs. Si l'on ne trouve son nom dans aucun des cercles, c'est qu'on est refusé. Il y a ordinairement 100 à 200 Candidats et plus, refusés à ce premier examen.

Nous donnons ci-contre la figure d'un des cercles. Le diamètre est environ de 0ᵐ 40. Le nom du 1ᵉʳ s'écrit un peu plus haut que les autres. Les noms se suivent par ordre de mérite, de gauche à droite. Ainsi donc ici 保 祿 *Pao Lou,* «Paul», est le second, et 多 默 *Touo Me* «Thomas» le dernier.

_____

(1) Le cercle est l'image de la cible qu'atteignent (中 *tchong*) les bons archers.

(2) Si l'on demande à quelqu'un quelle place il a obtenue dans l'examen (第 幾 名 *ti-ki-ming*) et qu'il réponde qu'il est dans le 3ᵉ cercle (三 圖 裡 *san-t'ou-li*), cela veut dire qu'il est entre 100 et 150.

§ IV. RÉPÉTITIONS DE L'EXAMEN.

En même temps que la liste est promulguée, on indique l'époque, ordinairement un jour après, pour la répétition de l'examen (覆試 *fou-che*). Mais cette première répétition 初覆 *tch'ou-fou* ou 頭覆 *t'eou-fou* étant en même temps un 2ᵉ examen, s'appelle en conséquence 二塲 *eul-tch'ang* ou 次塲 *ts'e-tch'ang*; et ainsi de suite pour les répétitions suivantes (1).

---

(1) Si quelqu'un demande de quel examen il s'agit (第幾塲 *ti-ki-tch'ang*) et qu'on lui réponde que c'est le 3ᵉ (第三塲 *ti-san-tch'ang*), cela signifie la 2ᵉ répétition (第二覆 *ti-eul-fou*). Si l'on disait p. e. la 3ᵉ répétition, ce serait le 4ᵉ examen.

　　　Les Candidats dont les noms sont dans les cercles, peuvent aller à ces répétitions, bien qu'ils n'y soient pas tenus. Mais dans le classement définitif 長案 *Ich'ang-ngan*, il est tenu compte à ceux qui y ont pris part des compositions qu'ils ont faites.

　　　L'entrée au local des examens se fait de la même manière que la première fois, après les trois derniers coups de canon, etc., avec la seule différence qu'on ne demande pas les certificats. Quant aux thèmes, on ne fait pas de distinction entre majeurs et mineurs. Pour tous il y a deux amplifications à faire sur des thèmes pris respectivement des «Quatre livres Classiques» et des «Cinq Canoniques» (1), plus une pièce de vers sur un sujet donné. Tout se passe du reste comme dans le premier examen. Au bout de deux ou trois jours, la liste est promulguée, le nombre des noms inscrits dans les cercles étant moins considérable que la première fois, et de même aux répétitions suivantes.

　　　La 2e répétition (二覆 *eul-fou*) se fait comme la 1ère, avec cette différence que le 1er thème étant toujours un sujet d'amplification tiré des «Quatre livres», le 2° est ordinairement un sujet de description poétique (賦 *fou*); le 3e est encore un sujet pour une pièce de vers.

　　　Pour la 3e répétition (三覆 *san-fou*), qui peut d'ailleurs se supprimer, les thèmes ne sont pas déterminés d'une manière rigoureuse. C'est ordinairement : un sujet d'amplification, un sujet de dissertation (論 *luen*), enfin une matière pour des vers de différents genres. A cette répétition, il est d'usage que le Président donne un goûter, le matin ou à midi. Il consiste ordinairement en 4 ou 6 petits pains, pour chaque Candidat, ou en une tasse de vermicelle.

　　　A la 4e répétition (四覆 *se-fou*), qui est la dernière et s'appelle en conséquence 終覆 *lchong-fou* ou 末覆 *mo-fou*, le nombre des Candidats est réduit à 60 ou 80. Cette fois les Candidats achètent deux cahiers. Sur l'un ils ont à écrire de mémoire (2) un passage des *Instructions impériales* 聖諭廣訓 *Cheng-yu-koang-hiun* (3), que par respect on met sur un cahier à part; sur l'autre ils ont à faire quelques périodes d'amplification, comme par exemple 4 exordes ou 起講 *h'i-kiang* (4). Mais dans plusieurs endroits, entre autres p. e. dans la Préfecture de 松江 *Song-kiang*, Province

---

　　(1) Ce second thème tiré des livres Canoniques est imposé par un décret de l'Emp. 乾隆 *K'ien-long* (53e an. 1788).

　　(2) Cette règle d'écrire de mémoire (默寫 *mé-sié*) n'est presque jamais observée, Presque tous copient sur un exemplaire de poche qu'ils ont apporté. Du reste cet exercice de mémoire prescrit jadis pour les examens 縣考 *Hien-k'ao* et 府考 *Fou-k'ao* a cessé d'être obligatoire depuis un décret de l'Emp. 嘉慶 *Kia-k'ing* (14e an. 1809); il est devenu facultatif et ne dépend plus que du bon plaisir du Président de l'examen.

　　(3) *Cursus litterat. sinicæ* I. pag. 23.

　　(4) *Ibidem*, V. pag. 20.

du 江 蘇 *Kiang-sou,* où ce n'est pas la coutume d'acheter ce double cahier, les Candidats après avoir transcrit leur composition écrivent immédiatement de mémoire cette *Instruction impériale* sur le même cahier.

Puisque nous sommes venus à parler des *Instructions impériales,* il sera opportun de faire quelques remarques à leur sujet. L'expression 聖 諭 *Cheng-yu* désigne les «ordres impériaux» qui contiennent 16 articles (條 *t'iao*), composés par l'Emp. 康 熙 *K'ang-hi,* et dont chacun ne contient que sept caractères. La seconde expression 廣 訓 *koang-hiun* désigne les Instructions composées par l'Emp. 雍正 *Yong-tcheng* sur le texte des 16 articles. La réunion des 4 caractères 聖 諭 廣 訓 *Cheng-yu-koang-hiun* désigne ainsi l'œuvre des deux Empereurs. Or ce livre est expliqué et commenté sous forme d'exhortation au peuple le 1er et le 15e jour de chaque mois, par des lettrés, d'ordinaire Bacheliers, que désignent à tour de rôle les mandarins locaux; c'est ce qu'on appelle 講 鄉 約 *kiang-hiang-yo,* ou simplement 講 約 *kiang-yo;* et celui qui est désigné pour cet office se nomme 約 正 *yo-tcheng.* Cette pratique ordonnée par le même Emp. 雍正 *Yong-tcheng* (7e an. 1729) a été de nouveau recommandée par 乾 隆 *K'ien-long* la première année de son règne (1736), et plusieurs fois encore dans la suite. Elle n'a sans doute rien que de louable. Mais ce qui l'est beaucoup moins, c'est l'abus que font certains lettrés des explications données jadis par quelques-uns des leurs sur celui des 16 articles qui concerne la religion. Cet article a pour titre : 黜 異 端 以 崇 正 學 *tch'ou-i-toan, i-tch'ong-tcheng-hio* «Réfuter les doctrines perverses pour accroître l'estime envers la vraie doctrine». La phrase qui concerne la religion chrétienne est celle-ci : 西 洋 教, 宗 天 主, 亦 屬 不 經. *Si-yang-kiao, tsong-T'ien-tchou, i-chou-pou-king.* «La religion européenne, qui honore «le Maître du Ciel (Dieu), n'est pas orthodoxe non plus.» Il arrive parfois qu'à l'occasion de l'explication de ce texte, des lettrés hostiles à la religion chrétienne, se permettent à son endroit des calomnies, dont plus d'un mouvement populaire n'a été que le contre-coup.

Il peut arriver malheureusement qu'un Examinateur prescrive précisément d'écrire ce passage, alors les Candidats catholiques, bien entendu, sont tenus de laisser de côté ces phrases offensantes pour leur religion, et par le fait même risquent de perdre leur grade pour la cause de l'Eglise.

Les compositions finies, transcrites, et livrées, on donne toujours aux Candidats un repas appelé 終 塲 酒 *tchong-tch'ang-tsieou* ou 覆 終 席 *fou-tchong-si* (1). Il y a huit personnes par table, et on sert huit mets différents. Après le repas, les Candidats

----

(1) Le nom de ce repas n'est pas fixé officiellement comme pour celui qui suit les examens de Licence et de Doctorat, ainsi qu'on le dira plus loin.

donnent tous quelques sapèques aux gens de service, et s'en
retournent chez eux, où ils se préparent au 2ᵉ examen 府考
Fou-k'ao.

---

§ V. PUBLICATION DE LA LISTE GÉNÉRALE.

On ne promulgue pas de liste particulière pour cette dernière
répétition, mais au bout de trois ou quatre jours on affiche la
liste générale (長 案 *tch'ang-ngan,* 正 案 *tcheng-ngan* ou 總案
tsong-ngan). Elle n'est pas donnée sous forme de cercles, mais
sur un grand papier rectangulaire où chaque ligne verticale contient cinq noms. Cette liste donnant les résultats de tous les examens, on peut y trouver les noms de Candidats, même rejetés au
premier examen (正 塲 *tcheng-tch'ang); ceux-là seuls sont exclus,
dont les compositions ont été absolument insignifiantes (不 通
pou-t'ong), ou incomplètes (不 完 卷 *pou-wan-k'iuen),* ou en tout
semblables avec une autre (雷 同 *lei-t'ong),* de même ceux qui
auraient été exclus pour quelque fraude, etc.; cela, d'après une
déclaration de l'Empereur 乾 隆 *K'ien-long* (14ᵉ an. 1749).

Celui qui est au premier rang dans cette liste, s'appelle 案
首 *ngan-cheou* et proprement 正 案 首 *tcheng-ngan-cheou* «le
premier dans la liste définitive», pour le distinguer des premiers
des listes précédentes, qui ne l'étaient que dans un sens restreint.
Il est aujourd'hui sûr d'être reçu Bachelier par l'Examinateur
provincial, par égard pour le Président de l'examen (1).

L'usage s'est établi que les dix premiers de cette liste générale fassent une visite de cérémonie chez le Sous-préfet qui est
revenu à son tribunal, pour le remercier de les avoir promus aux
premiers rangs (前 拔 *ts'ien-pa).* La cérémonie de cette audience
a lieu de la manière suivante : les Candidats, en habits de cérémonie, commencent par remettre leur carte (名 東 *ming-kien),*
qui ne porte que ces mots : 沐 恩 門 生 某 *mou-ngen-men-cheng-
meou* «l'élève N. qui a reçu le bienfait»; puis ils entrent dans le
salon du tribunal, où le Sous-préfet, en habits de cérémonie, se
tient debout au fond, du côté de l'ouest, et tourné vers le milieu

---

(1) Ce privilège est cependant illégal : déjà la 39ᵉ année de 康 熙 *K'ang-hi* (1700),
on lisait dans un édit de cet Empereur : 州 縣 官 有 賄 薦 案 首 者, 事 發,
俱 照 律 治 罪. "Dans le cas où un Sous-préfet aurait, par corruption, recommandé
indûment le 1ᵉʳ sorti de l'examen, si la chose est découverte. qu'il soit puni selon la loi";
— puis l'année 7ᵉ de 乾 隆 *K'ien-long* (1742) : 各 省 學 政, 不 得 因 府 州
縣 錄 送 之 首 名, 不 問 優 劣, 瞻 徇 情 面, 概 行 拔 取. "Les
Examinateurs des diverses Provinces ne doivent promouvoir au grade de Bachelier aucun
Candidat, capable ou non, pour la seule raison qu'il a été reçu le 1ᵉʳ par le Préfet ou le
Sous-préfet de la ville".

de la salle. Les Candidats font trois saluts, les mains jointes (揖 *i*),
ou au plus une prostration (拜 *pai*); le Sous-préfet leur répond
par une salutation, les mains jointes, et il leur cède les premières
places. Il leur offre alors le thé et leur dit quelques bonnes paroles d'exhortation. Tous promettent humblement de suivre ses
conseils, puis ils prennent le thé. Au départ, le Sous-préfet les
accompagne jusqu'à la porte intérieure du tribunal.

Comme on a pu le voir, la série de ces épreuves a consisté
en un examen suivi de 3 à 4 répétitions : 一 正 三 覆 *i-tcheng-*
san-fou, ou 一 正 四 覆 *i-tcheng-se-fou*. Cependant il se trouve
un assez grand nombre de Candidats qui, soit par motif d'économie, soit pour toute autre cause, ne suivent pas la filière régulière de ces épreuves; ils peuvent ensuite suppléer à ce défaut,
ce qui se nomme 補 考 *pou-k'ao*, ou, puisqu'il s'agit ici de l'examen de la Sous-préfecture (縣 考 *Hien-k'ao*), 補 縣 考 *pou-Hien-*
k'ao. Cela peut se faire ou vers la fin de l'examen 縣 考 *Hien-*
k'ao, ou peu de temps avant celui de la Préfecture 府 考 *Fou-*
k'ao. Les Candidats vont au Bureau des rites, y achètent un
cahier pour 3 ou 400 sapèques, puis prenant les sujets donnés
par le Sous-préfet à la 1ère épreuve (正 塲 *tcheng-tch'ang*), ils écrivent tant bien que mal leurs compositions à l'auberge où ils ont
pris leur gîte, et les remettent au dit Bureau. Celui-ci inscrit leurs
noms à la suite de la liste générale. Cette supercherie peut être
tenue si secrète que le Sous-préfet n'en sache rien.

Outre cette méthode qui demande le secret, il en est une autre
pratiquée publiquement et reconnue officieusement, bien que pro-
hibée également par l'Emp. 乾 隆 *K'ien-long* (14e an. 1749) en
ces termes: 正 考 之 外, 不 准 一 人 補 考. «En dehors de l'examen
«légitime, que pas un Candidat ne soit admis à un examen sup-
«plétif.» Les Candidats qui veulent bénéficier de cette coutume,
donnent donc leur nom au Sous-préfet, puis dans la dernière ou
l'avant-dernière répétition, ils se rendent au lieu de l'examen avec
les autres Candidats; le Président leur donne en particulier les
sujets des compositions, et veille à ce que leurs noms soient inscrits
à la fin du tableau. Le nombre de ceux qui à chaque session
recourent à ce moyen, est quelquefois de 30 à 40.

Tout le 補 考 *pou-k'ao* ayant été terminé, le Sous-préfet réunit
les compositions de la première épreuve 正 塲 *(tcheng-tch'ang)* de
tous ceux qui ont leur nom dans la dernière liste définitive, et
les envoie au Préfet. Quant aux autres cahiers, on peut les retirer
du Bureau des rites pour quelques sapèques. Ainsi se termine
cet examen devant le Sous-préfet (縣 考 *Hien-k'ao*).

CHAPITRE IV.

EXAMEN DEVANT LE PRÉFET (府 考 *FOU-K'AO*).

---

§ I. AVANT L'EXAMEN.

Fixation de l'époque. — Des Répondants. — Certificat. — Entrée.

---

§ II. EXAMEN ET RÉPÉTITIONS.

Compositions. — Liste. — Répétitions. — Liste générale. — Examens supplétifs. — Examen préliminaire des hommes appartenant aux Bannières.

CHAPITRE IV.

EXAMEN DEVANT LE PRÉFET (府 考 *FOU-K'AO*).

———o○○○○○——

§ I. AVANT L'EXAMEN.

Dès qu'un Préfet a été informé de l'époque de l'examen, il fait une petite proclamation pour porter à la connaissance de tous les Candidats de son ressort le jour de réunion à la Préfecture et celui de l'examen. Les Candidats de tous les arrondissements qui en dépendent, pourvu qu'ils soient nommés dans la dernière liste générale d'examen à leur Sous-préfecture respective, peuvent se présenter à cet examen, mais ils n'y sont pas obligés : aussi y a-t-il toujours un certain nombre de Candidats qui s'abstiennent de ce concours.

Les Directeurs des lettrés de chaque arrondissement et tous les Répondants (廩 保 *ling-pao*) de la Préfecture se rendent à la ville. Chaque Directeur assigne aux Candidats de son ressort des Répondants du même arrondissement, et affiche à la porte de son logement les noms de ceux qui sont ainsi assignés à tel ou tel comme répondant pour eux.

Les Candidats se rendent tous au Bureau des rites, où ils donnent leur nom et reçoivent un certificat, pour lequel ils paient 100 sapèques ou plus. Chacun va ensuite trouver son Directeur pour faire timbrer son certificat (payant encore un certain nombre de sapèques) ; cette fois le certificat doit être signé, non seulement par le Répondant *choisi,* mais aussi par le Répondant *assigné* (voir pag. 7).

Si le local des examens est suffisamment grand, l'examen a lieu le même jour pour tous les Candidats ; sinon, il a lieu en plusieurs fois, les Candidats de chaque Sous-préfecture étant réunis ensemble. Quant aux formalités de cet examen, elles sont à peu près les mêmes que pour l'examen 縣 考 *Hien-k'ao.*

Au jour fixé, les Candidats se rendent de très bonne heure aux portes latérales du local (轅 門 *yuen-men),* où ils attendent le 3e coup de canon et l'ouverture des portes. Ils entrent alors par Sous-préfectures et suivant l'ordre de leurs noms affichés sur des tableaux. Ils sont précédés par le premier Sous-préfet de la ville (首 縣 *Cheou-hien)* dont le tribunal se trouve généralement

dans l'enceinte de la même cité que celui du Préfet.   Il doit veiller
à la porte principale.

---

§ II. EXAMEN ET RÉPÉTITIONS.

Les Candidats ayant répondu à l'appel remettent leur certificat
à un employé du Préfet, qui leur donne le cahier de composition.
Tous les étrangers étant sortis, on ferme la porte avec une serrure
et on la scelle, comme d'habitude.   On affiche alors les premiers
thèmes de composition.   Ils sont différents pour les différentes
villes.   Ainsi, pour telle Sous-préfecture, il y aura un thème pour
les Candidats majeurs et un autre pour les mineurs, etc.   De même
pour la 2ᵉ amplification ; mais le sujet de poésie est ordinairement
le même pour tous.   Le reste se passe comme à l'examen 縣 考
Hien-k'ao.

La liste est donnée en cercle ; chaque Sous-préfecture a les
siens distincts des autres.   La manière de marquer l'ordre des
noms est tout à fait contraire à celle de l'examen précédent, car
pour cet examen 府 考 *Fou-k'ao,* ainsi que pour l'examen 院 考
Yuen-k'ao, l'ordre des noms se suit de droite à gauche dans le
sens des aiguilles d'une montre.

La 1ʳᵉ répétition se fait à peu près comme celle de l'examen
縣 考 *Hien-k'ao,* et la 2ᵉ également, à moins que, comme il arrive
le plus souvent, elle ne soit la dernière, auquel cas elle se passe
comme le 4ᵉ examen de la Sous-préfecture, et les Candidats ont à
écrire de mémoire une des *Instructions impériales* du 聖 諭 廣 訓
Cheng-yu-koang-hiun.   Les compositions terminées, on donne un
repas aux Candidats.

La liste générale est publiée séparément pour chaque Sous-
préfecture et le nombre des Candidats admis se trouve assez
diminué, comparé à celui du 縣 考 *Hien-k'ao.*   Les dix premiers
Candidats de chaque Sous-préfecture font visite au Préfet, de la
manière déjà décrite pour l'examen précédent. De plus, la même
faveur qui avait été accordée à celui qui était sorti premier sur
la liste définitive de l'examen de la Sous-préfecture, est également
assurée au premier de la même liste à l'examen de la Préfecture.

Ici encore, il y a des Candidats qui, n'ayant point subi au
temps réglementaire les épreuves de la Préfecture, y suppléent
ensuite (補府 考 *pou-Fou-k'ao)* de la même manière qui a été dite
plus haut pour le 補縣 考 *pou-Hien-k'ao;* ils achètent un cahier au
Bureau des rites, puis le rendent après y avoir écrit leurs compositions sur les sujets du premier examen ; leurs noms sont ensuite
inscrits à la fin de la liste générale.

Bien plus, il y a des Candidats qui, n'ayant subi aucun des
examens de la Sous-préfecture et de la Préfecture, veulent en-

suite suppléer (補府縣考 *pou-Fou-Hien-k'ao*). La chose n'est pas plus difficile : il suffit de se procurer au chef-lieu du département, les cahiers pour les matières de l'un et l'autre examen, auprès des deux Bureaux respectifs de la Sous-préfecture et de la Préfecture, qui tous deux inscrivent les noms des Candidats à la fin de leur liste. De la sorte, ceux-ci peuvent, sans être inquiétés, se présenter à l'examen 院考 *Yuen-k'ao*.

J'ajouterai ici une note concernant les examens des sujets rangés sous les Bannières (旗人 *k'i-jen*) (1), qui tiennent garnison (駐防 *tchou-fang*) dans plusieurs Provinces de l'Empire. Les Candidats de cette catégorie (旗童 *k'i-t'ong*) furent admis par l'Emp. 康熙 *K'ang-hi* (12e an. 1673) à se présenter aux examens, mais ils étaient tenus pour cela de se rendre à *Pé-king*. L'Emp. 嘉慶 *Kia-k'ing*, la 4e année de son règne (1799), sur la demande d'un Trésorier général (藩臺 *fan-t'ai*), de la Prov. du 湖南 *Hou-nan*, nommé 通恩 *T'ong Ngen*, supprima cette obligation; mais il ordonna qu'avant tout, les Candidats des Bannières fussent examinés sur le tir à l'arc, soit à cheval (騎射 *k'i-che* ou 馬箭 *ma-tsien*), soit à pied (步射 *pou-che* ou 步箭 *pou-tsien*). Déjà l'Emp. 康熙 *K'ang-hi* (28e an. 1689) avait fait de cet exercice une condition *sine qua non*.

Ces Candidats avertissent donc leur Capitaine (佐領 *tso-ling*) dont ils reçoivent un certificat; puis au jour fixé, ils subissent en présence de leur Général (都統 *tou-t'ong*) l'examen qui porte sur le tir (2). Ceux qui réussissent sont présentés par le Général

---

(1) Les Bannières (旗 *k'i*) sont de 4 couleurs : 黃 *hoang*, jaune ; 白 *pé*, blanche ; 紅 *hong*, rouge ; et 藍 *lan*, bleue. Depuis l'an. 1615, il y a 2 bannières de chaque couleur, se distinguant entre elles en 正 *tcheng*, ou simple, unie; et en 鑲 (廂) *siang*, bordée. Les Bannières de couleur jaune, blanche, ou bleue, sont bordées en rouge; la bannière rouge l'est en bleue. De là le nom de "8 Bannières" (八旗 *pa-k'i*). Elles se distinguent en outre en trois grandes classes, suivant la nationalité qui les compose, chacun des peuples, Mandchou (滿洲 *Man-tcheou*), Mongol (蒙古 *Mong-kou*), et Chinois (漢軍 *Han-kiun*), qui les composent, ayant ses 8 Bannières. Il y a donc en tout 24 Bannières (二十四旗 *eul-che-se-k'i*). Voici le tableau indiquant l'ordre des 8 Bannières :

上三旗 *Chang-san-k'i* "3 Bannières supér."			下五旗 *Hia-ou-k'i* "5 Bannières inf́r."		
1	鑲黃旗 *Siang-hoang-k'i*,	jaune bordée.	1	正紅旗 *Tcheng-hong-k'i*,	rouge unie.
2	正黃旗 *Tcheng-hoang-k'i*,	jaune unie.	2	鑲白旗 *Siang-pé-k'i*,	blanche bordée.
3	正白旗 *Tcheng-pé-k'i*,	blanche unie.	3	鑲紅旗 *Siang-hong-k'i*,	rouge bordée.
			4	正藍旗 *Tcheng-lan-k'i*,	bleue unie.
			5	鑲藍旗 *Siang-lan-k'i*,	bleue bordée.

(2) Ceux qui habitent *Pé-king* doivent subir cette épreuve en présence d'un officier supérieur nommé à cet effet par l'Empereur, à la requête du Ministère de la guerre. Puis ceux qui ont été reçus sont présentés au Sous-gouverneur (府丞 *Fou-tch'eng*) de la capitale 順天府 *Choen-t'ien-fou*, pour subir l'examen 府考 *Fou-k'ao*.

au Préfet de la ville pour subir avec les autres l'examen de la Préfecture 府 考 *Fou-k'ao* (1); le Préfet, à son tour, les approuve et les présente à l'Examinateur provincial pour le 院考 *Yuen-k'ao*.

Ayant terminé tout ce qui se rapporte aux formalités de l'examen, le Préfet envoie à l'Examinateur provincial, les compositions du premier examen dont les auteurs ont leur nom sur la liste générale; il y joint les cahiers qu'il avait précédemment reçus du Sous-préfet.

---

(1) Cet examen n'a lieu que dans les Préfectures où réside une garnison tartare (駐防 *tchou-fang*); ainsi dans le 山東 *Chan-tong*, à 青州府 *Ts'ing-tcheou-fou*; dans le 河南 *Ho-nan*, à 開封府 *K'ai-fong-fou*; dans le 江蘇 *Kiang-sou*, à 江寧府 *Kiang-ning-fou (Nan-king)*; dans le 福建 *Fou-kien*, à 福州府 *Fou-tcheou-fou*; dans le 浙江 *Tche-kiang*, à 杭州府 *Hang-tcheou-fou*; dans le 湖北 *Hou-pé*, à 荊州府 *King-tcheou-fou*; dans le 山西 *Chan-si*, à 太原府 *T'ai-yuen-fou*; dans le 陝西 *Chen-si*, à 西安府 *Si-ngan-fou*; dans le 甘肅 *Kan-sou*, à 寧夏府 *Ning-hia-fou*; dans le 四川 *Se-tch'ouan*, à 成都府 *Tch'eng-tou-fou*.

CHAPITRE V.

EXAMEN DEVANT L'EXAMINATEUR PROVINCIAL

(院 考 *YUEN-K'AO*).

§ I. PRÉPARATIFS DE L'EXAMEN.

Fixation de l'époque. — Le local d'examen. — Ordre de la session.

§ II. ENTRÉE AU LOCAL DES EXAMENS.

Appel. — Distribution des cahiers; fac-similé. — Inspection des Candidats. — Leur placement.

§ III. L'EXAMEN.

Sujets de composition. — Règlement. — Timbrage des cahiers. — Transcription. — Sortie.

§ IV. PREMIER CLASSEMENT ET RÉPÉTITION.

Lecture des compositions. — Cas de corruption. — Première liste. — Première répétition.

§ V. SECOND CLASSEMENT.

Seconde liste. — Nombre des lauréats. — *Transfert* à la Préfecture. — Certificat. — Frais.

§ VI. SECONDE ET TROISIÈME RÉPÉTITIONS.

CHAPITRE V.

EXAMEN DEVANT L'EXAMINATEUR PROVINCIAL

(院 考 *YUEN-K'AO*).

---

§ I. PRÉPARATIFS DE L'EXAMEN.

Le jour de l'examen étant fixé par l'Examinateur provincial et annoncé par les Sous-préfets respectifs de chaque Département, des employés du Bureau des rites de chaque Sous-préfecture doivent se rendre à la Préfecture, comme aussi tous les Directeurs des lettrés (1) et tous les Répondants du même district.

Cela pour le cas où le local de l'examen 試院 *che-yuen* (2) se trouve dans le chef-lieu du Département; car il arrive parfois que c'est une simple Sous-préfecture qui possède, depuis un temps immémorial, ces bâtiments 試院 *che-yuen*. Ainsi, dans la Province du 江蘇 *Kiang-sou*, le Département de 常州府 *Tch'ang-tcheou-fou* a son local des examens dans la ville de 江陰縣 *Kiang-yn-hien*; celui de 鎮江府 *Tchen-kiang-fou*, le sien à 金壇縣 *Kin-tan-hien*; celui de 揚州府 *Yang-tcheou-fou*, à 泰州 *T'ai-tcheou*; dans le 安徽 *Ngan-hoei*, la Préfecture de 鳳陽府 *Fong-yang-fou* possède deux de ces bâtiments, l'un dans l'enceinte de son chef-lieu, l'autre,

---

(1) En vertu d'un décret de la 9ᵉ année de 順治 *Choen-tche* (1652), actuellement encore en vigueur, chaque fois que l'Examinateur provincial se rend dans une Préfecture pour y faire subir l'examen 歲考 *soei-k'ao*, il examine aussi les Directeurs des lettrés, qui doivent tous ensemble pendant un jour, réunis dans le local des examens et non ailleurs (an. 7 de 乾隆 *K'ien-long*, 1742), faire deux amplifications, l'une sur les "Livres classiques", l'autre sur les "Livres canoniques", ainsi qu'une pièce de vers. Le résultat de cette épreuve est également promulgué, et l'Examinateur provincial est tenu d'adresser à l'Empereur les noms de ceux dont les compositions auraient été mauvaises.

(2) Le local d'examen de la Préfecture s'appelle souvent 考棚 *k'ao-p'ong*, de même que celui de la Sous-préfecture 試院 *che-yuen*. Pareillement, les bâtiments 試院 affectés à l'examen de Baccalauréat 院考 *Yuen-k'ao*, s'appellent souvent 貢院 *kong-yuen*, du même nom que ceux réservés à l'examen de Licence. Cependant, dans les livres, on écrit d'ordinaire 考棚 *k'ao-p'ong* pour les bâtiments des Sous-préfectures servant au 縣考 *Hien-k'ao*, 試院 *che-yuen* pour ceux des Préfectures servant au 院考 *Yuen-k'ao*, tandis que le nom de 貢院 *kong-yuen* est spécialement réservé aux édifices des Capitales de Provinces servant aux concours de Licence.

depuis l'Empereur 道 光 *Tao-koang*, dans la Sous-préfecture de
壽 州 *Cheou-tcheou;* en revanche le Département de 廣 德 州 *Koang-
lé-tcheou* n'en possède aucun, et ses Candidats doivent pour l'examen 院 考 *Yuen-k'ao*, se transporter dans la Préfecture voisine
de 寧 國 府 *Ning-kouo-fou;* etc., etc.

Lorsque l'Examinateur provincial est arrivé à la Préfecture,
sa première visite est pour le temple de Confucius : là il se
prosterne devant la tablette du philosophe, honorant en lui, comme
le font tous les lettrés, le premier maître de l'Empire 至 聖 先 師
tche-cheng-sien-che; il se rend ensuite dans la salle voisine du
temple, nommée 明 倫 堂 *ming-luen-t'ang,* où il reçoit la visite
de quelques Bacheliers conduits par leur Directeur : l'un d'eux
doit expliquer en public un passage des Livres classiques. Ce
n'est qu'alors que l'Examinateur, accompagné de ses Assesseurs (1)
au nombre de sept ou huit, gagne le local, où les examens ne
tarderont pas à commencer.

Notons néanmoins que pour quelques villes-frontières, telles
que sont 鎮 化 *Tchen-hoa* et 迪 化 *Ti-hoa* dans le Nouveau territoire
新 疆 *Sin-kiang,* 歸 化 *Koei-hoa* et 托 克 托 *T'o-k'o-t'o,* etc., dans la
Province du 山 西 *Chan-si,* comme à cause de leur trop grande
distance, il serait difficile aux Examinateurs de s'y rendre pour
en diriger personnellement les examens, les sujets de composition
sont envoyés par eux au Gouverneur provincial pour le 新 疆 *Sin-
kiang,* et pour le 山 西 *Chan-si* à l'Intendant 道 臺 *tao-t'ai* de la
Région; lesquels président l'examen, et envoient à l'Examinateur
les compositions faites par leurs administrés. La promotion de ces
derniers se traite ainsi par voie de correspondance.

L'Examinateur aussitôt arrivé à la Préfecture dont il doit
diriger personnellement les examens, publie l'ordre des différents
exercices. Voici, avec sa traduction, le texte d'une de ces pro-
clamations :

廿三日	廿二日	廿一日	二十日	十九日	十八日	十七日	十六日	十五日	十四日	十三日	十二日	十一日	初十日	初九日	初八日	初七日	初六日	初五日	初四日	初三日	初二日	初一日
起馬	獎賞	總覆武童	武生內塲並補武欠	武童內塲	武童外塲	童總覆	提覆二塲童	提覆一塲童	覆下三學一等生	某某縣二塲童	考教兼文生補考	某某下三學生正塲	某某上四學生正塲	覆生經古	童生經古	某某上四學生正塲	童生經古	放告	生經古	進院	謁聖講書閱城	下馬

Le 1ᵉʳ, Arrivée (de l'Examinateur).

Le 2, Visite à la pagode de Confucius, explication des livres, inspection des murailles de la ville.

Le 3, Entrée dans le local des examens.

Le 4, Permission (faite aux lettrés de présenter) des accusations.

Le 5, Examen pour les Bacheliers, sur le 經 古 king-kou, c.à.d. sur «l'Explication des Livres Canoniques et sur l'Etude de l'antiquité (1)».

Le 6, Examen 經 古 king-kou pour les Candidats.

Le 7, Examen pour les Bacheliers des quatre premières Sous-préfectures N. N....

Le 8, Répétition de l'examen 經 古 king-kou pour les Bacheliers.

Le 9, Examen pour les Bacheliers des trois dernières Sous-préfectures N. N....

Le 10, Examen pour les Directeurs des lettrés, ainsi que pour les Bacheliers qui, ayant omis l'examen triennal (歲 考 soei-k'ao), viennent pour y suppléer (2).

Le 11, Examen pour les Candidats des Sous-préfectures N. N. 1ère série.

Le 12, Répétition de l'examen pour les Bacheliers des quatre premières Sous-préfectures déclarés de 1ᵉ classe.

Le 13, Examen pour les Candidats des Sous-préfectures N. N. 2ᵉ série.

Le 14, Répétition de l'examen pour les Bacheliers de 1ᵉ classe, des trois dernières Sous-préfectures.

Le 15, Répétition de l'examen pour les Candidats de la 1ᵉ série.

Le 16, *Item* pour ceux de la seconde série.

Le 17, Répétition générale pour tous les Candidats.

Le 18, Examen pour les Candidats militaires, en dehors du

---

avoir invités dans une Province différente, fait connaître son choix à l'Empereur par la voie du Gouverneur provincial.

(1) Pour l'Explication des *Livres canoniques* ou 經 解 king-kiai, un Examinateur a donné, par exemple, ce sujet: 尙書尙字，何人所加，何所取義解. " Explication: Le livre des Annales se nomme 尙 書 chang-chou ; qui a ajouté le caractère *chang* 尙 ; qui fait aujourd'hui partie de ce livre ? Et quel est le sens de ce mot ?" Pour l'Étude de l'antiquité, ou 古 學 kou-hio, l'Examinateur donne généralement pour sujet une description poétique 賦 fou, ou plusieurs pièces de vers de 7 syllabes à composer, diverses questions concernant l'histoire ancienne, voire même quelques problèmes d'arithmétique à résoudre, etc., etc. Le choix est laissé aux lettrés entre ces différentes matières ; bien plus, cet examen lui-même 經 古 king-kou, appelé aussi 經 古 塲 king-kou-tch'ang ou 考 經 古 k'ao-king-kou, est absolument facultatif.

(2) Voir plus bas, Chapitre VII.

local des examens (1).

Le 19, Examen pour les mêmes à l'intérieur du dit local.

Le 20, Examen triennal pour les Bacheliers militaires au même lieu. — Examen supplétif pour ceux qui auraient omis l'un des examens triennaux.

Le 21, Répétition générale pour les Candidats militaires.

Le 22, Distribution des récompenses.

Le 23, Départ (de l'Examinateur).

Les Candidats qui ont leurs noms dans la liste générale de l'examen 府 考 *Fou-k'ao*, sont admis à cet examen 院 考 *Yuen-k'ao*, qui se fait en plusieurs fois, si le nombre des Sous-préfectures est considérable et si, par suite, il y a trop de Candidats pour passer tous ensemble. Tous les Candidats doivent aller au Bureau des rites de leur Sous-préfecture, se faire donner un certificat, lequel devra porter la signature de leur Répondant *assigné*, aussi bien que celle de leur Répondant *choisi*, et être timbré au sceau de leur Directeur.

Au jour de l'examen, tous les Candidats, revêtus de leurs habits de cérémonie qu'ils doivent garder tout le temps, vont de très bonne heure attendre aux portes latérales du local des examens. Ils portent eux-mêmes (car personne n'est admis avec eux) le panier de l'examen, lequel ne doit contenir que des pinceaux, un encrier avec de l'encre et un petit vase d'eau, du papier et quelques pains.

---

§ II. ENTRÉE AU LOCAL DES EXAMENS.

Après le 3e coup de canon, on ouvre les portes latérales. Le Préfet de la ville entre le premier et s'assied à la 2e porte (儀 門 *i-men*), accompagné de ses satellites : entre après lui le 1er Sous-préfet de la ville (首 縣 *Cheou-hien*), qui s'assied à la porte principale (大 門 *ta-men*); viennent ensuite tous les Directeurs des lettrés, qui se tiennent à la porte principale extérieure pour surveiller et maintenir l'ordre, et enfin les Répondants des différentes Sous-préfectures, en costume de cérémonie, accompagnant l'Examinateur provincial, qui s'assied tourné vers l'ouest à la porte intérieure (龍 門 *long-men*), entouré de différents employés.

Cependant un employé apporte une lanterne carrée au bout d'un bâton assez long. Sur cette lanterne, appelée 照 進 牌 *tchao-tsin-p'ai*, il est écrit en lignes horizontales: *Entrée de la Sous-préfecture de N.*, et au-dessous, en lignes verticales, les noms de 50 Candidats de cette Sous-préfecture. Il les conduit à la porte principale, où chacun d'eux reçoit une éclisse de bambou assez lon-

---

(1) Pour le sens de ces expressions "en dehors, à l'intérieur du local des Examens", cf. *Pratique des Examens militaires en Chine*, N° 6 des *Variétés sinologiques*.

gue (籤子 *ts'ien-tse*). Arrivés à la 2ᵉ porte, ils déposent ces éclisses dans un étui (籤筒 *ts'ien-t'ong*) (1).

L'appel nominal a maintenant lieu devant le Préfet de la ville et chacun, après avoir répondu *présent*, se rend auprès de l'Examinateur, dont l'entourage est brillamment illuminé. Chaque Répondant, dès qu'il voit ses Candidats, se nomme lui-même à haute voix : 某 保 *meou-pao* «N. Répondant» et ses Candidats répètent leur nom après lui. Ils remettent alors leur certificat à un employé, qui leur donne un cahier de composition et un petit dictionnaire de rimes (詩韻 *che-yun*) pour la composition poétique.

Ici le cahier de composition présente quelques particularités que je signalerai. Le nom du Candidat est écrit au Bureau des rites, non pas sur le cahier même, mais sur un petit feuillet mobile (浮 票 *feou-piao* ou 浮 籤 *feou-ts'ien*), de 0ᵐ 085 sur 0ᵐ 060, timbré aux sceaux du Préfet, du 1ᵉʳ Sous-préfet et du Directeur des lettrés, apposés de manière à tomber, partie sur le feuillet mobile, partie sur le cahier. A la fin de l'examen, le Candidat doit l'enlever et le garder chez lui, comme on le dira plus tard. Ce feuillet a pour but d'empêcher l'Examinateur de reconnaître l'auteur de la composition. Nous en donnons ci-dessous un fac-similé.

COUVERTURE DU CAHIER D'EXAMEN 院 考.

FEUILLET MOBILE.

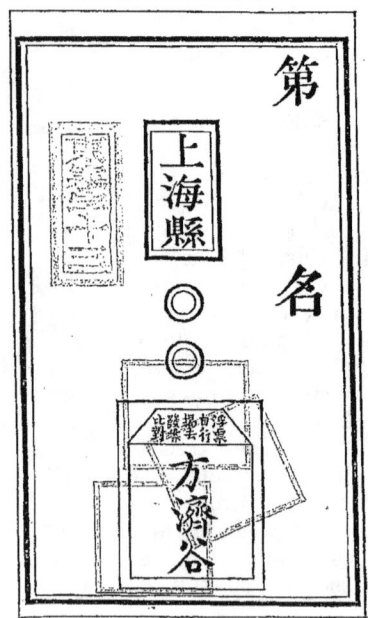

(1) La remise de cette éclisse est destinée à éviter les fraudes : elle assure l'identité du Candidat qui a comparu devant l'Examinateur provincial.

De plus, l'on appose sur le bord du cahier un petit cachet indiquant le N° du siège du Candidat (坐 號 *tsouo-hao*).

Pour le placement des Candidats dans le local des examens, il se fait de la manière suivante. Tous ceux qui, dans la liste générale d'examen 府 考 *Fou-k'ao*, ont un 單 名 *tan-ming*, c-à-d. un nombre impair pour leur N° dans la liste, seront placés du côté Est, tandis que ceux de N° pair 雙 名 *choang-ming* seront au côté Ouest. Si l'indication de placement est, par exemple, 東 塞 字 十 三 *tong-han-tse-che-san*, cela signifie qu'il faut aller à l'Est, à la table marquée du caractère 塞 *han* et prendre la place N° 13.

Après avoir reçu le cahier avec le petit dictionnaire de rimes, chaque Candidat se présente à un autre employé, debout à la droite de l'Examinateur, qui le tâte et palpe minutieusement pour s'assurer qu'il n'a pas sur lui de livres, de compositions, ou même d'argent. C'est ce qu'on appelle 搜 檢 *cheou-kien* (1). Si l'on trouvait de ces objets prohibés, ils seraient enlevés et le coupable serait, d'après la loi, passible de la cangue (枷 *kia*). Après cette perquisition, les Candidats se rendent au local des compositions et cherchent la place indiquée sur leur cahier.

Ce local consiste en deux longs bâtiments courant du Nord au Sud, et ouverts sur une avenue appelée 甬 道 *yong-tao*, où stationneront au temps de l'examen des surveillants du mandarin. Dans ces deux bâtiments sont disposées en très grand nombre de longues tables perpendiculairement à la direction des bâtiments et marquées de 8 ou 10 N^os indiquant autant de places (2). Les tables sont d'ailleurs marquées par un gros caractère peint sur une planchette. Ces caractères sont pris à la suite dans le 千 字 文 *ts'ien-tse-wen* «Composition des mille caractères» qui, comme on sait, ne contient pas de caractères répétés (3). Seulement on passe les caractères qui diffèrent peu les uns des autres par la forme ou le son, comme 玉 et 王, 水 et 水; 宇 et 雨, 辰 et 臣, etc.; on en omet aussi quelques autres que le respect ne permet pas d'employer comme 天, 元, 皇, 帝, etc....

Les Candidats prennent leur place, tournés vers le Nord, et faisant face à un 3e corps de bâtiments qui complète les constructions en forme de fer-à-cheval : c'est dans ce corps de logis ouvert lui-même du côté du midi, que siège le Président. Les

---

(1) Cela n'empêche pas qu'il y ait bon nombre de Candidats qui apportent des compositions écrites en caractères très fins sur de petits papiers qu'ils cachent dans les pinceaux, dans les pains, dans les habits, etc., et dont ils s'aident pendant l'examen.

(2. A 松 江 *Song-kiang*, par ex., chaque bâtiment contient 21 chambres (間 *kien*), chaque chambre a 3 lignes de tables; et chaque table contient 10 places. Cela donne en somme 63 lignes ou 630 places pour un bâtiment, soit 1260 places pour les deux; il y a en outre dans la salle où l'Examinateur provincial préside, une centaine de places, appelées 堂 號 *t'ang-hao*.

(3) Voir *Cursus litt. sinic.* II. pag. 112.

Répondants étant sortis, les portes latérales sont fermées à clef, tandis que les portes principales, extérieure et intérieure, sont en outre scellées. A ce moment il n'est pas encore jour.

---

§ III. L'EXAMEN.

L'Examinateur prend place au siège d'honneur et donne ses ordres à plusieurs employés qui portent élevée en l'air une planchette assez longue surmontée d'une lanterne, sur laquelle est écrit le premier sujet d'amplification. Ils parcourent ainsi lentement l'avenue médiane, de manière à ce que tous puissent prendre connaissance de la matière d'examen. Comme au deuxième examen 府 考 *Fou-k'ao*, le sujet de la 1ère amplification varie pour les différentes Sous-préfectures, sans distinction toutefois de majeurs et mineurs. Il est pris des «Quatre livres classiques».

A côté de l'Examinateur sont préparées une dizaine d'estampilles, portant chacune deux caractères constituant une critique. Les voici : 移 席 *i-si*, quitter sa place (1); 換 卷 *hoan-k'iuen*, changer son cahier; 丟 紙 *lieou-tche*, jeter du papier à terre; 說 話 *chouo-hoa*, violer le silence; 顧 盼 *kou-p'an*, regarder par ci par là; 擅 越 *tch'an-yué* se transporter ailleurs; 抗 拒 *k'ang-kiu*, désobéir; 犯 規 *fan-koei*, violer quelque règle; 吟 哦 *yn-ngo*, réciter en chantonnant; 不 完 *pou-wan*, composition incomplète. Il y a constamment des surveillants dans l'avenue; s'ils prennent quelqu'un en faute, ils le dénoncent immédiatement à l'Examinateur et apposent, sur son cahier, un de ces cachets. Cette marque diminue la valeur de la composition et peut même la faire rejeter tout-à-fait.

Le silence doit donc être strictement observé pendant l'examen : cela n'empêche pas toutefois que deux Candidats ne puissent de fait s'entendre par écrit, et il n'est pas rare qu'un Candidat vende à son voisin la composition qu'il vient de faire contre la promesse par écrit d'une somme d'argent. Mais si la chose est découverte, ils sont tous deux passibles de l'exil.

Le timbrage du cahier pour constater si la composition a été commencée, se fait d'assez bonne heure, environ 20 minutes après que les thèmes ont été donnés.

Au bout d'environ deux heures, le 2e thème d'amplification est donné, tiré aussi des *Quatre livres;* il est ordinairement commun pour tous. Il en est de même du sujet de vers. Les sujets sont, comme la première fois, promenés au-dessus de longues tablettes;

---

(1) Dans presque tous les locaux d'examen, il y a sous la table un vase indispensable (淨 器 *tsing-k'i*) pour chaque Candidat, car personne ne doit quitter sa place avant d'avoir fini ses compositions.

mais cette fois, le jour étant venu, il n'y a pas de lanterne.

Vers l'heure 未 時 *wei-che* (1), les surveillants crient 快 謄 眞 *k'oai-t'eng-tchen*: «Vite, que l'on trans rive au propre!» Ensuite, au temps 申 時 *chen-che* l'on crie de nouveau: 快 交 卷 *k'oai-kiao-k'iuen*: «Vite, que l'on donne les cahiers!» Dès qu'un Candidat a fini ses compositions et les a transcrites, d'abord en écriture régulière, puis en écriture cursive, il enlève de son cahier le feuillet mobile (浮 票 *feou-piao*) qu'il garde, en ayant soin de retenir le numéro qu'il occupait. Il prend toutes ses affaires et les emporte; car une fois qu'il aura quitté sa place, il ne pourra plus y revenir. Il remet son cahier à un employé, en présence de l'Examinateur et reçoit une éclisse de bambou, puis il se rend à la porte 龍門 *long-men*, où il dépose son éclisse dans un étui. Dès qu'il y a un nombre suffisant de Candidats, environ 40 à 60, on fait la première sortie. Elle a lieu vers 3 heures, avec 3 coups de canon, mais sans musique et sans la présence de l'Examinateur, qui reste sur son siège.

Vers 4h. se fait la 2ᵉ sortie, comme la 1ʳᵉ; et vers 5h. ou à la fin du jour, la 3ᵒ qui est générale, même pour ceux qui n'ont pas fini leurs compositions, car il n'est pas permis d'avoir de la lumière. Les cahiers, même ceux qui n'auraient pu être achevés, doivent être alors ramassés par les surveillants; ces cahiers sont désignés sous le nom de 撤 卷 *tch'é-k'iuen.*

---

§ IV. PREMIER CLASSEMENT ET RÉPÉTITION.

Les compositions sont alors lues par les Assesseurs de l'Examinateur, lequel contrôle seulement les premières compositions qui feront les élus, et doit rendre son jugement sans aucune partialité. S'il se laissait corrompre et donnait indûment le degré

---

(1) Les Chinois divisent le jour complet en douze heures, comme il suit :

	Noms.	Signes correspondants.	Termes littéraires.	Heures correspondantes.
1	子時 *Tse-che.*	鼠 *Chou* Rat.	夜半 *Yé-pan.*	11ʰ. et Minuit.
2	丑時 *Tch'eou-che.*	牛 *Nieou* Bœuf.	鷄鳴 *Ki-ming.*	1 — 2ʰ.
3	寅時 *Yn-che.*	虎 *Hou* Tigre.	平旦 *P'ing-tan.*	3 — 4
4	卯時 *Mao-che.*	兎 *T'ou* Lièvre.	日出 *Je-tch'ou.*	5 — 6
5	辰時 *Tch'en-che.*	龍 *Long* Dragon.	食時 *Che-che.*	7 — 8
6	巳時 *Se-che.*	蛇 *Ché* Serpent	隅中 *Yu-tchong.*	9 — 10
7	午時 *Ou-che.*	馬 *Ma* Cheval.	日中 *Je-tchong.*	11 — Midi.
8	未時 *Wei-che.*	羊 *Yang* Mouton.	日昳 *Je-tié.*	1 — 2ʰ.
9	申時 *Chen-che.*	猴 *Heou* Singe.	哺時 *Pou-che.*	3 — 4
10	酉時 *Yeou-che.*	鷄 *Ki* Coq.	日入 *Je-jou.*	5 — 6
11	戌時 *Siu-che.*	犬 *K'iuen* Chien.	黄昏 *Hoang-hoen.*	7 — 8
12	亥時 *Hai-che.*	猪 *Tchou* Porc.	人定 *Jen-ting.*	9 — 10

à un Candidat, il serait ainsi que ce dernier passible de la décapitation, aux termes d'une loi plusieurs fois promulguée par les Empereurs et mise à exécution.

Un édit de la 53° année de 乾 隆 K'ien-long (1788) porte ce qui suit: 各 學 政 如 有 行 私 舞 弊, 賄 賣 生 童 者, 一 經 敗 露, 刑 茲 無 赦, 倘 各 督 撫 有 心 徇 隱, 必 一 併 問 擬 重 辟. « Les Examinateurs provinciaux, qui par intérêt privé ou par «fraude, auraient vendu le grade de Bachelier, si la chose est «découverte, seront condamnés sans rémission. Le Vice-roi et «le Gouverneur qui auraient volontairement dissimulé cette tran- «saction, seront tous deux condamnés à mort». Cette sanction rigoureuse a reçu plus d'une fois, comme nous l'avons dit, son application. Ainsi, par exemple, la 2° année du règne de 雍 正 Yong-tcheng (1734), un Examinateur provincial nommé 俞 鴻 圖 Yu Hong-t'ou, de même sous le règne de 乾 隆 K'ien-long, un autre Examinateur nommé 喀 爾 欽 K'o Eul-k'in, chargé de la province du 山 西 Chan-si, furent tous deux condamnés à mort pour s'être laissé corrompre à prix d'argent.

Au bout d'un jour environ, l'Examinateur promulgue, sépa- rément pour chaque ville, une liste sur papier blanc 水 牌 choei- p'ai, ou 粉 牌 fen-p'ai. où se trouvent, au lieu des noms des Candidats, les numéros inscrits sur leurs cahiers: cette liste n'est point circulaire, mais en lignes verticales. Les Candidats qui y trouvent leur numéro, ont désormais l'espoir fondé de remporter le brevet de Bachelier; ils ne le tiennent cependant pas encore; car si l'on doit recevoir vingt Candidats, par exemple, il s'en trouve 26 à 30 inscrits sur ce tableau 粉 牌 fen-p'ai. Ceux donc qui sont ainsi désignés, doivent le jour même, avant ou après midi, dans une répétition de l'examen appelée 提 覆 t'i-fou, tenter une dernière fois la fortune (1). Cette répétition a lieu d'ordinaire dans la salle même où se trouve le siège d'honneur de l'Examina- teur, lequel peut ainsi voir par lui-même les Candidats, et s'assurer plus facilement qu'il n'y a aucune fraude. Le local ainsi choisi a fait donner à cette répétition le nom de 堂 覆 t'ang-fou.

Quand les Candidats sont réunis dans la dite salle, on fait l'appel, non point par le nom, mais par l'ancien numéro de leur cahier; après quoi l'Examinateur donne aussitôt les sujets; ils ne portent que sur quelques périodes de l'amplification, et diffè- rent pour chaque Sous-préfecture. Cette fois encore dans le cahier

---

(1) Cette répétition 提 覆 t'i-fou a été inaugurée par 張 之 洞 Tchang Tche-tong, Vice-roi actuel du 湖 廣 Hou-koang, lorsque vers la 9° année de 同 治 T'ong-tche (1870) il était Examinateur du 湖 北 Hou-pé; l'Empereur approuva la mesure prise par lui, mais elle n'a pas encore été adoptée par toutes les provinces. Là où elle n'est point en usage, l'Examinateur public du premier coup la liste définitive 招 覆 案 tchao-fou-ngan, dont il sera bientôt question.

de composition, le Candidat n'inscrit pas son nom, mais le numéro qu'il avait eu au précédent examen.

---

§ V. SECOND CLASSEMENT.

Tout étant ainsi terminé, le lendemain, l'Examinateur public la liste, qui s'appelle 招覆案 *tchao-fou-ngan* «Liste convoquant à la répétition». Cette convocation emporte avec elle l'assurance du brevet de Bachelier; de là le nom de 紅案 *hong-ngan* ou «liste rouge», qui lui est donné en signe de joie. Cette liste ne porte encore d'autre indication que celle des numéros; ceux-ci sont rangés en cercle; il y en a autant que l'Empereur l'a statué pour chaque ville: la somme des Candidats à recevoir ainsi fixée est dite 學 額 *hio-ngo*, 進 額 *tsin-ngo* ou 庠 額 *siang-ngo*.

Au commencement de la présente dynastie, on décida de diviser les Gymnases publics 儒 學 *jou-hio*, suivant le nombre de leurs lettrés, en 大 學 *ta-hio* «grands Gymnases», 中 學 *tchong-hio* «Gymnases moyens» et 小 學 *siao-hio* «petits Gymnases», afin de déterminer en conséquence le nombre des Bacheliers à promouvoir à chaque concours. La détermination de ces trois classes de Gymnases a été faite par l'Empereur 雍 正 *Yong-tcheng* (2° an. 1724) et par ses successeurs. De nos jours encore, plusieurs villes sont régies par cette loi, qui a fixé 25 promotions pour les Préfectures et les Sous-préfectures les plus importantes, tandis que les autres Sous-préfectures en ont seulement 20, 16, ou 12, suivant la classe de leur Gymnase. Enfin les Sous-préfectures dont l'érection est récente n'ont que quatre à huit lauréats.

Le nombre anciennement fixé de cette sorte est dit 原 額 *yuen-ngo*, 定 額 *ting-ngo* ou 正 額 *tcheng-ngo*; parfois l'Empereur le réduit, et alors on l'appelle 減 額 *kien-ngo*; d'autres fois, au contraire, il est augmenté, soit pour une seule session, à raison par exemple d'un anniversaire, ou pour l'avénement au trône d'un nouvel Empereur, etc. (廣 額 *Koang-ngo* ou 暫 額 *tsan-ngo*); soit à perpétuité, à raison d'un subside en argent que certaines villes ont offert au gouvernement dans des temps difficiles 加 額 *hia-ngo*, 增 額 *tseng-ngo*, ou 永 額 *yong-ngo*. C'est de cette dernière façon que certaines Sous-préfectures ont droit à un nombre de promotions notablement supérieur à celui des Préfectures elles-mêmes, et qui monte, par exemple, jusqu'à 30 et 35. Toutes ces causes de modifications font varier pour les différentes Sous-préfectures, entre 4 et 35, ou même plus, le chiffre total des Bacheliers à recevoir.

C'est en conformité avec ce chiffre officiellement déterminé pour chaque ville, que l'Examinateur publie la liste définitive, 招 覆 案 *tchao-fou-ngan*. Si donc quelqu'un trouve son numéro dans cette liste, c'est qu'il est reçu Bachelier.

Sur cette même liste, l'Examinateur assigne à chaque Sous-préfecture quelques Bacheliers au-delà du nombre qui lui revient, et *transfére* leurs noms à la Préfecture, de manière à parfaire le nombre de Bacheliers fixé pour la Préfecture sans augmenter celui des Sous-préfectures. Ces Bacheliers appartiennent alors au collège de la Préfecture. Leurs numéros sur les listes des Bacheliers des Sous-préfectures sont cette fois marqués des deux caractères 撥府 *po-Fou*, «*Transféré à la Préfecture*». La raison est que la ville chef-lieu de Préfecture n'a pas ordinairement de territoire propre, ni, par suite, de population de son ressort, parmi laquelle on puisse promouvoir des Bacheliers. Au contraire, les 州 *Tcheou* indépendants, qu'on appelle 直隷州 *Tché-li-tcheou*, étant en réalité des Préfectures qu'on peut appeler de second ordre et qui ont un territoire propre, ne sont pas sujets à la disposition ci-dessus; ils ont donc en propre leur nombre de Candidats fixé, au même titre que les Sous-préfectures 縣 *Hien*, qui ressortissent à leur juridiction. Ainsi, par exemple, dans la Province du 雲南 *Yun-nan*, il y a plusieurs Préfectures, comme 開化 *K'ai-hoa*, 廣南 *Koang-nan*, 照通 *Tchao-t'ong*, 東川 *Tong-tch'oan*, etc., qui, ayant chacune leur territoire propre et dès lors leurs administrés déterminés, en qualité de 直隷州 *Tche-li-tcheou*, ne donnent pas lieu au *transfert* 撥府 *po-Fou*.

Il faut savoir aussi que le dit *transfert* 撥府 *po-Fou* ne se fait point en faveur de chaque Sous-préfecture suivant une loi déterminée; il peut même arriver qu'une de ces villes n'en bénéficie aucunement, si les Candidats présentés par son territoire ne réalisent pas les conditions de capacité suffisante. Ajoutons que les Bacheliers ainsi *transférés* sont pris au gré de l'Examinateur, à l'exception toutefois du 1er sur la liste de chaque Sous-préfecture, qui doit rester attaché au Gymnase de sa ville natale.

Aussitôt nommés, les nouveaux Bacheliers doivent acheter au Bureau des rites un certificat de même grandeur et de même formule que le 互結單 *hou-hi-tan*, dont nous avons parlé plus haut, au début des examens de Sous-préfecture et de Préfecture (1); cette fois il s'appelle 紅結 *hong-ki* «certificat rouge», expression qui désigne la joie d'une heureuse promotion, et non point nécessairement, la couleur du papier employé : sans ce certificat qui doit être ensuite remis à l'Examinateur provincial par le Directeur des lettrés, le Candidat approuvé ne pourrait passer la répétition d'examen 招覆 *tchao-fou*.

Ce certificat doit être rempli comme au commencement de l'examen, puis remis aux deux Répondants, qui le signent et le don-

_____

(1) Voir pag. 19 à 21.

nent au Directeur des lettrés (1) : celui-ci enfin y appose son sceau.
En même temps, les Répondants doivent traiter avec le Directeur
respectif des lettrés de la somme d'argent que lui paieront leurs
protégés, après quoi le nouveau Bachelier pourra le saluer comme son maitre, et être inscrit dans le cahier du Collège de
la ville (學 冊 *hio-tche*) comme élève approuvé.

Le montant de cette somme, qu'on appelle 修 金 *sieou-
kin*, 學 金 *hio-kin*, ou littérairement 修 贄 *sieou-tche*, 贄 儀
tche-i, etc., est très variable. En moyenne, dans le 江 南
Kiang-nan, par ex., cette somme varie de 6 à 40 piastres. Il
est clair que les riches paient plus que les autres. La loi
défend seulement aux Directeurs de se montrer, dans cette perception, exigeants ou tyranniques. Ainsi l'Empereur actuel 光
緒 *Koang-siu* (8° an. 1882), averti par le Censeur 謝 謙 亨 *Sié
K'ien-heng*, a donné la décision suivante : 敎 官 於 新 進 童
生, 勒 索 修 儀, 督 撫 學 政, 加 意 訪 查, 嚴 行 恭 辦.
« Si les Directeurs des lettrés exigent par *force* de l'argent des
« nouveaux Bacheliers, que le Vice-roi, le Gouverneur et l'Exa-
« minateur provincial fassent une enquête, les poursuivent et les
« punissent sévèrement. »

Le nouveau gradué doit aussi donner quelque rétribution
aux domestiques de l'Examinateur, ainsi qu'à ceux des deux Directeurs des lettrés, à ses Répondants et à ses propres maitres. La
dépense totale de ces examens réunis s'élève au moins à 60 ou 80
piastres pour ceux qui sont reçus, à 20 et davantage pour les
autres. Aussi les familles qui ne jouissent pas d'une certaine
aisance, empruntent-elles à leurs proches et à leurs amis l'argent
nécessaire ; au besoin, elles engagent au mont de piété leurs vêtements, leurs objets les plus précieux, pour réaliser une somme
qui fera face à toutes ces dépenses.

---

§ VI. SECONDE ET TROISIÈME RÉPÉTITIONS.

Le tableau 招 覆 案 *tchao-fou-ngan*, nous l'avons dit, con-
sacre déjà les noms des nouveaux Bacheliers : la répétition que
mentionne son nom n'est guère qu'une affaire de forme. Les
Candidats qui s'y trouvent inscrits, ayant remis leur certificat
(紅 結 *hong-ki*) à leur Directeur, se rendent le matin, en habits
de cérémonie, dans la salle principale du local des examens
où se fait leur appel, non par leur nom, mais par leur numéro,
comme cela s'était passé à la dernière répétition 提 覆 *t'i-fou*. Ils
y reçoivent un cahier de composition, comme d'ordinaire.

---

(1) Il va de soi que pour les Bacheliers transférés à la Préfecture, c'est au Directeur
des lettrés de la dite Préfecture qu'il faut s'adresser.

L'Examinateur donne un sujet de composition pour chaque Arrondissement, et il désigne une ou plusieurs périodes d'amplification à composer; de plus il recommande d'ajouter à ce travail une copie faite de mémoire de l'exorde 起講 *k'i-kiang,* qu'ils ont composé la première fois, lors de l'examen 院試 *Yuen-che.* Quand ils ont terminé, ils vont l'un après l'autre montrer leur travail à l'Examinateur qui vérifie si cette transcription concorde avec l'original. Chacun doit alors remettre le feuillet mobile du cahier de l'examen qu'il avait gardé. L'Examinateur lui montre le jugement qu'il avait porté de sa composition, et lui rend le feuillet mobile. Le jugement est ordinairement inscrit au commencement du cahier et s'appelle 評語 *p'ing-yu* ou 文批 *wen-p'i.* En voici un, à titre d'exemple: 通體順適, 提比特佳. «La composition toute entière est coulante, régulière; les deux premières périodes, en particulier, sont excellentes.» Quant aux cahiers rejetés, l'Examinateur est également tenu de porter son jugement; ce sera, par exemple: 詞意生強 «Les phrases et les idées ne sont pas étudiées, manquent de naturel». L'Examinateur montre aux nouveaux Bacheliers l'original de leurs compositions, mais il ne le leur abandonne pas, car il doit les garder dans ses archives (1).

Le lendemain, la liste est publiée, séparément pour la Préfecture et chaque Sous-préfecture, et les noms y paraissent en cercle. L'on fait enfin une dernière répétition générale 總覆 *tsong-fou,* dans laquelle l'Examinateur donne un sujet tiré des «Quatre livres», et un autre choisi dans les «Cinq Canoniques», comme matière d'une double amplification, plus un troisième texte pour une pièce de vers. Il désigne aussi un passage d'une des *Instructions impériales* à écrire de mémoire (2).

---

(1) Jadis les cahiers des nouveaux Bacheliers étaient parfois envoyés au Ministère des rites, qui les révisait; mais un décret de l'Empereur 乾隆 *K'ien-long* (25e an. 1760) a supprimé cette formalité: 嗣後歲科兩試童生試卷, 仍照舊例, 停其解部磨勘. "Les cahiers des Candidats promus au degré, à l'époque des examens *soei-che* et *k'o-che* (cf. inf.), cesseront à l'avenir d'être envoyés au Ministère des rites pour y être révisés". L'ignorance de ce décret explique une erreur vulgairement répandue, en particulier dans cette Province du 江蘇 *Kiang-sou;* les nouveaux Bacheliers, après leur promotion, continuent à envoyer à leurs connaissances, entre autres lettres de faire part (報單 *pao-tan*), la formule suivante: 禮部大堂磨對試卷無瑕, 中式允當, 云云. "Le Ministère des rites ayant révisé le cahier d'examen et n'y ayant trouvé aucune irrégularité, ce cahier a été jugé digne de classement, etc." Cette formule fait assez voir que l'on croit être encore régi par le droit qui précédait 1760.

(2) D'après une disposition de l'Empereur 雍正 *Yong-tcheng* (3e an. 1725), cet exercice de mémoire est ici obligatoire. On l'écrit tantôt séparément sur un autre cahier, tantôt sur le cahier même de la composition. Du reste, il arrive souvent qu'omettant les premières compositions, l'Examinateur n'exige que ce seul exercice sur un texte des *Instructions impériales*: ce point est abandonné à sa discrétion.

CHAPITRE VI.

PROMOTION DÉFINITIVE AU GRADE.

———oo⫶ʘ⫶oo———

§ I. PUBLICATION DE LA LISTE.

Cérémonial. — Nomination des *I-cheng*. — Distribution des récompenses.

———

§ II. MESSAGES DE FAIRE PART.

Fac-similé et traduction.

———

CHAPITRE VI.

PROMOTION DÉFINITIVE AU GRADE.

—◦◦◦◦—

§ I. PUBLICATION DE LA LISTE.

La liste est publiée dans les deux jours qui suivent. Cette fois, elle est écrite non plus en cercle, mais en lignes verticales, et au lieu du nom de l'Examinateur, elle porte celui du Préfet, qui la dresse pour toutes les Soûs-préfectures de sa juridiction. Au jour dit, le Préfet revêtu de ses habits de cérémonie se rend solennellement du local de l'examen à la pagode de Confucius dans l'ordre qui suit : à sa sortie, trois coups de canon sont tirés et la musique se fait entendre; on porte les insignes du Préfet, puis viennent les musiciens, une litière, dans laquelle est placée la liste des Bacheliers, et enfin le Préfet lui-même. Quand on arrive à la pagode, trois nouveaux coups de canon, puis l'on suspend la liste dans la salle 明 倫 堂 ming-luen-t'ang.

En outre des Bacheliers dont le nombre est déterminé comme nous l'avons dit, l'Examinateur peut à son gré, pour telle ou telle Sous-préfecture, promouvoir un ou plusieurs des concurrents non reçus, au titre de 佾 生 i-cheng; il le fait en publiant leur numéro de place (al. de cahier) sur un tableau spécial, et en inscrivant leur nom au catalogue du Gymnase 學 册 hio-tche (1). Le 佾 生 i-cheng n'est donc point Bachelier, mais on l'appelle vulgairement 半 箇 秀 才 pan-ho-sieou-ts'ai «un demi-Bachelier». Il a le droit de porter le globule, mais non point le vêtement propre des Bacheliers dont il sera bientôt question. Il peut également, au concours suivant, se présenter directement à l'examen 院 考 Yuen-k'ao, sans passer par la double épreuve 縣 考 Hien-k'ao et 府 考 Fou-k'ao.

Lorsqu'est arrivé le jour de réunion générale des nouveaux

---

(1) L'office propre du 佾 生 i-cheng est de conduire les danses, pendant les sacrifices offerts dans le temple de Confucius. Ce titre peut être acheté par les Candidats chez leur Directeur : celui-ci doit alors faire savoir à l'Examinateur que tel ou tel Candidat n'a pu être promu, malgré sa capacité. Un Candidat qui a reçu l'approbation dans ces conditions, jouit du double privilège appartenant au 佾 生 i-cheng.

Bacheliers dans le local des examens (ce jour s'appelle 發落 *fa-lo*), l'Examinateur provincial, en habits de cérémonie, prend la place de la présidence dans la grande salle, entouré de tous les Directeurs des lettrés du Département, revêtus, eux aussi, de leur costume officiel. Les nouveaux Bacheliers portant sur leur chapeau un petit paon en étain (雀頂 *tsio-ling*), et vêtus d'une robe bleue bordée de noir (藍衫 *lan-chan*), attendent en-dehors de la porte (1). A l'appel qui est fait par un héraut, chacun s'avance pour recevoir d'un des Assistants de l'Examinateur une couple d'ornements en papier doré (金花 *hin-hoa*), en guise de récompense! *(Voir la figure en demi-grandeur)*. Ce cadeau reçu, les mains jointes, ou même agenouillés, ils saluent l'Examinateur; celui-ci se lève pour recevoir leur salut, puis il les congédie, après leur avoir adressé une allocution pour les encourager au travail.

---

§ II. MESSAGES DE FAIRE PART.

De retour chez eux, les nouveaux Bacheliers s'empressent de donner la nouvelle de leur succès. C'est ce qu'ils font par une lettre de faire part écrite ou imprimée sur une grande feuille de papier rouge (報單 *pao-tan* ou 報條 *pao-t'iao*) de 1ᵐ 20 environ sur 0ᵐ 66. Nous donnons ci-dessous deux spécimens de ces lettres. La formule peut varier, mais elle revient toujours à ce qui suit :

捷　報		捷　報	
欽命大理寺少堂江蘇全省督學部院趙歲取		欽命安徽提督學院大人　趙取進	
貴司鐸肄業門生少爺方濟谷奉	學報	趙老爺　令友誼方相公　名濟谷蒙	學報
華序西來字一號招覆第四名入泮		阜陽縣文元第一名	

---

(1) Ces ornements sont propres aux Bacheliers; ceux-ci ne sont cependant point tenus de les porter ce jour-là : il suffit qu'ils soient revêtus des habits de cérémonie ordinaires.

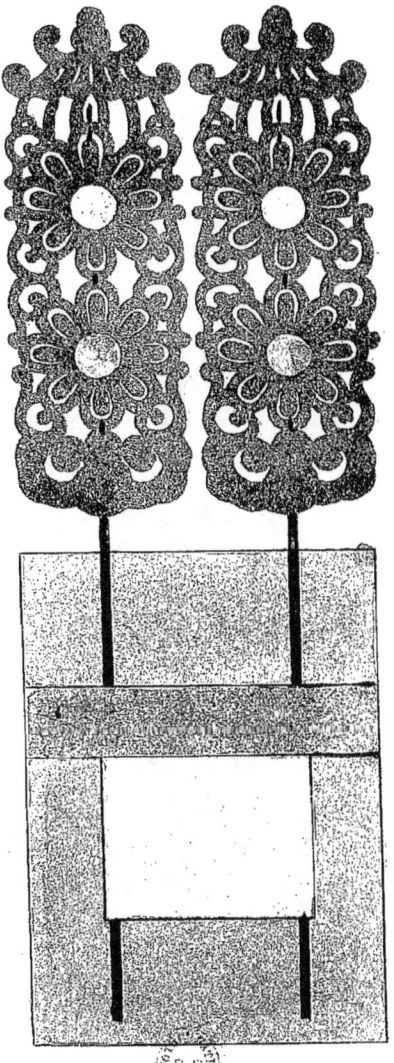

BIBL. R. F. VICTORIUM PARIS

Fac-similé de *Kin-hoa* 金花
(*Demi-grandeur*)

GLOBULE de BACHELIER. 雀項

TRADUCTION :

«Je vous donne, Monsieur, la nouvelle du succès de votre ami (ou disciple) N. qui a été reçu Bachelier de telle ville par tel Examinateur provincial, avec tel numéro (1). Moi N. le messager du Gymnase de la ville.»

Les nouveaux Bacheliers font aussi imprimer, pour les distribuer, les compositions qui leur ont valu les suffrages. Vient enfin une dernière formalité : la visite au Gymnase de la ville (迎入學 *yng-jou-hio*) et le salut à la tablette de Confucius (謁聖 *yé-cheng*) (2). Au jour fixé, les nouveaux Bacheliers en habits de cérémonie, avec leur globule 雀頂 *tsio-ting* et les fleurs dorées (金花 *kin-hoa*) au chapeau, s'y font porter en chaise. Le Sous-préfet, revêtu de ses habits de cérémonie et orné de tous ses insignes, les conduit en procession solennelle à la pagode de Confucius, avec le Directeur des lettrés : après avoir salué Confucius, ils prennent un goûter chez leur Directeur. Peu après, ils offrent chez eux un festin aux parents et amis qu'ils ont conviés, et qui tous leur donnent une certaine somme d'argent en signe de réjouissance.

---

(1) Dans le Nord de la Province du 安徽 *Ngan-hoei*, c'est la coutume, en annonçant la réception d'un Bachelier, de lui attribuer toujours le N° 1, quel que soit le rang qui lui ait été décerné.

(2) Cette cérémonie n'est nullement obligatoire, et les Bacheliers chrétiens peuvent parfaitement s'en dispenser. La pauvreté ou l'éloignement de la ville sont même des raisons suffisantes pour l'omettre. Ainsi, en 1889, dans la Sous-préfecture de 寶山 *Pao-chan* (江蘇 *Kiang-sou*), elle a été complètement supprimée, parce qu'il n'y avait que deux Bacheliers dans les murailles mêmes de la ville, et qu'ils étaient pauvres. Quelques autorités locales, en haine de la religion, sachant que nos chrétiens ne font pas cette cérémonie, la leur ont imposée comme condition avant l'examen ; c'est ainsi que plusieurs chrétiens ont dû pour leur foi, renoncer à ce grade.

CHAPITRE VII.

EXAMEN TRIENNAL DES BACHELIERS REÇUS.

(歲 考 *SOEI-K'AO*).

———•◦•———

Dispositions de *K'ien-long*. — Sanction. — Dispenses. — Examens supplétifs. — Matière de cet examen.

CHAPITRE VII.

EXAMEN TRIENNAL DES BACHELIERS REÇUS

(歲 考 *SOEI-K'AO*) (1).

———◆———

Les nouveaux gradués sont libres de rester chez eux jouir de leur triomphe. Tout n'est point fini cependant pour eux. Désormais ils sont tenus de passer une série d'examens triennaux qui s'appellent 歲 考 *soei-k'ao* ou 歲 試 *soei-che*.

L'Empereur 乾 隆 *K'ien-long,* la 10ᵉ année de son règne (1745), a porté la loi suivante : 直省文武生員, 三年歲考 一次, 臨塲不到, 卽行斥革, 如欠至三次以外, 竟行斥 革. «Les Bacheliers, soit civils, soit militaires, seront tenus de subir un examen tous les trois ans : s'ils ne s'y présentent pas, ils seront sujets à la dégradation; ceux qui auront fait défaut plus de trois fois, seront infailliblement dégradés.» Cette disposition a été confirmée, il y a peu d'années, par l'Empereur 光 緒 *Koang-siu* (8ᵉ an. 1882) : 各省文武各生, 三年歲考一次, 無故不到, 例應斥革, 其有因欠考三次, 經學政斥革 者, 不得藉詞援引, 率請開復 «Tous les Bacheliers, tant civils que militaires, doivent tous les trois ans subir une fois l'examen *soei-k'ao;* s'ils ne s'y présentent pas, et qu'ils ne puissent alléguer une raison qui les excuse, ils devront être dégradés suivant la loi. Si quelqu'un y a manqué trois fois (欠 考 *k'ien-k'ao*) et a déjà été dégradé par l'Examinateur, il ne doit pas, s'autorisant de semblables exemples, demander témérairement la restitution de son titre.»

En vertu d'un décret de l'Emp. 乾 隆 *K'ien-long* (5ᵉ an. 1740),

_____

(1) Il faut bien remarquer que cet examen 歲 考 *soei-k'ao* est présidé par le même Examinateur que l'examen 院 考 *Yuen-k'ao,* dont il a été question plus haut, et que l'examen 科 考 *k'o-k'ao,* dont nous parlerons bientôt. Comme nous l'avons déjà insinué (pag. 13), le même Examinateur provincial fait passer aux Bacheliers déjà reçus deux examens en trois ans, la première fois l'examen 歲 考 *soei-k'ao,* puis celui dit 科 考 *k'o-k'ao;* nous en reparlerons plus tard. En même temps que ce double examen, a lieu celui appelé 院 考 *Yuen-k'ao* pour la promotion des nouveaux Bacheliers : ce dernier concours a donc lieu toutes les fois qu'il y a examen 歲 考 *soei-k'ao* ou 科 考 *k'o-k'ao.*

demeurent dispensés de cet examen ceux qui comptent trente
années depuis leur promotion, ou qui ont atteint l'âge de 70 ans;
ceux encore qui sont parvenus à une des catégories littéraires
plus élevées, dont nous parlerons bientôt. Ces derniers ne sont
plus censés appartenir au Gymnase de la ville; de là l'expression
出 學 tch'ou-hio «sorti du Gymnase», qui leur est appliquée.

Voici les causes les plus ordinaires réputées suffisantes pour
entraîner la dispense de l'examen triennal : le deuil des parents
(丁 憂 ting-yeou); la maladie (患 病 hoan-ping); l'absence au loin
pour cause d'étude (遊 學 yeou-hio); l'absence pour cause d'enseignement (遠 館 yuen-koan); item pour cause d'emploi officiel
des parents (隨 任 soei-jen); item pour cause de service dans un
office public (遊 幕 yeou-mou), etc. Les Bacheliers se trouvant
dans l'un des dits cas doivent avertir leur Directeur (報 學 pao-
hio), lequel à son tour est tenu d'informer l'Examinateur provincial. Ces dispenses ne peuvent se multiplier au delà de trois fois,
et lorsque ceux qui en ont été l'objet se présentent à l'examen
soei-k'ao, ils doivent suppléer l'examen triennal qu'ils ont omis
(補 歲 考 pou-soei-k'ao), et cela autant de fois qu'ils ont omis cet
examen. Ces examens supplétifs sont dits 補 一 欠 pou-i-k'ien,
補 二 欠 pou-eul-k'ien, etc.

L'Examinateur provincial, après s'être informé de la conduite
des Bacheliers auprès de leur Directeur respectif, commence à
les examiner. On verra quelquefois un homme de 40 ou 50 ans,
qui aura dans sa composition violé quelqu'une des règles si com-
plexes auxquelles est soumise l'amplification, recevoir dans la
main des coups de férule, ou se mettre à genoux devant l'assistance,
tandis que son fils, qui compose avec lui, reçoit des récompenses
et des éloges.

Dans cet examen triennal, les Bacheliers, outre les épreuves
accessoires dont il a été parlé plus haut, composent dans la séance principale (正 場 tcheng-tch'ang), deux amplifications, la
première sur les «Quatre livres classiques», la seconde sur les
«Cinq livres canoniques»; on y ajoute une pièce de vers. Ils doivent en outre écrire de mémoire un passage tiré des *Instructions
impériales*. Après l'examen, les noms de chacun, écrits sur les
cahiers, sont cachés comme à l'ordinaire. En exécution d'un édit
de l'Empereur 道 光 Tao-koang (an. 17. 1837), les cahiers qui
ont été rangés dans les 1°, 2° et 3° classes (1) doivent être envoyés au Ministère des rites, pour y être révisés.

---

(1) Dans la promulgation qui est faite du résultat de cet examen, l'on distingue
plusieurs classes, trois à l'ordinaire : la première comprendra environ une vingtaine de
sujets; la seconde, peut-être de 30 à 40; la troisième classe comprend toutes les autres
compositions jugées satisfaisantes.

CHAPITRE VIII.

DIVERSES CATÉGORIES DE BACHELIERS.

———o◦o꞉o◦o———

§ I. DES *LIN-CHENG, TSENG-CHENG* ET *FOU-HIO-CHENG.*

———

§ II. DES *KONG-CHENG.*

Pa-kong. — *Yeou-kong.* — *Fou-kong.* — *Soei-kong.* — *Ngen-kong.*

———

§ III. DES *KIEN-CHENG* ET *YN-CHENG.*

———⟨◦○◐◑◎○◦⟩———

CHAPITRE VIII.

DIVERSES CATÉGORIES DE BACHELIERS.

———◦———

Les Candidats une fois promus sont tous Bacheliers, mais de nouveaux concours, ou d'autres circonstances ne tardent pas à introduire parmi eux diverses catégories, dont traitera le présent chapitre.

————

§ I. DES *LIN-CHENG, TSENG-CHENG ET FOU-CHENG.*

1°. Ceux qui, à l'examen triennal (歲 試 *soei-che*) sont les premiers de la 1ère classe — 等 *i-teng*, peuvent aspirer à devenir 廩 生 *lin-cheng*, s'il y a lieu de remplir quelque office vacant de ce genre. Chacun de ces officiers reçoit des fonds publics un salaire annuel de 4 Taëls environ (廩 祿 *lin-lou* ou 廩 膳 *lin-chan*) (1), d'où vient leur nom de 廩 生 *lin-cheng* ou 廩 膳 生 *lin-chan-cheng*, c. à. d. «Bachelier (salarié) des greniers publics.» Devenir 廩 生 *lin-cheng* s'appelle 補 廩 *pou-lin*. Leur office est de servir de Répondants aux Candidats pour le Baccalauréat et de certifier qu'ils n'ont pas d'irrégularité légale pour l'examen. La loi actuellement encore en vigueur a fixé leur nombre ainsi qu'il suit: pour un 府 *Fou*, 40; un 州 *Tcheou*, 30; un 縣 *Hien*, 20; un 衛 *Wei*, 10.

2°. Après les 廩 生 *lin-cheng*, on compte encore dans chaque ville, à peu près autant de 增 生 *tseng-cheng* ou 增 廣 生 *tseng-koang-cheng;* ce sont des Bacheliers qui étaient aussi dans la 1ère classe à l'examen triennal et qui ont le droit de prendre rang pour remplacer un 廩 生 *lin-cheng* qui meurt ou qui devient Licencié, etc...

3°. Les Bacheliers qui viennent ensuite dans l'ordre du mérite à l'examen 歲 考 *soei-k'ao*, ainsi que tous les nouveaux

————

(1) On sait que le Taël est une once d'argent; estimée suivant l'unité 庫 平 *k'ou-p'ing*, la seule en usage pour les comptes du Trésor public, elle équivaut à 37 gram 32. Si l'on n'avait égard qu'au poids, le Taël vaudrait donc environ 7 fr. 46 de la monnaie française; mais sur les marchés où le commerce étranger est actif, sa valeur est loin d'être constante.

Bacheliers, portent le nom général de 附 生 *fou-cheng* ou 附 學 生 *fou-hio-cheng*, ou encore simplement celui de 秀才 *sieou-ts'ai* simple Bachelier.

---

§ II. DES *KONG-CHENG*.

En outre de ces trois classes de Bacheliers, 廩生 *lin-cheng*, 增生 *tsen-cheng* et 附生 *fou-cheng*, il y en a une autre catégorie plus élevée, celle des 貢生 *kong-cheng*, littérairement 明 經 *ming-king*. L'expression 貢生 *kong-cheng* signifie «élève présenté» à la Cour, pour y subir un examen plus solennel. Cependant, ainsi que nous le verrons plus bas, tous les *kong-cheng* ne sont plus aujourd'hui astreints à cette épreuve. Celui qui est promu à cette catégorie de 貢 生 *kong-cheng*, n'est plus soumis aux règles du Gymnase : il est en conséquence dispensé de l'examen triennal 歲考 *soei-k'ao* (1), et il a le droit d'aller à *Pé-king* pour y subir l'examen de Licence. Devenir 貢 生 *kong-cheng* s'appelle 出貢 *tch'ou-kong* ou 充貢 *tch'ong-kong*. La dite catégorie 貢生 *kong-cheng* contient elle même 5 classes 五貢 *ou-kong*.

A. — 拔貢 *Pa-kong*, 選貢 *siuen-kong* «*kong-cheng* choisis». — Par décret de l'Empereur 乾隆 *K'ien-long* (7ᵉ an. 1742), tous les 12 ans, au retour du signe cyclique 酉 *yeou* (2), chaque Directeur des lettrés choisit parmi les Bacheliers de

---

(1) Tous les Bacheliers qui désirent s'éviter les frais et l'incommodité de l'examen triennal 歲考 *soei-k'ao*, peuvent acheter ce titre, ce qui se fait à la ville capitale de la Province ou dans des bureaux *ad hoc* établis dans les grandes villes. Les frais sont actuellement d'environ 80 Taëls. Ces 貢生 *kong-cheng* sont appelés proprement 廩貢生 *lin-kong-cheng*, 增貢生 *tseng-kong-cheng* et 附貢生 *fou-kong-cheng*, suivant qu'ils étaient 廩生 *lin-cheng*, 增生 *tseng-cheng* et 附生 *fou-cheng*; mais on les appelle ordinairement indistinctement 准貢 *tchoen-kong* ou encore 捐貢 *kiuen-kong*.

(2) Les combinaisons binaires du cycle, appliquées aux années, aux mois lunaires, aux jours et aux heures, sont au nombre de soixante. En voici le tableau :

1 甲子 1924	11 甲戌 1934	21 甲申 1944	31 甲午 1894	41 甲辰 1904	51 甲寅 1914
2 乙丑 1925	12 乙亥 1935	22 乙酉 1945	32 乙未 1895	42 乙巳 1905	52 乙卯 1915
3 丙寅 1926	13 丙子 1936	23 丙戌 1946	33 丙申 1896	43 丙午 1906	53 丙辰 1916
4 丁卯 1927	14 丁丑 1937	24 丁亥 1947	34 丁酉 1897	44 丁未 1907	54 丁巳 1917
5 戊辰 1928	15 戊寅 1938	25 戊子 1948	35 戊戌 1898	45 戊申 1908	55 戊午 1918
6 己巳 1929	16 己卯 1939	26 己丑 1949	36 己亥 1899	46 己酉 1909	56 己未 1919
7 庚午 1930	17 庚辰 1940	27 庚寅 1950	37 庚子 1900	47 庚戌 1910	57 庚申 1920
8 辛未 1931	18 辛巳 1941	28 辛卯 1951	38 辛丑 1901	48 辛亥 1911	58 辛酉 1921
9 壬申 1932	19 壬午 1942	29 壬辰 1952	39 壬寅 1902	49 壬子 1912	59 壬戌 1922
10 癸酉 1933	20 癸未 1943	30 癸巳 1953	40 癸卯 1903	50 癸丑 1913	60 癸亥 1923

son ressort, quelques 廩生 *lin-cheng* et 增生 *tseng-cheng* (1),
d'une science et d'une conduite remarquables (文行兼優 *wen-hing-kien-yeou*), et qui eux-mêmes agréent ce choix; il les présente à l'Examinateur provincial, qui au temps de l'examen 科
考 *k'o-k'ao* (*cf. inf.* pag. 97), les examine par deux fois : la
première fois, il leur propose deux sujets d'amplification tirés
des «Quatre livres», plus une pièce de vers; la seconde fois, une
explication sur les «Livres canoniques» (經解 *king-kiai*) (2), et
une dissertation (策問 *tche-wen*) (3); après quoi, il en nomme
deux pour chaque Préfecture et un pour chaque Sous-préfecture.
Enfin, il les examine tous de nouveau, en présence du Vice-roi
et du Gouverneur, avant l'examen de Licence, lorsqu'ils sont tous
réunis au chef-lieu de la Province : cet examen 會考 *hoei-k'ao* (4)
comporte une amplification sur les «Quatre livres» et une autre
sur les «Cinq canoniques», ainsi qu'une dissertation du genre
策問 *tche-wen*. A la suite de cette épreuve, l'Examinateur,
d'accord avec le Vice-roi et le Gouverneur, publie la liste générale de tous les 拔貢 *pa-kong* pour la Province entière, et dé-
livre à chacun d'eux un certificat 貢單 *kong-tan*.

L'année suivante, tous les 拔貢 *pa-kong* subissent à *Pé-king* un examen appellé 朝考 *tch'ao-k'ao* (5) dont voici les différentes phases : dès leur arrivée à *Pé-king*, ils présentent leur cer-
tificat 貢單 *kong-tan* au Ministère des rites; ils passent, avant
le 10 de la 5e Lune, dans le local des examens 貢院 *kong-yuen*
l'examen 朝考 *tch'ao-k'ao* : sans cette épreuve, ils ne seraient
point regardés comme 拔貢 *pa-kong* éprouvés; ainsi l'a statué
l'Empereur 嘉慶 *Kia-k'ing* (5e an. 1800). Des Examinateurs 閱
卷大臣 *yué-k'iuen-ta-tch'en* sont nommés par l'Empereur, qui
désigne également un sujet d'amplification tiré des «Quatre livres», et un autre sujet pour une pièce de vers (6). Les noms,

---

(1) Tous les Bacheliers qui n'ont été, à l'examen triennal 歲考 *soei-k'ao*, placés
que dans la 3e classe, de même aussi, les Bacheliers récemment promus qui n'ont pas encore subi cet examen, demeurent exclus de ce choix. — *Déclaration de l'Emp.* 乾隆
K'ie-long (41e an. 1776).

(2) Par ex. 周頌在前商頌在後解 "Explication : Pourquoi les *Eloges
des Tcheou* sont-ils (dans le Livre des vers) placés avant les *Eloges des Chang?* (Voir *Cursus
litterat. sinic.* vol. III, pag. 293).

(3) Par ex. 問西漢諸儒經學 "Question : Science des lettrés de la dynastie
Si-han sur les livres Canoniques." — Du reste l'ordre des matières de cet examen n'est
point rigoureux, et on les propose en commençant tantôt par l'une, tantôt par l'autre.

(4) Bien que les 貢生 *kong-cheng* ne soient réputés tels qu'en vertu de cet "examen collectif" 會考 *hoei-k'ao* fait par les supérieurs réunis, en réalité cependat, c'est
l'Examinateur seul qui préside; ce qui n'empêche pas, lors de la publication de la liste, que
les dits supérieurs ne mettent tous leur nom 會銜 *hoei-hien*.

(5) Cet examen 朝考 *tch'ao-k'ao* est différent de celui de même nom, qui se fait
pour la réception à l'Académie et dont on parlera plus loin.

(6) Un usage, à défaut de loi, veut, paraît-il, que toute composition ou dissertation

inscrits sur les cahiers, sont voilés à la fin de l'examen. Les Examinateurs ayant classé les cahiers par ordre de mérite, les remettent à l'Empereur vers le 14 de la 6ᵉ Lune, et bientôt après la liste est publiée par le Ministère des rites. Cette liste contient pour chaque Province, des *pa-hong* de 1ᵉ et de 2ᵉ classe — 等 *i-teng* et 二 等 *eul-teng*. Voici les chiffres du dernier tableau de ce genre pour 1886 : 禮 部 爲 榜 示 事, 照 得 光 緒 十 二 年 乙 酉 科 選 拔 生 朝 考, 取 列 一 二 等 名 單 «Le Ministère des rites publie la liste de ceux qui dans l'examen *tch'ao-k'ao* tenu la 12ᵉ année de *Koang-siu* ont été élus de 1ᵉ et de 2ᵉ classe :

		1ᵉ Classe.	2ᵉ Classe.	Total.
八旗	*Pa-k'i*	3	8	11
奉天	*Fong-t'ien* ...	1	4	5
直隸	*Tche-li*	10	25	35
江蘇	*Kiang-sou*	9	23	32
安徽	*Ngan-hoei* ...	6	20	26
浙江	*Tché-kiang* ..	9	31	40
山東	*Chan-tong*	5	28	33
山西	*Chan-si*	5	17	22
河南	*Ho-nan*	6	20	26
江西	*Kiang-si*	7	20	27
福建	*Fou-kien*	5	17	22
湖北	*Hou-pé* ..., ..	7	15	22
湖南	*Hou-nan*	6	15	21
陝西	*Chen-si* ....,..	5	12	17
甘肅	*Kan-sou*	3	8	11
四川	*Se-tch'oan* ...	5	28	33
廣東	*Koang-tong* ..	3	17	20
廣西	*Koang-si*	3	12	15
雲南	*Yun-nan*	4	10	14
貴州	*Koei-tcheou* ..	4	15	19
	Total	106	345	451

Quelques jours après, ceux dont les noms se trouvent dans l'une des deux classes susdites, font une répétition d'examen dans le palais impérial 保 和 殿 *pao-ho-tien*. Vers le commencement de la 7ᵉ Lune, L'Empereur accorde une audience à tous ceux qui ont réussi à ce dernier examen, et vers le 5 de la même Lune, il promulgue un édit dans lequel il les nomme sans distinction de classe ou de Province, et leur distribue des emplois. C'est ainsi qu'en 1886, l'Empereur a promu : 1°. 72 拔 貢 *pa-hong* à titre de 七 品 小 京 官 *ts'i-p'ing-siao-king-koan* «Petits mandarins de

---

dans cet examen, comprenne exactement 700 caractères. De fait l'amplification qui se trouve dans le cahier dit 朝 考 卷 *tch'ao-k'ao-k'iuen*, imprimé après l'examen 朝 考 *tch'ao-k'ao* pour être distribué, contient justement ce nombre de 700 caractères.

Pé-king, du 7° degré», et les a répartis dans les divers Ministères pour s'y exercer aux affaires (分 部 學 習 *fen-pou-hio-si*); 2°. 87 autres à titre de Sous-préfets : ils ont été envoyés dans les Chefs-lieux de Provinces, pour y faire un stage (分 發 試 用 *fen-fa-che-yong*); 3°. 76 autres enfin comme Directeurs des lettrés (教 職 *hiao-tche*), ou comme Assistants de Préfecture ou de Sous-préfecture (佐 貳 *tso-eul*), suivant leur désir exprimé au Ministère des offices civils.

B. — 優 貢 *Yeou-kong* «*kong-cheng* éminents».—Cette catégorie a sa promotion tous les trois ans, avant l'examen de Licence (1). Le mode de promotion est le même que pour la catégorie précédente, avec cette seule différence que le titre de 優 貢 *yeou-kong* paraît plus difficile à acquérir, à cause du nombre très restreint des sujets à admettre. En effet les grandes Provinces 大 省 *ta-cheng* n'ont droit qu'à six promotions, les moyennes 中 省 *tchong-cheng* à quatre, et les petites 小 省 *siao-cheng* à deux seulement (2). On ajoute à ces chiffres 12, 10, 8 ou 6 accessits, appelés 副 取 *fou-ts'iu,* 備 取 *pei-ts'iu,* 陪 貢 *pei-kong,* ou encore 陪 優 *pei-yeou,* tandis que les vrais élus sont nommés 正 取 *tcheng-ts'iu.* Si quelqu'un d'entre ces derniers parvient à la Licence, il est remplacé par le titulaire d'un accessit, que son rang désigne. Cela se peut voir dans la déclaration qui précède d'ordinaire la liste des 優 貢 *yeou-kong,* et dont voici un exemple, traduction et texte.

TRADUCTION :

«Nous, Vice-roi des 2 *Kiang, Lieou;* et Examinateur provincial du *Kiang-sou, Yang* : Vu, pour la Province du *Kiang-sou,* en cette année cyclique *sin-mao* (1891), l'obligation de choisir 6 *yeou-kong,* promouvons ceux-ci après sérieux examen; nous choisissons en outre douze concurrents pour autant d'accessits. Si quelques uns des promus viennent à être Licenciés ils seront remplacés par les titulaires des accessits dans l'ordre ci-dessous indiqué. Après l'examen de Licence nous promulguerons de nouveau cette liste et délivrerons des lettres patentes et des certificats, afin que les porteurs puissent se présenter au Ministère

(1) La même année cyclique 酉 *ycou,* où se fait la promotion des 拔 貢 *pa-kong,* a lieu aussi celle des 優 貢 *ycou-kong;* une double promotion se fait donc cette même année, ainsi que l'a déclaré l'Empereur 乾 隆 *K'ien-long* (29 an. 1764).

(2) L'Empereur 乾 隆 *K'ien-long* (an. 9° 1744) a déclaré que les six Provinces 直 隸 *Tche-li,* 江 南 *Kiang-nan,* 江 西 *Kiang-si,* 浙 江 *Tché-kiang,* 福 建 *Fou-kien,* 湖 廣 *Hou-koang* seraient considérées comme " grandes Provinces "; les six Provinces 山 東 *Chan-tong,* 山 西 *Chan-si,* 河 南 *Ho-nan,* 陝 西 *Chen-si,* 四 川 *Se-tch'oan,* 廣 東 *Koang-tong,* comme " moyennes Provinces "; enfin les trois Provinces 廣 西 *Koang-si,* 雲 南 *Yun-nan,* 貴 州 *Koei-tcheou* comme " petites Provinces ". Le 江 南 *Kiang-nan,* par sa division en 江 蘇 *Kiang-sou* et en 安 徽 *Ngan-hoei* a formé au point de vue de cette promotion deux " grandes Provinces "; mais le 湖 廣 *Hou-koang* et le 陝 西 *Chen-si* n'en ont donné que de " petites ".

pour l'examen *tch'ao-k'ao;* cependant nous avons voulu dès maintenant porter cette liste à la connaissance publique.

Six promus au titre de *yeou-hong : Hou Yu-tsin,* Bachelier *lin-cheng* de la Sous-préfecture de *Yuen-ho;* etc...

Douze accessits : *Yu Tch'ang-k'ing,* Bachelier *lin-cheng* de la Sous-préfecture de *Kiang-tou;* etc...

La 17ᵉ année de *Koang-siu,* 8ᵉ Lune, 5ᵉ jour.

A suspendre dans le pavillon *ad hoc.*» (1).

欽命兵部尙書兩江總督部堂劉
欽命大理寺少堂江蘇提督學院楊　　寫
　選舉事照得江蘇省辛卯科應行選舉
　優貢六名茲已會同嚴加考取並酌取
　副優十二名倘正取內有鄉試中式者
　卽將副取之生挨次遞升除俟鄉試後
　再行榜示各給咨文貢單赴
部聽候
朝考外合先出榜曉示須至榜者
　　計開
　　正取六名
　　胡玉縉元和縣學廩膳生員
　　副取十二名
　　兪長慶江都縣學廩膳生員
　　　　　　　　　右榜通知
　　　　　　　　　　　張掛榜棚

光緖十七年八月　　日

榜

─────────────────────────────

(1) On verra ci-joint la formule usitée pour annoncer cette promotion.

欽命
　貴府大老爺方官印濟谷辛卯科蒙
　頭品頂戴署理安徽巡撫部院盧
太子少保頭品頂戴兵部尙書曾　　會考取定
　兩江總督部堂一等威毅伯
　經筵講官禮部左侍郞　南徐
書房行走安徽督學部院
朝考錄用
　優行貢元咨部註冊

捷報　　　　　　　　　京報

高陞

Les titulaires des accessits ajouteront désormais à leur titre, la qualification d'«éminent, excellent» *yeou;* ainsi un 廩生 *lin-cheng,* s'appellera 優廩生 *yeou-lin-cheng;* un 增生 *tseng-cheng,* 優增生 *yeou-tseng-cheng;* un 附生 *fou-cheng,* 優附生 *yeou-fou-cheng.*

Jadis, ceux qui étaient promus 優貢 *yeou-kong,* étaient directement envoyés au Collège impérial 國子監 *kouo-tse-kien* (Voir pag. 92) pour y étudier; mais depuis le commencement du règne de 同治 *T'ong-tche,* sur la demande d'un Vice-roi du 湖廣 *Hou-koang,* ils sont tenus de subir comme les 拔貢 *pa-kong,* l'examen 朝考 *tch'ao-k'ao;* ceux qui dans cet examen sont rangés dans la 1° et 2° classe (1), sont introduits en présence du Souverain (引見 *yn-kien*). Celui-ci promulgue bientôt un édit accordant aux uns le titre de Sous-préfet, aux autres celui de Directeur des lettrés.

C. — 副貢 *Fou-kong* «*hong-cheng* accessits de Licence».— Ce sont les Bacheliers qui, à l'examen de Licence, sont inscrits dans le tableau 副榜 *fou-pang,* ou qui en d'autres termes, ont obtenu un accessit (cf. 2° P., Ch. I. § IX.); autrefois les dits 副貢 *fou-kong* devaient après leur promotion subir un examen au palais impérial, mais *K'ang-hi* les a dispensés de cette épreuve et aujourd'hui, ils ne sont pas davantage tenus d'étudier au Collège impérial, comme cela se faisait auparavant.

D. — 歲貢 *Soei-kong* «*hong-cheng* annuels», vulgairement appelés 挨貢 *ngai-hong.* — C'est le cas des 貢生 *lin-cheng* qui, depuis qu'ils ont commencé à servir de Répondants, ont passé à peu près dix fois l'examen triennal. La promotion des Bacheliers de cette catégorie 歲貢 *soei-kong* varie suivant l'importance des villes: aux termes d'un décret de l'Empereur 康熙 *K'ang-hi* (an. 8°. 1669), les villes de premier ordre ou 府 *Fou,* en ont 一歲一貢 *i-soei-i-kong* «un par an»; les villes de second ordre ou 州 *Tcheou,* en ont 三歲二貢 *san-soei-eul-kong* «deux en trois ans»; enfin, les villes de 3° ordre ou 縣 *Hien,* en ont 二歲一貢 *eul-soei-i-kong* «un en deux ans». Pour les villes d'institution récente, il pourra n'y avoir qu'une promotion tous les 4 ou 5 ans.

Quand l'Examinateur provincial fait passer les examens dans une Préfecture, il examine ceux qui doivent être promus par ordre d'ancienneté (2): l'épreuve comporte deux amplifications, l'une sur un texte des «Quatre livres», l'autre sur un passage des «Cinq canoniques», plus une pièce de vers. Après l'examen, il donne à chaque nouveau *soei-kong* un certificat 貢單 *kong-tan,* dont on trouvera d'autre part le fac-similé réduit.

---

(1) La dernière promotion, qui a eu lieu en 1886, contenait 25 *yeou-kong* de 1ᵉ classe et 27 de 2ᵈᵉ.

(2) L'examen n'est guère que pour la forme et la promotion se fait d'après l'ancienneté.

單

同治　年　月　日

督學部院

右單給

收執

Certificat donné aux

貢

吏部右侍郎江蘇督學部院彭　為

給發貢單事案准
國子監咨開臺定例廪生年滿出貢由學政衙門考給與貢單咨部以
訓導銓選有起復肄業者以其本籍地方官文結並親覆貢
單校職俸無單呈驗除釐回外將遺滿給單之學政招徠三年期滿歸肄
業班選用等圖咨會到院俱此令發

歲同治　年　月　日考准

合行選何印單給付諸生收親須至單者

本生三代曾祖　祖　父

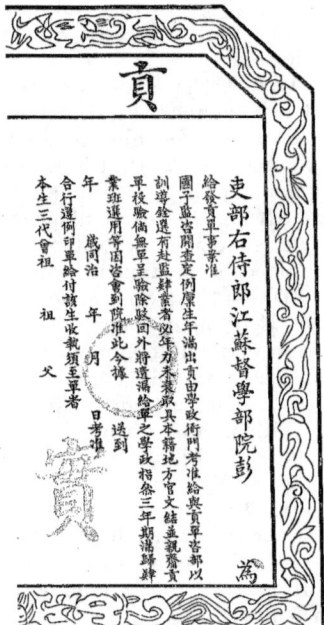

Bacheliers Soei-hong.

Jadis, ces 歲貢 *soei-kong* devaient eux aussi subir un examen au palais impérial, mais un décret de l'Emp. 康 熙 *K'ang-hi* (an. 26°. 1687) les en a dispensés, et a statué qu'à l'avenir l'Examinateur provincial, après une promotion de ce genre, transmettrait les noms au Ministère des offices civils. Le dit Ministère les inscrit aussitôt au titre de Sous-directeurs des lettrés (訓 導 *hiun-tao*).

Les années où n'a pas lieu une promotion du genre susdit s'appellent 歇 貢 *hié-kong*, ou 停 貢 *t'ing-kong*. Un Bachelier qui se rendrait indigne de cette promotion et s'en verrait exclu pour cette raison, donne lieu à l'expression 扣 貢 *k'eou-kong*.

E. — 恩貢 *Ngen-kong* «kong-cheng par faveur». — Ce sont proprement les 歲貢 *soei-kong* réguliers de l'année, auxquels on donne ce titre à l'occasion de quelque anniversaire joyeux comme, par exemple, en 1890 pour la 20° année d'âge de l'Empereur 光 緒 *Koang-siu*, et aux autres anniversaires décennaux. Il y a alors double promotion: les 廩 生 *lin-cheng* qui devaient passer 歲 貢 *soei-kong*, sont reçus 恩 貢 *ngen-kong*; quant à ceux qui auraient dû attendre la promotion suivante, ils deviennent immédiatement 歲 貢 *soei-kong*. Ainsi on lit ordinairement dans l'édit impérial accordant cette faveur: 以 正 貢 作 恩 貢, 以 次 貢 作 歲 貢.

Dans l'énumération des 貢 生 *kong-cheng*, les 恩 貢 *ngen-kong* viennent les premiers, et l'on dit ordinairement 恩, 拔, 歲, 副, 優 貢 生 *ngen, pa, soei, fou, yeou-kong-cheng*.

---

§ III. DES *KIEN-CHENG* ET *YN-CHENG*.

1°. Tous ceux dont on vient de parler, de quelque catégorie qu'ils soient, doivent aux examens leur grade de Bacheliers. Il y en a d'autres, qui peuvent avoir acheté ce titre. On les appelle 監 生 *kien-cheng*, ou dans le langage littéraire 國 學 生 *kouo-hio-cheng*, 太 學 生 *t'ai-hio-cheng*, c'est-à-dire, lauréats du Collège impérial 國 子 監 *kouo-tse-kien*, et pour ainsi dire, élèves de ce Collège. Ce Collège, appellé littérairement 成 均 *tch'eng-kiun* ou 太 學 *t'ai-hio*, est établi à *Pé-king*; c'est une institution impériale qui comprend un certain nombre de dignitaires, et possède de vastes bâtimens à l'angle Nord-Est de la ville capitale et tout près du temple de Confucius.

Ceux qui n'étudient pas dans ce Collège, mais ont acquis seulemet le titre d'élèves à prix d'argent, s'appellent généralement 例 監 生 *li-kien-cheng*. Le prix actuel ne dépasse pas 20 à 30 Taëls (1). Régulièrement, il devrait atteindre le chiffre de

---

(1) Il était jadis d'environ 60 Taëls; la rupture des digues du *Hoang-ho* et le besoin de se procurer de l'argent pour réparer ce désastre, ont fait baisser le tarif.

108 piastres, représentant la pension de 3 piastres par mois, concédée par le gouvernement pendant trois ans, aux étudiants qui suivent durant une période égale, les cours du Collège impérial. L'histoire nous apprend que c'est l'Empereur 景泰 King-t'ai de la dynastie 明 Ming (4° an. 1453), qui inaugura la vente de ce titre. Si quelqu'un, possesseur de ce titre, désire monter à un grade plus élevé, il peut, comme tout Bachelier, acheter celui de 貢生 hong-cheng; il s'appellera alors 例貢生 li-hong-cheng. Dans les dénominations officielles, les 貢生 hong-cheng et les 監生 kien-cheng qui doivent leur titre à un achat de ce genre, s'appellent 俊秀貢監 tsuen-sieou-hong-hien, à la différence de ceux qui ont obtenu par la voie des examens la promotion à l'une des cinq catégories de 貢生 hong-cheng, lesquels s'appellent 正途貢監 tcheng-t'ou-hong-hien.

Voici la formule des certificats délivrés par le Ministère des revenus et par le Collège impérial à ceux qui ont acheté ce titre.

照 監	照 執 部 戶
光緒　年　月　日　　　監	光緒　年　月　日　　　部
旨給發監照事准戶部知照　國子監　為諝	旨事據　兩江總督卌報俊秀　戶部　為諝
捐年　歲身中面　蒙由俊秀在	捐年　歲身面　捐銀　兩准作監生
捐輸准作監生相應給子監照以杜假冒等	所捐銀兩於光緒　年　月　日由
弊須至監照者	訖相應換給執照以杜假冒須至執照者
三代曾祖　祖　父	曾祖　祖　父
右照給	右照給
係　人	人
收　給	收　給
執	執 照

L'Empereur 康熙 K'ang-hi (32° an. 1693) a accordé à tous ces 監生 kien-cheng le droit de passer l'examen de Licence, non seulement dans leur Province, mais même à Pé-king. Les Bacheliers de province qui désirent passer cet examen de la Licence à 順天 Choen-t'ien, peuvent aussi acheter ce titre de 監生 kien-cheng et on les appelle alors 廩監生 lin-kien-cheng, 增監生 tseng-kien-cheng et 附監生 fou-kien-cheng.

2°. Il y a un dernier titre de Bachelier qui est donné sans examen et sans paiement. C'est celui de 蔭生 *yn-cheng*, accordé à ceux dont le père s'est signalé par des services rendus au gouvernement, comme à ceux dont le père est mort au service de la patrie. Dans le premier cas, le titre est 恩蔭生 *ngen-yn-cheng;* dans le second, 難蔭生 *nan-yn-chen.*

En résumé, il y a au moins dix catégories de Bacheliers, savoir: 廩生 *lin-cheng,* 增生 *tseng-cheng,* 附生 *fou-cheng,* 恩貢 *ngen-kong,* 拔貢 *pa-kong,* 歲貢 *soei-kong,* 副貢 *fou-kong,* 優貢 *yeou-kong,* 監生 *kien-cheng* et 蔭生 *yn-cheng.*

CHAPITRE IX.

EXAMEN PRÉPARATOIRE A L'EXAMEN DE LICENCE.

(科 考 *K'O-K'AO*).

————∞◦⦂◉⦂◦∞————

Examen *k'o-k'ao*. — Ordre de la session. — Matière de l'examen. — Classement.

————◦⦂⦂⦂◦————

CHAPITRE IX.

EXAMEN PRÉPARATOIRE A L'EXAMEN DE LICENCE.

(科考 *K'O-K'AO*) (1).

———————

Nous avons dit plus haut que l'Examinateur provincial examine les Bacheliers deux fois en trois ans. Le premier de ces
deux examens est le 歲考 *soei-k'ao*, obligatoire pour tous; le second est le 科考 *k'o-k'ao*, préparatoire à l'examen de Licence.
C'est de ce dernier que nous allons traiter dans le présent chapitre.

Le Bachelier qui aspire à la Licence, doit d'abord subir devant l'Examinateur provincial, cet examen préparatoire qui se
nomme 科考 *k'o-k'ao*, 科試 *k'o-che*, ou 錄科 *lou-k'o*.
Demeurent exclus de cet examen, ceux qui ayant omis le
歲考 *soei-k'ao* triennal, n'y ont pas encore suppléé; de même,
ceux qui dans le dit examen triennal ont été rangés dans la 5º
classe, et qui pour cette raison sont dits 青生 *ts'ing-cheng;*
de même encore, ceux qui comptant trente ans de promotion,
ou 70 années d'âge, ont renoncé à un grade plus élevé (告頂
kao-ting); enfin ceux qui pour raison d'inconduite, sont notés
par l'Examinateur provincial comme 劣生 *li-cheng,* etc.

Dès que l'Examinateur a terminé l'examen triennal 歲考
soei-k'ao dans toute sa Province, il recommence sa tournée pour
l'examen 科考 *k'o-k'ao*. Dans quelques Préfectures trop éloignées
de la résidence de l'Examinateur pour que celui-ci y revienne
facilement, ce dernier examen suit immédiatement l'examen 歲考
soei-k'ao, ce qui s'appelle 歲科連考 *soei-k'o-lien-k'ao;* dans
ce cas, l'Examinateur fait un séjour deux fois plus long. C'est ce
qui arrive, par exemple, pour 徐州府 *Siu-tcheou-fou* au 江蘇

———————

(1) *Biot* a écrit (pag. 502) "Les *Sieou-tsai* qui veulent s'élever au deuxième grade
"littéraire, doivent subir d'abord l'examen de capacité (*K'o-kiu*) devant le directeur de
"l'enseignement, et peuvent seulement se présenter dans la Province où leur famille habite
"depuis trois générations". D'après ce que nous avons vu plus haut (pag. 28), cette
dernière phrase peut confondre toutes les notions. Même remarque à propos de cette
citation (pag. 509) de Morrison : "Les Candidats peuvent seulement se présenter au con-
"cours de la Province où ils sont nés, et doivent prouver que leurs familles y résident
"depuis trois générations".

BIBLIOTHÈQUE NATIONALE IMPRIMÉS

13

Kiang-sou; pour 東川府 *Tong-tch'oan-fou,* etc., au 雲南 *Yun-nan;* pour 榆林府 *Yu-lin-fou* au 陝西 *Chen-si;* 永順府 *Yong-choen-fou,* au 湖南 *Hou-nan;* 雅州府 *Ya-tcheou-fou,* etc., au 四川 *Se-tch'oan;* 處州府 *Tch'ou-tcheou-fou,* etc., au 浙江 *Tché-kiang;* 鄖陽府 *Yun-yang-fou,* etc., au 湖北 *Hou-pé;* 雷州府 *Lai-tcheou-fou,* etc., au 廣東 *Koang-tong;* etc., etc.

L'ordre de cet examen 科考 *k'o-k'ao* est à peu près le même que celui du 歲考 *soei-k'ao.* Le tableau suivant, tel qu'il est d'ordinaire publié par l'Examinateur provincial à son arrivée dans la Préfecture, en donnera une idée (*cf.* pag. 58).

Le 1er. Les accusations sont permises.

Le 2. Examen accessoire sur «l'Explication des Livres Canoniques et sur l'Etude de l'antiquité», pour les Bacheliers.

Le 3. Examen principal des Bacheliers des Sous-préfectures N. N. (1e série).

Le 4. Examen des Candidats sur «l'Explication des Canoniques, et sur le style ancien».

Le 5. Examen principal des Bacheliers des Sous-préfectures N. N. (2e série).

Le 6. Répétition de l'examen sur le style ancien pour les Bacheliers, et examen triennal supplétif.

Le 7. Examen principal des Candidats des Sous-préfectures N. N. (1e série).

Le 8. Répétition générale de l'examen, pour les Bacheliers rangés dans la 1e classe à la suite de l'examen principal.

Le 9. Examen principal des Candidats des Sous-préfectures N. N. (2e série).

Le 10. Convocation des Candidats (1e série) à la répétition de l'examen principal.

Le 11. Examen principal des Candidats des Sous-préfectures N. N. (3e série).

Le 12. Convocation des Candidats (2e série) à la répétition de l'examen principal; premier examen pour ceux qui concourent au titre de 優貢 *yeou-kong.*

Le 13. Examen pour tous les 貢生 *kong-cheng* et 監生 *kien-cheng* (1).

Le 14. Convocation des Candidats (3e série) à la répétition de l'examen principal; second examen pour ceux qui concourent au titre de 優貢 *yeou-kong.*

Le 15. Répétition générale de tous les nouveaux Bacheliers.

Le 16. Distribution des récompenses pour les Bacheliers, et visite des nouveaux lauréats à l'Examinateur provincial.

Le 17. Départ.

---

(1) Ceux-ci doivent alors montrer leur certificat 貢單 *kong-tan* ou 監照 *kien-tchao* à l'Examinateur. En 1893, il n'y a eu de promus à cet examen pour la Préfecture de 松江 *Song-kiang,* que 36 正途 *tcheng-t'ou,* et trois 俊秀 *tsuen-sieou.* (*cf.* pag. 93).

La matière de l'examen principal 科 考 *k'o-k'ao* consiste en
une amplification sur un texte des «Quatre livres», en une dissertation (策 *tche*), et en une pièce de vers. Les Candidats doivent en
outre écrire de mémoire un passage des *Instructions impériales*.
Les noms des Candidats sont voilés sur leur cahier en la manière
ordinaire, et comme pour l'examen 歲 考 *soei-k'ao*, tous les
cahiers rangés dans les trois premières classes doivent être a-
dressés au Ministère des rites pour la révision.

Les Bacheliers qui dans cet examen sont rangés (par ordre
de Sous-préfectures) dans l'une des deux premières classes (1),
sont dits 有 科 舉 *yeou-k'o-kiu* «ayant droit à l'examen de Licence»; ils peuvent se présenter directement à l'examen de Licence.
Quant aux autres, à l'exception des 5 à 10 premiers de la 3ᵉ
classe (2), s'ils veulent concourir pour la Licence, ils doivent
subir encore un examen, appelé 錄 遺 *lou-i*, dont il sera bientôt
question dans la seconde partie.

---

(1) Comme pour l'examen 歲 考 *soei-k'ao*, la 1ʳᵉ classe contient environ de 10 à
30 sujets; la 2ᵉ, de 20 à 40; ces deux classes s'appellent ensemble 正 案 *tcheng-ngan*.

(2) Une disposition de l'Empereur 乾 隆 *K'ien-long* (9ᵉ an. 1744), porte que 5 ou
10 premiers de la 3ᵉ classe, au gré de l'Examinateur, peuvent être admis directement à
l'examen de Licence; ils font dès lors aussi partie du 正 案 *tcheng-ngan*.

IIᵉ PARTIE.

DE L'EXAMEN POUR LA LICENCE.

———•—

CHAPITRE I.

NOTIONS PRÉLIMINAIRES.

———

§ I. TEMPS ET LOCAL DE L'EXAMEN.

Dénominations. — Nombre des épreuves. — Epoque. —
Description du local d'examen.

———

§ II. EXAMINATEURS.

Nomination. — Appointements. — Examinateurs adjoints.

———

§ III. AUTRES FONCTIONNAIRES.

Président général. — Vice-président. — Surveillant en chef.
— Receveurs, Scelleurs, Copistes et Lecteurs. — Employés infé-
rieurs.

———

§ IV. CAHIERS DE COMPOSITIONS.

Nombre et forme. — Catégories.

———

§ V. ANCIEN CHIFFRE DES PROMOTIONS.

———

§ VI. CHIFFRE SUPPLÉMENTAIRE.

———

§ VII. CHIFFRE TOTAL DES PROMOTIONS.

---

§ VIII. PROMOTION DES *CANDIDATS MANDARINAUX*.

---

§ IX. CHIFFRE DES ACCESSITS.

KONG - YUEN de NAN-KING

Vue à vol d'oiseau .
(D'après une photographie du P.L. Gaillard)

CHAPITRE I.

NOTIONS PRÉLIMINAIRES.

§ I. TEMPS ET LOCAL DE L'EXAMEN.

L'examen de Licence au temps de la dynastie 唐 *T'ang* s'appelait 鄉 貢 *hiang-kong;* sous la dynastie 宋 *Song,* il se nommait 類 試 *lei-che,* 解 試 *kiai-che,* 漕 試 *tsao-che;* sous la dynastie 金 *Kin* (1), 府 試 *Fou-che;* mais depuis les dynasties 元 *Yuen* et 明 *Ming* jusqu'à nos jours, il porte le nom de 鄉 試 *Hiang-che* ou en termes littéraires, de 鄉 闈 *hiang-wei,* 秋 闈 *ts'ieou-wei,* ou encore 省 闈 *cheng-wei.* Il consiste en trois examens partiels, appelés 頭 塲 *t'eou-tch'ang,* 二 塲 *eul-tch'ang* et 三 塲 *san-tch'ang.* Il a lieu régulièrement dans les années du cycle correspondant aux caractères 子 卯 午 酉 *tse, mao, ou, yeou,* et s'appelle alors 正 科 *tcheng-k'o;* mais il peut y avoir aussi des examens exceptionnels pour l'accession du souverain au trône (登 極 *teng-ki),* pour les 40°, 50°, etc., anniversaires de sa naissance (萬 壽 *wan-cheou)* et dans d'autres circonstances semblables (2); ce sont alors des 恩 科 *ngen-k'o* «examens de faveur», ou 加 科 *kia-k'o* «examens additionnels».

L'examen a toujours lieu à la 8° Lune, les trois épreuves étant fixés respectivement aux 9°, 12° et 15° jours de la dite Lune. Pour chacune d'elles, l'appel a lieu la veille au matin, et la sortie le lendemain au soir. Quelquefois cependant, de graves raisons font remettre l'examen à la 9° ou à la 10° Lune, ou le font même rejeter à l'année suivante; bien plus, il n'est pas rare pour le 恩 科 *ngen-k'o,* que l'époque de l'examen de Licence soit échangée pour celle du concours de Doctorat.

Le local de l'examen s'appelle 貢 院 *kong-yuen,* littérairement 鎖 院 *souo-yuen,* ou 棘 闈 *hi-wei;* du reste ces déno-

---

(1) Cette dynastie *Kin,* représentée par les Tartares 女 眞 *Niu-tchen,* gouverna le Nord de la Chine de 1115 à 1234 pendant que les 宋 *Song* occupaient le sud de l'empire.

(2) On voit par là l'inexactitude de cette observation de Biot, concernant le 恩 科 *ngen-k'o* (pag. 513) : "En dehors de ces époques (fixées) l'Empereur peut ordonner des "concours extraordinaires, soit dans les provinces, soit dans la capitale, s'il reconnaît qu'il "n'y a pas assez de gradués disponibles pour les services publics".

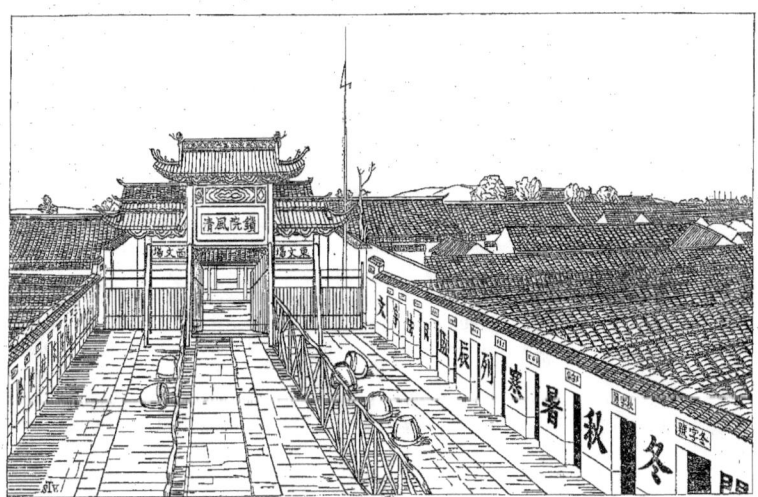

KONG-YUEN DE NAN-KING
Allée principale à l'entrée.
(D'après une photographie du P. L. Gaillard.)

minations peuvent être modifiées par le nom de la Province; c'est ainsi, par exemple, qu'au 福建 *Fou-hien,* on dit 閩闈 *Ming-wei,* au 湖北 *Hou-pé,* 鄂 闈 *Ngo-wei,* etc.... Il y en a dans toutes les capitales de Province, excepté 安慶 *Ngan-k'ing,* les Candidats du 安徽 *Ngan-hoei* se réunissant à ceux du 江蘇 *Kiang-sou* pour passer à *Nan-king* l'examen de Licence, appelé 江南鄉試 *Kiang-nan-hiang-che,* du nom de l'ancienne Province du *Kiang-nan.*

Les bâtiments qui servent à l'examen sont très vastes; la partie la plus reculée est destinée aux Examinateurs et aux autres officiers de service; celle qui est en avant reçoit les Candidats; elle se compose de nombreux corps-de-logis sans étage, fort longs et parallèles entre eux, contenant un nombre considérable de cellules (1). Ces loges sont entourées de murs sur trois

---

(1) A *Nan-king* par exemple, on compte 20.646 de ces cellules. Voici les dimensions de l'une d'elles : hauteur d'entrée, 1^m 85; largeur, 0^m 90; profondeur, 1^m 15. Au 浙江 *Tché-kiang,* on en compte 14.194; au 四川 *Se-tch'oan,* 13.799; au 貴州 *Koei-tcheou,* 4427. Voici les chiffres approximatifs donnés pour quelques autres Provinces : 15.000 au 廣東 *Koang-tong;* 14.600 à 順天 *Choen-t'ien (Pé-king);* 13.000 au 山東 *Chan-tong;* 12.000 au 湖北 *Hou-pé;* 11.000 au 河南 *Ho-nan,* etc. — Le local de l'examen de Licence relève du 藩台 *fan-t'ai* Trésorier provincial, qui doit le faire réparer tous les trois ans, avant l'examen.

Outre un plan hors texte du *kong-yuen* de *Nan-king,* au $\frac{1,5}{1000}$ d'exécution, que nous joignons à notre étude, d'après une gravure chinoise de 1873, nous sommes heureux d'offrir à nos lecteurs quelques vues intérieures de cet édifice.

Les deux gravures et les trois lithographies qui représentent différents aspects du *kong-yuen* sont exécutées à *T'ou-sai-vai* par des orphelins de la Mission Catholique, d'après des croquis et des photographies bienveillamment communiqués par le Père L. Gaillard.

La gravure de la pag. 104 représente une vue de l'allée principale, à l'entrée : elle a été prise du 明遠樓 *ming-yuen-leou,* pavillon de surveillance dont il est question dans notre texte.

La seconde gravure (pag. 106) représente l'entrée des corridors donnant sur les rangées de cellules. La vue est prise de la grande allée d'accès, et au moyen des caractères qui pourront servir de repère, on identifiera facilement cette partie du *kong-yuen,* avec celle qui lui correspond dans la gravure précédente et dans le plan par terre.

L'une des lithographies offre l'aspect d'un des corridors sur lesquels donnent les rangées de cellules; la vue est prise du fond. Le corridor a environ un mètre de largeur.

Une autre fournit une vue cavalière d'une partie des toitures de ces singuliers bâtiments. La vue est prise d'un des pavillons, en se tournant vers le nord-est.

Enfin un dernier dessin, rejeté au commencement du Ch. II, § II, donnera l'aspect des loges avec leur mobilier.

En 1891, le journal *La Nature* (p. 408) avait publié, d'après une photographie de M. Tissandier, une vue de l'entrée du *kong-yuen* de Canton.

D'autre part, le *Journal of the North-China R. A. Society* (Déc. 1866. pp. 63/70) a donné la description des mêmes bâtiments, en y joignant un plan par terre.

Après les minutieuses explications que nous donnons dans notre texte sur chacune

號字夜　　號字果　　號字李　　號字菜

KONG-YUEN DE NAN-KING
Entrée des corridors donnant sur les rangées de cellules.
(D'après une photographie du P. L. Gaillard).

côtés, et prennent jour par la 4ᵉ face sur une allée, qui longe tout le corps-de-logis. Au milieu de l'allée centrale, se dresse un pavillon assez élevé nommé 明遠樓 ming-yuen-leou, d'où l'on surveille les cellules. Leur mobilier se compose de 4 petites tables ou tréteaux 號板 hao-pan, dont 2 servent de siège et de table, et 2 autres un peu plus larges constituent le lit.

Le couloir qui règne devant les cellules, se nomme 號衕 hao-tong, 號巷 hao-hiang ou 號街 hao-long. Quant aux cellules, elles s'appellent 號舍 hao-ché, 號坐 hao-tsouo, 號房 hao-fang, ou 號間 hao-kien. Sur chacun de ces couloirs, ouvrent de 20 à 120 cellules. Elles sont occupées par les Candidats, dont chacun a la sienne, et par des employés, moitié domestiques, moitié surveillants, appelés 號軍 hao-kiun, et leurs chefs 號頭 hao-t'eou, dont il y a ensemble, soit à Nan-king, soit à Pé-king plus de 1000. Ces auxiliaires sont congédiés immédiatement après l'examen.

§ II. EXAMINATEURS.

Les Examinateurs sont appelés 主考 tchou-k'ao, ou en termes littéraires, 總裁 tsong-ts'ai, 典試 tien-che. Ils sont choisis par l'Empereur lui-même, et nommés par lui pour les différentes Provinces à des intervalles successifs, proportionnés aux distances qui séparent ces Provinces de la capitale (1). Deux Examinateurs sont nommés, un premier, appellé 正考官 tcheng-k'ao-koan ou 正主考 tcheng-tchou-k'ao; et un 2ᵉ 副考官 fou-

---

des catégories d'officiers qui prennent part à l'examen de Licence, nous croyons inutile d'ajouter, comme l'avait fait M. J. G. Keer, l'auteur de ce dernier article, une légende explicative de notre plan par terre.

En supposant ce dernier plan exact et en estimant à 30.000 hommes, la foule entassée dans cette enceinte, on obtient pour chacun une surface approximative de 3ᵐ·ᶜ· 50. Les Candidats, d'après les mesures données plus haut, n'occupent chacun que deux mètres carrés !

(1) Ces Examinateurs impériaux sont actuellement choisis parmi les Docteurs (進士 tsin-che); mais au commencement de la dynastie actuelle et jusqu'au commencement du règne de 雍正 Yong-tcheng, on déléguait aussi des Licenciés et même des Bacheliers 貢生 kong-cheng. Voir l'ouvrage 國朝貢舉考略 Kouo-tch'ao-kong-kiu-k'ao-lio.

Ces nominations se font : pour le 雲南 Yun-nan et le 貴州 Koei-tcheou vers le 1ᵉʳ jour de la 5ᵉ Lune; pour le 廣東 Koang-tong, le 廣西 Koang-si et le 福建 Fou-kien, avant le 10ᵉ jour de la même Lune; pour le 四川 Se-tch'oan, le 湖南 Hou-nan et le 甘肅 Kan-sou, après le 10ᵉ jour de la 5ᵉ Lune; pour le 浙江 Tché-kiang, le 江西 Kiang-si et le 湖北 Hou-pé, après le 10ᵉ jour de la 6ᵉ Lune; pour le 江南 Kiang-nan et le 陝西 Chen-si, après le 10ᵉ jour de la 6ᵉ Lune; pour le 山東 Chan-tong, le 山西 Chan-si et le 河南 Ho-nan, après le 1ᵉʳ jour de la 7ᵉ Lune; enfin pour le 直隸 Tché-li ou 順天 Choen-t'ien, vers le 6ᵉ jour de la 8ᵉ Lune.

h'ao-koan ou 副 主 考 *fou-tchou-k'ao*. Pour 順 天 *Choen-t'ien*
il y en a trois de cette dernière catégorie, outre le premier
Examinateur.

Par décret daté de la 3° année de 雍 正 *Yong-tcheng* (1725),
quiconque aspire à être nommé Examinateur de Licence, doit
au préalable subir l'examen appelé 考 試 差 *h'ao-che-tch'ai*,
dans le palais impérial 保 和 殿 *pao-ho-tien*, vers le milieu de
la 4° Lune. Aujourd'hui, 300 Docteurs environ se présentent à
ce concours, dont la matière consiste, outre une pièce de vers, en
deux amplifications; leurs sujets étant respectivement empruntés
aux «Quatre livres classiques» et aux «Cinq canoniques».

D'après des dispositions de 乾 隆 *K'ien-long*, 3° et 6° années
(1738, 1741), les Examinateurs reçoivent du Ministère des revenus (戸 部 *hou-pou*) la somme de 200 Taëls pour frais de route, et
sont tenus de quitter *Pé-king* dans les cinq jours qui suivent leur
nomination. Les examens finis, il reçoivent des Vice-rois ou des
Gouverneurs une somme qui varie avec les provinces; par exemple : au 雲 南 *Yun-nan*, 600 T.; au 貴 州 *Koei-tcheou*, 500 T.;
au 湖 南 *Hou-nan*, au 福 建 *Fou-kien*, au 四 川 *Se-tch'oan*, au
廣 東 *Koang-tong*, au 廣 西 *Koang-si* et au 甘 肅 *Kan-sou*, 400
T.; au 陝 西 *Chen-si*, au 江 南 *Kiang-nan*, au 浙 江 *Tché-kiang*,
au 湖 北 *Hou-pé* et au 江 西 *Kiang-si*, 300 T.; au 河 南 *Ho-nan*,
au 山 東 *Chan-tong* et au 山 西 *Chan-si*, 200 T..

A ces Examinateurs sont associés des Examinateurs adjoints
ou Sous-examinateurs 同 考 官 *t'ong-k'ao-koan*, 房 官 *fang-koan*
ou 房 考 *fang-k'ao*, généralement pris par les Gouverneurs de
Province parmi les Préfets et Sous-préfets, pourvu qu'ils soient
Docteurs ou au moins Licenciés. Pour le 直 隸 *Tche-li*, ou plutôt
pour sa capitale 順 天 *Choen-t'ien*, ces Sous-examinateurs sont
aussi choisis parmi les Docteurs et nommés par l'Empereur; ils
sont au nombre de 18. Quant aux autres Provinces, le nombre
en est fixé comme il suit :

江 南	*Kiang-nan*	18	湖 南	*Hou-nan*	12
浙 江	*Tché-kiang*	16	湖 北	*Hou-pé*	12
江 西	*Kiang-si*	16	陝 西	*Chen-si*	10
山 東	*Chan-tong*	14	山 西	*Chan-si*	9
河 南	*Ho-nan*	14	廣 西	*Koang-si*	8
四 川	*Se-tch'oan*	14	雲 南	*Yun-nan*	8
廣 東	*Koang-tong*	13	貴 州	*Koei-tcheou*	8
福 建	*Fou-kien*	12	甘 肅	*Kan-sou*	8

Avant d'être choisis, ils doivent subir devant le Vice-roi ou
le Gouverneur un examen, comprenant une amplification sur un
texte des «Quatre livres» et une dissertation 策 *tche*.

---

§ III. AUTRES FONCTIONNAIRES.

Il y a en outre, pour cet examen, beaucoup de fonctionnaires,

au premier rang desquels est le Président général, appelé 監 臨
hien-lin (1), qui n'est autre que le Gouverneur de la province
撫 臺 *fou-t'ai*. Dans les provinces, comme le 四 川 *Se-tch'oan*,
où il n'y a pas de Gouverneur, c'est le Vice-roi qui remplit cette
fonction. Dans le 江 南 *Kiang-nan*, où il y a deux Gouverneurs,
l'un à 蘇 州 *Sou-tcheou*, l'autre à 安 慶 *Ngan-k'ing*, ils remplissent ces fonctions à tour de rôle, et c'est l'usage de choisir
le 1er Licencié dans la Province du Président. A 順 天 *Choen-t'ien*,
il y a toujours deux Présidents, nommés par l'Empereur, l'un
mandchou, l'autre chinois, qui est généralement le Maire de la
ville capitale (2).

Après le Président général, il y a deux autres magistrats,
qui sont pour ainsi dire ses adjoints; l'un appelé 提 調 *t'i-tiao*
ou Vice-président (3), l'autre 監 試 *hien-che* ou Surveillant en
chef, tous deux pris dans l'ordre des Intendants régionaux 道 臺
Tao-t'ai (4).

Les officiers suivants sont pris parmi les Sous-préfets, et
doivent être au moins 貢 生 *kong-cheng*. Il y en a de quatre
classes, ayant chacun sous eux des auxiliaires salariés qui
n'ont aucun caractère officiel; voici leurs noms et leur fonctions (5) :

1°. 受 卷 *Cheou-k'iuen*, chargés de recevoir les cahiers de
composition.

2°. 彌 封 *Mi-fong*. Les noms des Candidats sont écrits sur la
première page de leur cahier; les fonctionnaires dont il s'agit
ont pour office de replier cette page, de la coller et d'y apposer
un cachet pour empêcher que les Examinateurs ne puissent voir
les noms.

---

(1) C'est réellement le directeur de l'examen; car les Examinateurs impériaux ne
s'occupent de rien autre que de lire les compositions.

(2) Bien que ce dernier magistrat porte une dénomination analogue à celle des
Préfets ordinaires (順 天 府 *Choen-t'ien-fou*), à celle, par exemple du 松 江 府
Song-kiang-fou, pour la ville de 松 江 *Song-kiang*, sa dignité néanmoins est notablement
plus élevée; car tandis que le Préfet de *Song-kiang* n'est que du 4e degré inférieur (從 四
品 *tsong-se-p'in*), celui de 順 天 *Choen-t'ien*, dit 府 尹 *Fou-yn*, est du 3e degré
supérieur (正 三 品 *tcheng-san-p'in*) et exerce sa juridiction indépendamment du
Vice-roi du 直 隸 *Tche-li*.

(3) Pour 順 天 *Choen-t'ien*, cette charge de Vice-président est exercée par l'As-
sesseur du Maire de la ville capitale 府 丞 *Fou-tch'eng*.

(4) En vertu d'une prescription édictée par l'Empereur 乾 隆 *K'ien-long*, la
21e année de son règne (1755), le Président général doit après les trois épreuves qui constituent l'examen, c'est-à-dire après le 20e jour de la 8e Lune, retourner à ses affaires; il est alors
suppléé par les officiers 提 調 *t'i-tiao* et 監 試 *kien-che*.

(5) Les noms ci-dessus sont ceux des fonctions; quant aux dignitaires, on dira
受 卷 官 *cheou-k'iuen-koan*, etc.; et leur bureau sera 受 卷 所 *cheou-k'iuen-
souo*, etc.

3°. 謄錄 *T'eng-lou,* chargés de faire copier les compositions (1). Cette copie se fait au minium (硃 *tchou*) : c'est pourquoi les cahiers de composition pour la Licence ainsi transcrits, de même que les exemplaires imprimés que l'on en distribue ensuite à ses amis, s'appellent ordinairement 硃 卷 *tchou-k'iuen.*

4°. 對 讀 *Toei-tou,* chargés de relire les compositions transcrites en rouge, pour éviter les fautes de copie. Ces Réviseurs ou Correcteurs ont sous leurs ordres un certain nombre d'employés, envoyés, de même que les Copistes, par les Sous-préfets ; à *Nan-king* il y en a plus de 400.

Le tableau qui suit donnera pour chaque Province le nombre des officiers des quatre classes susnommées.

		受卷官	彌封官	謄錄官	對讀官
順 天	*Choen-t'ien*	8	4	4	4
江 南	*Kiang-nan*	8	4	4	4
江 西	*Kiang-si*	3	4	4	2
浙 江	*Tché-kiang*	8	3	6	4
福 建	*Fou-kien*	10	2	4	5
湖 南	*Hou-nan*	4	2	3	2
湖 北	*Hou-pé*	3	2	4	4
山 東	*Chan-tong*	5	4	5	5
山 西	*Chan-si*	3	2	3	3
河 南	*Ho-nan*	6	3	3	3
陝 西	*Chen-si*	3	2	3	3
四 川	*Se-tch'oan*	6	4	4	3
廣 東	*Koang-tong*	8	4	4	4
廣 西	*Koang-si*	2	2	2	4
雲 南	*Yun-nan*	7	3	4	3
貴 州	*Koei-tcheou*	4	2	2	2
甘 肅	*Kan-sou*	4	2	2	2
		92	49	61	57

(1) Ces employés copient ainsi les compositions, afin que les Examinateurs ne puissent jamais reconnaître l'écriture d'aucun des concurrents. Les Copistes, pour 順 天 *Choen-t'ien* sont au nombre de 1200. Pour le 江 南 *Kiang-nan,* il y en a plus de 2200. Dans chaque Sous-préfecture on doit examiner leur calligraphie, après quoi on les marque d'un sceau sur le bras gauche, et on les envoie à la capitale de la Province, où, sur l'exhibition du dit sceau, ils sont examinés de nouveau pour l'écriture, et reçoivent un second sceau sur le bras droit. Avant d'entrer dans le local des examens, ils doivent montrer ce double sceau que l'on vérifie. Sur dix Copistes, il y a un chef nommé 總 書 *tsong-chou,* ou 總 謄 *tsong-t'eng.* Chaque Sous-préfecture doit fournir un nombre déterminé de Copistes. C'est ainsi, par exemple, que toute la Préfecture de 太 平 府 *T'ai-p'ing-fou* (*Ngan-hoei*) doit en envoyer 82 à *Nan-king,* dont 48 pour le 當 塗 縣 *Tang-tou-hien,* 32 pour le 蕪 湖 縣 *Ou-hou-hien,* et 2 seulement pour le 繁 昌 縣 *Fan-tch'ang-hien.*

Si parmi tous ces mandarins, il y en avait un qui fût parent ou allié d'un Candidat au degré fixé par la loi, le dit Candidat devrait être écarté : c'est ce qu'on appelle 迴避 hoei-pi.

Outre les fonctionnaires qu'on vient de nommer, il y a encore divers employés, pour timbrer les cahiers de composition (印 卷 官 yn-k'iuen-koan), pour les rassembler (收 掌 官 cheou-tchang-koan); pour surveiller (巡 綽 官 siun-tch'o-koan); pour faire des enquêtes (搜 檢 官 cheou-kien-koan); pour faire préparer la nourriture (供 給 官 kong-ki-koan); pour garder les portes (督 門 官 tou-men-koan), etc. Tous ces employés, à l'exception des 印 卷 官 yn-k'iuen-koan et des 收 掌 官 cheou-tchang-koan, sont pris parmi les mandarins militaires.

Il est permis à chacun de tous ces fonctionnaires d'introduire avec lui deux à trois domestiques; aussi le local des examens renferme-t-il, outre la foule des étudiants, une quantité considérable de personnes de différentes catégories. En somme, à *Nanking* par exemple, pour l'examen de Licence, le nombre des fonctionnaires, employés et domestiques logés dans les bâtiments, s'élève environ à dix mille.

------

§ IV. CAHIERS DE COMPOSITION.

D'après les règlements faits la 24ᵉ année de 乾 隆 *K'ien-long* (1759), le cahier de composition (羃 卷 mé-k'iuen) doit avoir un pied, — 官 尺 i-koan-tch'e (0ᵐ 352), de hauteur et 4 pouces, 四 寸 se-ts'uen (0ᵐ 141), de largeur. Pour les deux premiers examens, le cahier contient d'abord 7 feuillets (頁 hié) non réglés, pour l'écriture cursive 草 稿 ts'ao-hao; puis 14 feuillets avec lignes rouges pour la transcription en écriture régulière 謄 眞 t'eng-tchen. Au 3ᵉ examen, il y a 8 feuillets d'une espèce et 16 de l'autre. Les feuillets réglés ont 12 colonnes (行 hang), contenant chacune 25 cases (格 ko). Pour la transcription en écriture cursive, un cachet est apposé pour en indiquer le commencement (草 稿 起 ts'ao-hao-h'i), et un autre pour en marquer la fin (草 稿 止 ts'ao-hao-tche).

Le cahier de transcription en rouge (硃 卷 tchou-k'iuen) a 0ᵐ 30 de hauteur et 0ᵐ 222 de largeur. Il a 7 feuillets pour les 2 premiers examens, et 8 pour le 3ᵉ. Tous les feuillets sont réglés en noir, à 24 colonnes chacune de 25 cases.

Ces cahiers, bien que de la même forme pour tous, portent cependant divers noms suivant la nature des Candidats. Ainsi dans l'examen qui a lieu à 順 天 *Choen-t'ien*, les cahiers des Bacheliers 生 員 cheng-yuen de la Province du 直 隸 *Tche-li*, sont marqués du caractère 貝 pei, et pour cette raison s'appellent 貝 卷 pei-k'iuen; ceux des Candidats tartares 滿 州 *Man-tcheou* et 蒙 古 *Mong-kou*, sont marqués du caractère 滿 Man et s'ap-

DOS DU CAHIER
DE COMPOSITION.

COUVERTURE DU CAHIER
DE TRANSCRIPTION (1).

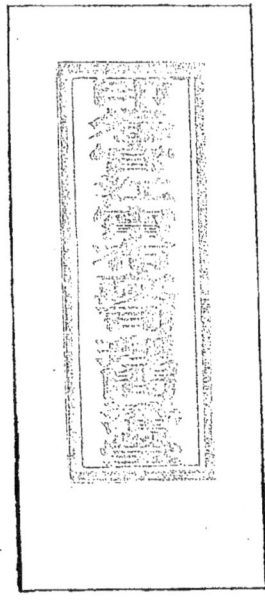

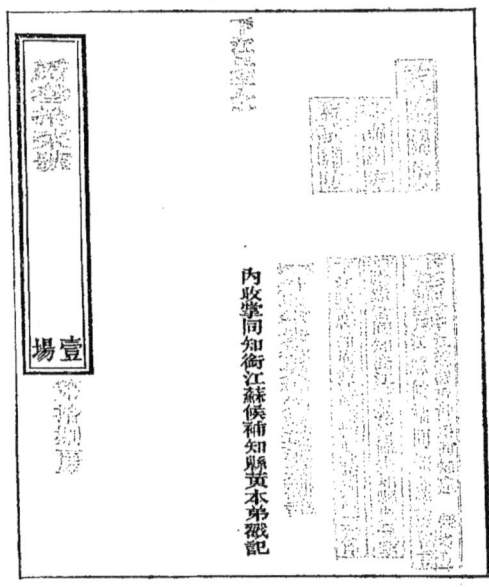

pellent 滿卷 *Man-k'iuen;* pour les Chinois des Bannières 漢軍
Han-kiun, on dira 合卷 *ho-k'iuen;* pour les Candidats de 奉天
Fong-t'ien (Moukden), 夾卷 *kia-k'iuen;* pour ceux de 承德府
Tch'eng-té-fou, 承字號 *Tch'eng-tse-hao;* pour la Préfecture de
宣化府 *Siuen-hoa-fou,* 旦字號 *tan-tse-hao;* pour les fermiers
de la gabelle de 長蘆 *Tch'ang-llu,* 鹵字號 *lou-tse-hao* (2).
Pour les 貢生 *kong-cheng* et 監生 *kien-cheng,* qui viennent
du 直隸 *Tche-li,* de 奉天 *Fong-t'ien,* des Provinces de 山東
Chan-tong, 山西 *Chan-si,* 河南 *Ho-nan,* 陝西 *Chen-si* et 甘肅
Kan-sou, ils sont marqués des lettres 北皿 *pé-ming;* pour
ceux qui viennent des Provinces de 江蘇 *Kiang-sou,* 安徽
Ngan-hoei, 浙江 *Tché-kiang,* 江西 *Kiang-si,* 湖南 *Hou-nan,*
湖北 *Hou-pé* et 福建 *Fou-kien,* des lettres 南皿 *nan-ming;*
enfin, pour ceux qui sont originaires des autres Provinces :
雲南 *Yun-nan,* 貴州 *Koei-tcheou,* 四川 *Se-tch'oan,* 廣東 *Koang-
tong* et 康西 *Koang-si,* à la condition toutefois que les dites Provinces présentent chacune au moins 20 Candidats à l'examen, des

---

(1) Comme nous le dirons plus loin, la ligne de ce tableau commençant par 內收掌
nei-cheou-tchang doit être écrite à l'encre bleue; le reste, excepté ce qui se trouve dans le
cartouche de gauche, devrait être en encre violette.

(2) Pourvu toutefois qu'il y ait au moins 50 Candidats de cette catégorie.

lettres 中 皿 *tchong-ming;* si ce chiffre n'était pas atteint, on marquerait les cahiers des lettres 南 皿 *nan-ming.* Tous les cahiers des Candidats provinciaux sont aussi désignés par le nom générique de 皿卷 *ming-k'iuen* (1).

Au 江 南 *Kiang-nan,* les cahiers sont distingués par les mentions 上 江 *Chang-kiang* et 下 江 *Hia-kiang (Kiang-sou).*

Au 山 東 *Chan-tong,* ceux des descendants des «quatre familles» 孔 *K'ong,* 顏 *Yen,* 曾 *Tseng* et 孟 *Mong* (2), sont désignés par le caractère 耳 *eul.*

Au 湖 南 *Hou-nan,* pour les Sous-préfectures extrêmes de la Province 鳳凰 *Fong-hoang,* 乾 州 *K'ien-tcheou,* etc., on les marque du caractère 邊 *pien;* tandis que pour les aborigènes (苗 *miao*), on emploie le mot 田 *t'ien.*

Au 甘 肅 *Kan-sou,* pour les villes de 迪 化 *Ti-hoa,* etc., on emploie l'expression 聿 中 *yu-tchong;* pour 肅 州 *Sou-tcheou,* etc., 聿 右 *yu-yeou;* pour 寧 夏 *Ning-hia,* le mot 丁 *ting;* enfin le caractère 戻 *liang* pour tous les Mahométans, s'ils dépassent le nombre de vingt.

A Formose, pour les Candidats originaires du 福 建 *Fou-kien,* on se sert du caractère 至 *tche;* et pour ceux du 廣 東 *Koang-tong,* du caratère 田 *t'ien;* etc., etc.

En outre, dans les diverses Provinces où se trouvent des Garnisons tartares (駐 防 *tchou-fang*) (3), les cahiers de ceux qui appartiennent aux Bannières 旗 *k'i* sont appelés 旗卷 *k'i-k'iuen.* Les cahiers des Candidats ordinaires portent le nom général de 民卷 *ming-k'iuen.* D'autres se nomment 官 卷 *koan-k'iuen;* nous ferons quelques remarques au sujet de ces derniers.

Ceux des Candidats, dont le bisaïeul, le grand-père, le père, un oncle paternel ou un frère aîné est mandarin d'un degré supérieur, doivent être désignés comme 官 生 *koan-cheng* ou *Candidats mandarinaux.* J'ai dit mandarin d'un degré supérieur, car la faveur

---

(1) On voit par là quelle est la variété des concurrents qui se présentent à l'examen de 順 天 *Choen-t'ien.* Mais le 1ᵉʳ de la promotion est toujours choisi parmi les Candidats originaires du 直 隸 *Tche-li,* et le 2ᵐᵉ parmi les autres Provinces, et alors celui-ci s'appelle 南 元 *nan-yuen.*

(2) 孔 *K'ong* est le nom de famille de Confucius, dont le titre officiel est 至 聖 *Tche-cheng;* 顏 *Yen* est celui de 顏 淵 *Yen-yuen,* disciple favori de Confucius; titre : 復 聖 *Fou-cheng;* 曾 *Tseng* est celui de 曾 子 *Tseng-tse,* autre disciple de Confucius; titre : 宗 聖 *Tsong-cheng;* enfin 孟 *Mong* est le nom de famille du philosophe Mentsins; titre : 亞 聖 *Ya-cheng.*

(3) Jadis les membres de ces Garnisons ne pouvaient passer cet examen qu'à *Pé-king;* ce n'est qu'en 1813, 18ᵉ an. de 嘉 慶 *Kia-k'ing,* que cette restriction fut retirée. Mais tous les Tartares, soit des Provinces, soit de *Pé-king,* qui veulent subir cet examen, doivent auparavant en passer un autre devant leur Général 將 軍 *tsiang-kiun,* sur le tir de l'arc à cheval et à pied (馬 步 射 *ma-pou-che*) : ce n'est qu'après avoir satisfait à cette épreuve, que les Candidats des Bannières peuvent être admis à l'examen préparatoire 錄 科 *lou-k'o.*

dont il s'agit ne s'applique que dans les limites suivantes : sont compris sous ce titre, les mandarins qui exercent à *Pé-king* l'un des offices de 京堂 *King-t'ang* et de 翰詹科道 *han-tchan-k'o-tao* (1); et en dehors de *Pé-king*, pour les emplois civils, les officiers à partir du rang de 臬臺 *niè-t'ai* Grand juge provincial; pour les charges militaires, à partir de 總兵 *tsong-ping*, *vulgo* 鎮臺 *tcheng-t'ai* Général de brigade. Les officiers des Bannières commencent au 副都統 *fou-tou-t'ong* Général de brigade.

Ce titre de 官生 *koan-cheng*, dans les promotions de Licence, donne droit à un lauréat sur dix Candidats, pour les hommes des Bannières; à un sur 15 pour les 皿卷 *ming-k'iuen*; à un sur 20 pour les Candidats ordinaires des «grandes» Provinces, à un sur 15 pour ceux des Provinces «moyennes», à un sur dix pour ceux des «petites» (2).

Les «grandes» Provinces qui présentent plus de 31 Candidats mandarinaux, les «moyennes» qui en présentent plus de 23, et les «petites» plus de 16, donnent deux Licenciés de cette catégorie (3).

---

§ V. CHIFFRE ANCIEN DES PROMOTIONS.

Le nombre des Candidats à recevoir est fixé par l'Empereur pour chaque Province et s'appelle 中額 *tchong-ngo*, 舉額 *hiu-ngo*, ou comme depuis les 唐 *T'ang*, 解額 *kiai-ngo*. Si ce nombre est déterminé, il est dit 定額 *ting-ngo*; sinon (comme cela arrive pour les Candidats des Garnisons tartares), 駐防 *tchou-fang*, pour les fermiers de la gabelle 商籍 *chang-tsi*, etc., il est dit 游額 *yeou-ngo*. On peut consulter sur ce sujet ce que nous avons dit plus haut à propos du Baccalauréat (V. pag. 66). Voici pour chaque Province les chiffres consacrés par un usage déjà long :

---

(1) Les 京堂 *King-t'ang* sont les mandarins qui exercent dans la capitale les principales fonctions, par exemple celles des six Tribunaux supérieurs (六部 *lou-pou*); 翰 *han* ou 翰林院 *han-lin-yuen* indique les officiers de l'Académie impériale; 詹 *tchan* ou 詹事府 *tchan-che-fou*, ceux de la Direction des études impériales; 科 *k'o* ou 六科 *lou-k'o*, les Censeurs des six Tribunaux supérieurs; enfin 道 *tao* ceux des 14 sections de l'administration provinciale.

(2) Voir pag. 87 (not. 2) quelles sont les "grandes" et les "petites" Provinces.

(3) Bien que ces dispositions soient favorables aux 官生 *koan-cheng*, le but qu'on s'est proposé en les prenant, dit 乾隆 *K'ien-long* en 1758, 本爲防弊 *pen-wei-fang-pi* "est surtout d'éviter les fraudes" par lesquelles les fils de grandes familles avaient coutume d'être promus. Dans l'examen 會試 *Hoei-che*, ce privilège a été supprimé par 康熙 *K'ang-hi*, l'an 51e de son règne (1712). Je remarquerai en terminant, que quiconque doit être inscrit comme 官生 *koan-cheng*, ne peut l'être comme Candidat ordinaire, et *vice versa*. Déclaration de la 29e année de 道光 *Tao-koang* (1849).

Pour 順天 *Choen-t'ien,* 270 au plus, dont :

滿 字 號 *Man-tse-hao,* 27.
合 字 號 *Ho-tse-hao,* 14.
夾 字 號 *Kia-tse-hao,* 8.
承 字 號 *Tch'eng-tse-hao,* 3.
且 字 號 *Tan-tse-hao,* 4.
貝 字 號 *Pei-tse-hao,* 102.
南 皿 *Nan-ming,* 36.
北 皿 *Pé-ming,* 40.
中 皿 *Tchong-ming.*

Le nombre de ces derniers n'est pas fixé d'une façon absolue : on reçoit un Candidat sur 20, plus un pour une fraction de 20 supérieure à dix, sans toutefois que le chiffre total des admissions puisse dépasser jamais 36.

Il n'y a pas non plus de nombre absolu, pour les Candidats désignés par les caratères 算 學 *soan-hio* «Sciences mathématiques». Voici l'origine de cette dénomination. La 13ᵉ année de l'Empereur 光緒 *Koang-siu* (1887), sur la proposition du Censeur impérial 陳琇瑩 *Tch'en Sieou-yong,* il fut décidé que dans l'Examen 經古場 *king-kou-tch'ang* (V. pag. 59), les Examinateurs provinciaux proposeraient des questions de mathématique aux Bacheliers qui voudraient les résoudre. Les copies de ceux dont la solution est juste sont envoyées au Tribunal des affaires étrangères (總理衙門 *tsong-li-ya-men*), lequel convoque leurs auteurs, avant le concours de Licence, à un second examen de mathématiques. Ceux qui le subissent avec succès, sont présentés par le même Tribunal à celui de 順天府 *Choen-t'ien-fou* pour l'examen de Licence. S'il se trouve au moins 20 Candidats de cette catégorie, leurs cahiers sont marqués des caractères 算 學 *soan-hio;* ils ont droit à une admission sur 20 Candidats, en dehors des chiffres ci-dessus; mais quel que soit leur nombre, ils ne peuvent prétendre à plus de trois admissions (1).

Les Garnisons tartares (駐防 *tchou-fang*), qui se trouvent dans diverses Provinces, ont droit à une admission par dix Candidats, également en dehors du chiffre officiellement déterminé, plus à une autre pour une fraction de dix supérieure à six, sans toutefois que le chiffre total des admissions puisse jamais dépasser trois par province. Chacune des Provinces du 陝西 *Chen-si* et du 甘肅 *Kan-sou,* a droit tout au plus à deux admissions de ce genre.

Le 山東 *Chan-tong* a 69 Licenciés, dont 3 pour les 耳字號 *eul-tse-hao.*

Le 山西 *Chan-si* en a 60.

Le 河南 *Ho-nan* en a 71.

Le 江南 *Kiang-nan,* 114, dont 69 pour le 下江 *Hia-kiang* et 45

---

(1) Le but de ce Censeur était de favoriser l'étude des mathématiques, par des avantages spéciaux accordés dans l'examen de Licence. On voit, par les limitations qui précèdent, que ce projet a en partie avorté, en présence de l'opposition du parti conservateur.

pour le 上 江 *Chang-hiang* (1).

Le 浙 江 *Tché-hiang*, 94.

Le 江 西 *Kiang-si*, 94.

Le 福 建 *Fou-kien*, 87, dont, pour Formose, 3 pour les 玉 字 號 *tche-tse-hao* et un pour les 田 字 號 *t'ien-tse-hao*.

Le 湖 北 *Hou-pé*, 47.

Le 湖 南 *Hou-nan* (2), 45, dont un pour les 邊 字 號 *pien-tse-hao*, s'il y a au moins 30 de ces derniers. On ajoute une nomination pour les 田 字 號 *t'ien-tse-hao* (aborigènes 苗 *miao*), s'il y en a au moins 15 à concourir. Le *Hou-pé* et le *Hou-nan* se partagent alternativement cette dernière nomination (3).

Le 陝 西 *Chen-si* a 41 Licenciés, dont un pour les 木 字 號 *mou-tse-hao* (Préfecture de 榆 林 *Yu-ling*) (4).

Le 甘 肅 *Kan-sou* en a 30, dont un pour les 韭 中 號 *yu-tchong-hao* (鎮 西 *Tcheng-si*, 迪 化 *Ti-hoa*); en outre, deux parmi les 丁 字 號 *ting-tse-hao* (寧 夏 *Ning-hia*), un parmi les 韭 右 號 *yu-yeou-hao* (肅 州 *Sou-'cheou*, etc.), et un parmi les 貞 字 號 *liang-tse-hao* (Mahomét.), seront reçus alternativement avec les autres lauréats ou en dehors de ces derniers (5).

Le 四 川 *Se-tch'oan*, 60.

Le 廣 東 *Koang-tong*, 71, dont deux pour les 玉 字 號 *yu-tse-hao* (瓊 州 府 *Kiong-tcheou-fou*). — On ajoute encore pour les 鹵 字 號 *lou-tse-hao* (fermiers de la gabelle) un Licencié par 60 Candidats.

Le 廣 西 *Koang-si*, 45, dont un alternativement pour les 泗 字 號 *Se-tse-hao* (Préfecture de 泗 城 *Se-tch'eng*) et les 鎮 字 號 *Tchen-tse-hao* (Préfecture de 鎮 安 *Tchen-ngan*) s'il y a au moins 30 Candidats.

Le 雲 南 *Yun-nan* a 54 Licenciés.

Le 貴 州 *Koei-tcheou*, 40.

---

§ VI. CHIFFRE SUPPLÉMENTAIRE.

La rébellion qui sévit dans les premières années de l'Empe-

---

(1) C'est depuis la 1ère année de l'Empereur 乾 隆 *K'ien-long* (1736) que chacune de ces deux Provinces vit fixer d'une façon distincte le nombre de ses Candidats reçus; auparavant une promotion unique portait sur tous les Candidats des deux Provinces réunies.

(2) Le 湖 北 *Hou-pé* et le 湖 南 *Hou-nan* furent séparés pour les examens par l'Empereur 雍 正 *Yong-tcheng* la 1ère année de son règne (1723).

(3) Quand c'est le tour du 湖 北 *Hou-pé*, tantôt la promotion appartient à la Préfecture 施 南 府 *Che-nan-fou*, et les cahiers sont marqués 方 字 號 *fang-tse-hao*; tantôt à la Préfecture 鄖 陽 府 *Yun-yang-fou*, et ils sont marqués 員 字 號 *Yuen-tse-hao*; à la condition toutefois que chacune de ces Préfectures présente au moins 30 Candidats.

(4) Ce dernier est reçu alternativement avec les autres lauréats, ou en dehors de ces derniers.

(5) Le 陝 西 *Chen-si* et le 甘 肅 *Kan-sou* furent séparés pour cet examen par l'Empereur 同 治 *T'ong-tche* en sa 1ère année (1862).

reur 咸 豐 *Hien-fong* ayant contraint le gouvernement de recourir à la nation pour subvenir aux frais de guerre, l'Empereur (3e an. 1853), en considération de ces subsides, augmenta le nombre des Licenciés à recevoir, et détermina comme chiffre maximum, quelle que fut d'ailleurs l'importance des subsides donnés par une Province à la Cour, celui qui était fixé pour les examens de faveur 恩 科 *ngen-k'o*. Notons ici que ces derniers comportent 30 nominations de plus que les examens ordinaires pour les «grandes» Provinces, 20 pour les «moyennes» et 10 pour les «petites» (1). Comme à cette époque toutes les Provinces contribuèrent à secourir le gouvernement, chacun d'elles a été gratifiée à perpétuité d'un nombre supplémentaire de nominations (加 額 *kia-ngo*) (2). En voici le détail :

滿 州, 蒙 古 *Man-tcheou, Mong-kou*				6
漢 軍 *Han-kiun*	...	...	...	2
直 隸 *Tche-li*	...	...	...	2
山 東 *Chan-tong*	...	...	...	2
山 西 *Chan-si*	...	...	...	10
河 南 *Ho-nan*	...	...	...	8
江 蘇 *Kiang-sou*	...	...	...	18
安 徽 *Ngan-hoei*	...	...	...	10
浙 江 *Tché-kiang*	...	...	...	10
江 西 *Kiang-si*	...	...	...	10
福 建 *Fou-Kien*	...	...	...	10
臺 灣 *T'ai-wan* (至 字 號 *tche-tse-hao*)				3
湖 北 *Hou-pé*	...	...	...	10
湖 南 *Hou-nan*	...	...	...	10
陝 西 *Chen-si*	...	...	...	9
甘 肅 *Kan-sou*	...	...	...	10
四 川 *Se-tch'oan*	...	...	...	20
廣 東 *Koang-tong*	...	...	...	11
廣 西 *Koang-si*	...	...	...	6
雲 南 *Yun-nan*	...	...	...	10
貴 州 *Koei-tcheou*	...	...	...	10

(1) Voir plus haut les Provinces rangées dans ces trois classes (pag. 87. not. 2). Mais depuis la récente division des Provinces, cette faveur est ainsi répartie : sur les 30 promotions du 江 南 *Kiang-nan*, le 江 蘇 *Kiang-sou* en a 18, et le 安 徽 *Ngan-hoei* 12 ; pour le 湖 廣 *Hou-koang*, chacune des deux Provinces 湖 南 *Hou-nan* et 湖 北 *Hou-pé*, en a 15 ; enfin pour le 陝 西 *Chen-si*, considéré comme Province "moyenne", le 陝 西 *Chen-si* en a 13, et le 甘 肅 *Kan-sou* 7.

(2) Il a été fixé par le même Empereur en sa 2e année (1852), qu'il faudrait un paiement de 100.000 T. pour augmenter d'un le nombre des Licenciés d'un seul concours, et qu'un paiement de 300.000 T. donnerait droit à un Licencié de plus par examen à perpétuité. Mais depuis, la paix ayant été rétablie, l'Empereur 同 治 *T'ong-tche*, vers la 13e an. de son règne (1874), a décidé par un nouveau décret que la dite somme de 300.000 T. ne donnerait plus droit à l'avenir qu'à la nomination supplémentaire, pour un seul concours, de deux Licenciés, l'un civil et l'autre militaire.

§ VII. CHIFFRE TOTAL DES PROMOTIONS.

Pour éviter l'obscurité qui pourrait provenir de la multiplicité des détails ci-dessus, et pour établir la concordance de nos chiffres avec la liste officielle des promus, nous croyons utile de donner ci-joint le tableau général de la somme complète (1).

			Chiffres anciens 原額 *yuen-ngo.*	Augmentati n 加額 *kia-ngo.*	Total 總額 *tsong-ngo.*
順	天	*Choen-t'ien*	270	10	280 (2)
山	東	*Chan-tong*	69	2	71
山	西	*Chan-si*	60	10	70
河	南	*Ho-nan*	71	8	79
江	蘇	*Kiang-sou*	69 ⎱ 114	18 ⎱ 28	87 ⎱ 142
安	徽	*Ngan-hoei*	45 ⎰	10 ⎰	55 ⎰
浙	江	*Tché-kiang*	94	10	104
江	西	*Kiang-si*	94	10	104
福	建	*Fou-kien*	87	13	100
湖	北	*Hou-pé*	47	10	57
湖	南	*Hou-nan*	46	10	56
陝	西	*Chen-si*	41	9	50
甘	蕭	*Kan-sou*	30	10	40
四	川	*Se-tch'oan*	60	20	80 (3)
廣	東	*Koang-tong*	72	14	86
廣	西	*Koang-si*	45	6	51
雲	南	*Yun-nan*	54	10	64
貴	州	*Koei-tcheou*	40	10	50

§ VIII. PROMOTION DES *CANDIDATS MANDARINAUX.*

Il n'est pas inutile d'ajouter que les *Candidats mandarinaux* 官生 *koan-cheng*, sont promus au rang qu'ils ont mérité dans la

---

(1) Dans cette somme ne sont pas compris les lauréats des Garnisons tartares (駐 防 *tchou-fang*), dont les noms sortent en dehors du nombre fixé.

(2) Dans cette somme (comme dans celle du 山東 *Chan-tong*) sont compris deux 鹵字號 *lou-tse-hao* (fermiers du sel), dont on reçoit un sur 50, sans toutefois qu'il puisse y avoir plus de deux Candidats reçus de cette catégorie.

(3) La liste de promotion du 四川 *Se-tch'oan* pour ces dernières années dépasse notablement le chiffre indiqué plus haut. Ainsi, en 1889, il y a eu 100 Licenciés reçus, en 1891, 98. Cette augmentation est due aux contributions considérables que s'impose cette Province généreuse en faveur du gouvernement. La 16e an. de 光緒 *Koang-siu* (1890), un Censeur impérial nommé 徐家鼎 *Siu Kia-ting* demanda à l'Empereur de réduire le chiffre si élevé de ces promotions; mais 劉秉璋 *Licou Ping-tchang* Vice-roi de la même province, ayant montré l'utilité que l'empire retire de ces contributions, obtint de l'Empereur le maintien des faveurs précédemment accordées.

liste générale, et non point en dehors du nombre total fixé. De plus, bien qu'en théorie, on en reçoive un sur dix, quinze, ou vingt, de peur que l'avantage qui leur est fait ne nuise trop aux Candidats ordinaires, le nombre maximum des places qui leur sont réservées, a été restreint dans d'assez étroites limites. L'Empereur 乾隆 K'ien-long la 16⁰ an. de son règne (1851) a fixé les chiffres suivants pour chaque Province :

	滿 州, 蒙 古 Man-tcheou, Mong-kou.	6.
	漢 軍 Han-kiun...	1.
順 天 Choen-t'ien	貝字號 Pei-tse-hao.	4.
	南 皿 Nan-ming..	2.
	北 皿 Pé-ming....	1.
	中 皿 Tchong-ming....	1.

江 蘇	Kiang-sou.	4.
安 徽	Ngan-hoei.	2.
浙 江	Tché-kiang....	6.
江 西	Kiang-si.	5.
福 建	Fou-kien.	4.
山 東	Chan-tong.	3.
山 西	Chan-si....	3.
河 南	Ho-nan....	3.
湖 南	Hou-nan.	2.
湖 北	Hou-pé....	2.
廣 東	Koang-tong....	2.
四 川	Se-tch'oan.....	2.
雲 南	Yun-nan.	2.
陝 西	Chen-si....	1.
甘 肅	Kan-sou.	1.
廣 西	Koang-si.	1.
貴 州	Koei-tcheou...	1.

---

§ IX. CHIFFRE DES ACCESSITS.

Après avoir parlé du nombre des Licenciés à recevoir, nous ajouterons quelques mots sur ceux qui, obtenant les premières places après les lauréats, reçoivent une mention spéciale, sorte d'accessit appelé 副榜 fou-pang par opposition à 正榜 tcheng-pang. L'Empereur 康熙 K'ang-hi la 11⁰ an. de son règne (1672) a déterminé d'une manière générale qu'il y aurait un accessit pour 5 Licenciés reçus. Le nombre de ces derniers est alors déterminé par la liste des chiffres anciens, donnée ci-dessus; on ne tient compte par conséquent ni des 加額 kia-ngo, (places ajoutées pour les contributions payées par une province), ni des 廣額 koang-ngo (places ajoutées par faveur), ainsi que l'a déclaré l'Empereur 乾隆 K'ien-long (20⁰ an. 1755). Voici du reste un tableau qui donnera la liste complète de ces *accessits*, établie d'après celle des Licenciés 原額 *yuen-ngo*.

	滿 字 號	*Man-tse-hao*,	5.
	合 字 號	*Ho-tse-hao*,	2.
	夾 字 號	*Kia-tse-hao*,	1.
順 天 *Choen-t'ien*	貝 字 號	*Pei-tse-hao*,	20.
	南 皿	*Nan-ming*,	7.
	北 皿	*Pé-ming*,	7.
	中 皿	*Tchong-ming*,	1 pour 5.

山 東 *Chan-tong*..	... ...	13.
山 西 *Chan-si*. ...	... ...	12.
河 南 *Ho-nan*. ...	... ...	13.
江 蘇 *Kiang-sou*..	... ...	13.
安 徽 *Ngan-hoei*..	... ...	9.
浙 江 *Tché-kiang*.	... ...	18.
江 西 *Kiang-si*....	... ...	18.
福 建 *Fou-kien*...	... ...	17.
湖 北 *Hou-pé*. ...	... ...	9.
湖 南 *Hou-nan*. ...	... ...	9.
陝 西 *Chen-si*. ...	... ...	8.
甘 肅 *Kan-sou*. ...	... ...	6.
四 川 *Se-tch'oan*..	... ...	12.
廣 東 *Koang-tong*.	... ...	14.
廣 西 *Koang-si*...	... ...	9.
雲 南 *Yun-nan*....	... ...	10.
貴 州 *Koei-tcheou*. ...	... ...	.8.

Après ces notions préliminaires, trop longues peut-être et trop sèches au gré du lecteur, il est temps d'aborder notre sujet principal, et d'exposer la pratique de l'examen de Licence.

CHAPITRE II.

AVANT L'EXAMEN.

———•◇•———

§ I. ORDRE DES ÉPREUVES.

Frais de route. — Examen *lou-i*. — Ordre des exercices.

———————

§ II. CAHIERS D'EXAMEN.

Formules diverses.

———————

§ III. ENTRÉE DES EXAMINATEURS AU *KONG-YUEN*.

———————◇———————

CHAPITRE II.

AVANT L'EXAMEN.

———o·o·❀·o·o———

§ I. ORDRE DES ÉPREUVES.

A l'approche de l'époque de l'examen, tous les Bacheliers qui veulent concourir pour la Licence reçoivent de leur Sous-préfet respectif pour les frais de voyage une petite somme d'argent, qui s'appelle 賓興費 *ping-hing-fei;* puis ils se rendent à la capitale de la Province (1); et s'ils vont en barque, ils y arborent un drapeau portant, par ex.: 奉旨江南鄉試 *fong-tche-Kiang-nan-hiang-che* « Par ordre de l'Empereur, examen de Licence du *Kiang-nan* » (2).

Vers le milieu de la 7ᵉ Lune, a lieu dans le ville capitale, devant l'Examinateur provincial, l'examen dit 錄遺 *lou-i* ou 考遺 *k'ao-i* (3); sont tenus de s'y présenter, ceux qui dans l'examen 科試 *k'o-che*, n'ont point été classés dans la 1ᵉ catégorie 一等 *i-teng,* ni dans la seconde 二等 *eul-teng,* ni parmi les dix premiers de la troisième 三等 *san-teng* (*cf.* pag. 99). C'est pour eux une condition *sine qua non,* pour être admis à l'examen de Licence. Sont également tenus de se présenter au dit examen *lou-i*, les Directeurs des lettrés eux-mêmes, s'ils veulent concourir pour la Licence.

D'ordinaire, à cause du grand nombre des Candidats, cet

---

(1) A *Nan-king,* p. ex. le nombre des Bacheliers venant pour cet examen est de 10 à 14.000 pour le 江蘇 *Kiang-sou,* et de 8 à 10.000 pour le 安徽 *Ngan-hoei,* en tout, environ 24.000; pour le 廣東 *Koang-tong,* il est de 20.000; pour le 四川 *Se-tch'oan,* de 18 à 20.000; pour le 河南 *Ho-nan,* de 14 à 16.000; pour le 順天 *Choen-t'ien,* de 14 à 15.000; pour le 浙江 *Tché-kiang,* de 13.000; pour le 山東 *Chan-tong,* de 12 à 13.000; pour le 湖北 *Hou-pé,* de 11 à 12.000; pour le 福建 *Fou-kien,* de 10.000; pour le 山西 *Chan-si,* de 7000; pour le 貴州 *Koei-tcheou,* de 4000; etc.

(2) Pour le 浙江 *Tché-kiang,* l'inscription du drapeau sera 浙江鄉試 *Tché-kiang-hiang-che,* etc., et pour le 直隸 *Tche-li,* ce sera 順天鄉試 *Choen-t'ien-hiang-che,* littérairement 京闈 *king-wei* ou 京兆試 *king-tchao-che.* Ces barques, pour prévenir les fraudes qui avaient quelquefois lieu, sont depuis la 9ᵉ an. de l'Empereur 同治 *T'ong-tche* (1870) soumises à la visite aux portes des douanes intérieures.

(3) A 順天 *Choen-t'ien,* cet examen 錄遺 *lou-i* s'appelle encore 羅試 *louo-che* ou 考羅 *k'ao-louo.*

examen a lieu séparément pour chaque Préfecture. A *Nan-king,*
il se fait le même jour sous les deux Examinateurs provinciaux du
江蘇 *Kiang-sou* et du 安徽 *Ngan-hoei*, dans les bâtiments destinés
à cet effet 上下江考棚 *Chang-hia-kiang k'ao-p'ong* «local d'examen des *Kiang* supérieur et inférieur». Dès que l'Examinateur
provincial est parvenu au chef-lieu où doit se tenir cette session
préparatoire, il en indique les jours, par exemple de la façon
suivante :

七月十七日，各屬補歲考. Le 17 de la 7° Lune, on sup-
pléera à l'examen triennal, qui aurait été omis par les Bacheliers à l'époque régulière.

十八日，考錄某某府州生員. Le 18, examen *lou-i* pour les
Bacheliers des Préfectures N. et N. (La matière de cette épreuve
est la même que celle de l'examen 科考 *k'o-k'ao*).

十九日，考錄教職. Le 19, *item* pour les Directeurs des
lettrés.

二十日，考錄某某府州生員. Le 20, *item* pour les Bacheliers des Préfectures N. et N.

二十一日，考錄駐防及某府生員. Le 21, *item* pour les
Bacheliers de la Garnison tartare, et pour ceux de la Préfecture N.

二十二日，再補歲考. Le 22, on supplée de nouveau à
l'examen triennal.

二十三日，考錄貢監. Le 23, examen *lou-i* pour tous les
貢生 *kong-cheng* et 監生 *kieng-cheng*.

二十四日，補錄各屬生員. Le 24, examen supplémentaire
lou-i pour les Bacheliers des diverses Préfectures.

二十五日，會考優生. Le 25, examen général, à la suite
duquel sont promus les 優貢 *yeou-kong* (Voir pag. 87).

二十六日，補錄貢監. Le 26, examen *lou-i* supplémentaire
pour les 貢生 *kong-cheng* et les 監生 *kien-cheng* (1).

二十七日，各屬武生錄遺. Le 27, examen *lou-i* de tous les
Bacheliers militaires. Les Candidats qui se rendent à cet examen
錄遺 *lou-i* doivent prendre le chapeau et les habits de cérémonie.

Cette épreuve terminée, l'Examinateur provincial prépare la
liste. D'après une disposition de l'Empereur 乾隆 *K'ien-long* (an.
9°, 1744), dans les «grandes» Provinces, pour un Candidat à recevoir au grade de Licence, on doit en inscrire 80, et 40 pour
chaque *accessit;* dans les Provinces «moyennes», 60 et 30 ; et pour
les «petites» Provinces, 50 et 20. Mais aujourd'hui, les Examinateurs
ne tenant aucun compte de cette disposition, inscrivent générale-

---

(1) A la suite de ce dernier examen, on publie une liste des Bacheliers qui ayant été
rejetés à la suite de l'épreuve *lou-i*, sont cependant admis en définitive à l'examen de Licence, par l'Examinateur provincial, lorsque celui-ci voit qu'il y a place suffisante dans le local
d'examen. Cette admission, d'ordinaire considérable, est dite 大收 *ta-cheou*.

ment pour l'examen de Licence (autant du moins que le leur permet le nombre des cellules du *kong-yuen*), outre ceux qui ont été
classés à la suite du concours 科考 *k'o-kao*, tous les Candidats
qui ont réussi à l'examen 錄遺 *lou-i*. Un tableau-affiche, appelé
遺案 *i-ngan*, donne les noms de ceux qui sont ainsi admis à
l'examen de Licence.

---

§ II. CAHIERS D'EXAMEN.

Les Bacheliers se rendent alors successivement à un Bureau
spécial, appelé 賣卷廠 *mai-k'iuen-tch'ang* (1) «Bureau de vente des
cahiers», où ils achètent (2) trois cahiers de composition; ils reçoivent
en même temps une feuille de modèle d'écriture pour leurs
noms, etc., avec un billet dont la formule suit :

TRADUCTION.

Certificat de cahiers pour la Province du *Kiang-sou.*

Le Vice-président de l'examen de Licence pour le *Kiang-nan*
atteste que le Candidat N. originaire de N., après avoir acheté et
dûment payé ses cahiers (3), a droit au présent certificat; lequel il
devra présenter en même temps que les dits cahiers au 收卷局
cheou-k'iuen-kiu «Bureau de réception des cahiers», pour qu'on y
appose le sceau. Faute par lui de présenter le présent certificat,
les cahiers seront considérés comme venant de source privée, et
seront refusés par les officiers. Que si, pour quelque cause légitime, le dit Candidat ne peut remettre ses cahiers, ni dès lors se
présenter à l'examen, il devra les rendre avec le présent certificat
au 賣卷廠 *mai-k'iuen-tch'ang* «Bureau de vente des cahiers»,
et il sera libre de retirer l'argent qu'ils lui ont coûté. Nouvelle
publication sera encore faite de ces dispositions; que chacun donc
s'y conforme.

La...... année de *Koang-siu*, ... lune, ... jour; etc.

Ayant reçu leurs trois cahiers, les Candidats doivent écrire
clairement et distinctement sur le premier feuillet de chacun

---

(1) C'est donc avant l'examen, et non point en entrant au 貢院 *kong-yuen*,
comme l'a dit Morrison, cité par Biot (pag. 511), que doit être inscrit le nom de chaque
Candidat. "En entrant dans la salle (des concours) ils doivent écrire leurs noms sur un
registre."

(2) Il arrive souvent que quelque grand mandarin, qu'un Préfet de la ville, ou quelque grande famille ou communauté achète ces cahiers pour ses administrés ou pour ses con-
citoyens, et les distribue gratis. Cet acte de bienfaisance s'appelle 敬送元卷 *king-
song-yuen-k'iuen* "Offrir respectueusement les cahiers originaux (i. e. de composition)." La
même chose se pratique pour l'examen 會試 *Hoei-che.*

(3) Le prix de ces 3 cahiers, à *Nan-king*, est de 280 sapèques.

d'eux, d'après la forme donnée par le bureau 賣卷廠 *mai-h'iuen-tch'ang,* leurs noms, leur lieu d'origine, leur âge, leur grade littéraire, leur taille, leur genre de visage, avec les noms de leur bisaïeul paternel, de leur grand-père, de leur père, etc...

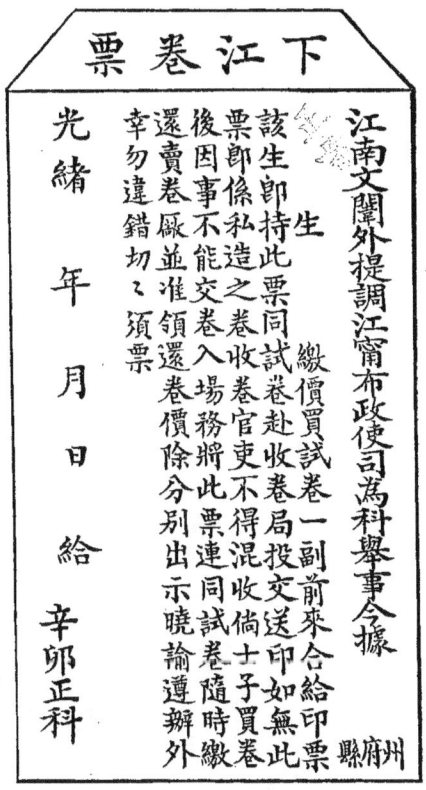

CERTIFICAT DE CAHIERS.

Nous donnons ci-après le fac-similé réduit d'un modèle servant pour la couverture des cahiers :

CENTER: *TRADUCTION :*

N° épreuve.

Kiang-nan, Préfecture N., Sous-préfecture N.; N. Candidat de la catégorie N.

N. B. Il faut que les caractères de cette ligne atteignent le bas de la page, quel que soit d'ailleurs leur nombre.

第幾塲

江南　府　縣　生某某某

字算準寫到底

Voici maintenant la traduction et la reproduction de la formule à inscrire au verso du 1ᵉʳ feuillet :

TRADUCTION :

Kiang-nan, Préfecture de N., Sous-préfecture de N. : Le Candidat N. appartenant à la catégorie N., devant subir l'examen de Licence en la province du *Kiang-nan,* la 17ᵉ an. de *Koang-siu* (année *sin-mao* du cycle); n'ayant ni de sa personne, ni par les siens, encouru aucune condamnation infamante, ne portant point de deuil; n'ayant commis aucun crime, n'étant point coupable de contumace; de plus, n'empruntant point mensongèrement le lieu d'origine ou le nom d'un autre; en ce moment, inscrit ci-dessous, son âge, son signalement, son lieu d'origine, et les noms de ses ancêtres jusqu'à la 3ᵉ génération.

1°. Il est âgé de... années, est de taille moyenne, a le visage blanc, la barbe...; il appartient à la Préfecture de..., Sous-préfecture de..., habite la ville — ou telle partie de la campagne.

2°. Bisaïeul N., aïeul N., père N.

N. B. Pour ces trois générations, il faut avoir soin de marquer si les ascendants survivent ou s'ils sont déjà morts.

江南某某府某某縣某生某某應光緒拾柒年辛卯正科

江南省鄉試身家並無刑喪過犯亦無冒籍頂名今將本身

年貌籍貫三代開具於後

一本身年　拾　歲身中面白色　鬚係某某府某某

縣 在城民籍

某都某圖民籍

一曾祖某　祖某　父某

以上三代均須註明存歿

Cette mention faite en tête de leurs trois cahiers, les Candidats se rendent ensuite au Bureau appelé 收卷局 *cheou-k'iuen-kiu* «Bureau de réception des cahiers», où ils donnent les dits cahiers, avec le certificat du Bureau 賣卷廠 *mai-k'iuen-tch'ang*, pour les faire timbrer au sceau du Trésorier provincial (藩臺 *fan-t'ai* ou 布政司 *pou-tcheng-se*) (1); après quoi ils reçoivent un autre billet certifiant qu'ils ont remis leurs cahiers (2):

---

(1) L'examen de Licence est considéré comme une affaire propre du Trésorier. Aussi écrivait-on autrefois sur les cahiers cette phrase : 應布政司鄉試 *ying-pou-tcheng-se-hiang-che* "subir l'examen de Licence du Trésorier", qui n'a été supprimée que par l'Empereur 乾隆 *K'ien-long*, en sa 33e année (1768). A 順天 *Choen-t'ien* le timbrage est fait par le Maire de *Pé-king* 府尹 *Fou-yn*.

(2) Ce certificat n'est pas inutile : il pourrait arriver en effet que les cahiers disparussent par suite d'erreur ou de négligence des employés qui en sont chargés; alors le Candidat pourrait les réclamer au moyen de ce récépissé.

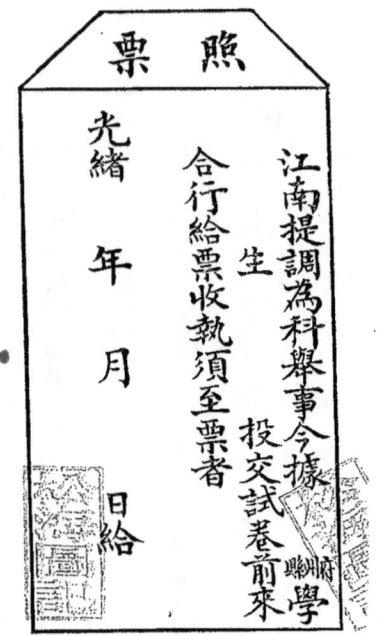

TRADUCTION :

Certificat.

Le Vice-président de l'examen de Licence du *Kiang-nan* à l'effet de promouvoir aux degrés. Le Candidat N. de telle ville, de telle catégorie, s'étant présenté pour livrer ses cahiers, il convient de lui donner le présent certificat, qu'il devra conserver.

Donné la... année de *Koang-siu*,... jour de la... Lune.

Place du sceau pour les villes de *Song-kiang* et de *Hai-tcheou*.

---

§ III. ENTRÉE DES EXAMINATEURS AU *KONG-YUEN*.

Le 5e jour de la 8e Lune, les Copistes et les Correcteurs entrent les premiers dans le local de l'examen, ne portant avec eux que les vêtements nécessaires et la literie, avec quelques provisions de bouche; ils sont tous soumis à une perquisition.

Le lendemain, c'est le tour des Examinateurs. Avant de pénétrer dans le *kong-yuen*, ils prennent part dans quelque édifice public, avec le Président et ses Assesseurs, à un banquet nommé 上馬宴 *chang-ma-yen* ou 賓興宴 *ping-hing-yen* (1). Avant de

---

(1) A 順天 *Choen-t'ien*, ce repas se prend aujourd'hui dans le local même des examens. Les Examinateurs impériaux y entrent le jour même de leur nomination, qui est précisément le 6 de la 8e Lune, et ils prennent part à ce banquet.

se mettre à table, les deux Examinateurs impériaux, tournés vers le Nord comme vers la Cour impériale, font trois génuflexions et neuf prostrations (三 跪 九 叩 首 *san-koei-kieou-k'eou-cheou*), en témoignage de reconnaissance et de respect envers l'Empereur.

A l'issue du repas, les Examinateurs et les autres fonctionnaires font leur entrée avec une certaine solennité. A *Nan-king*, les Examinateurs impériaux avec le Président viennent en chaises découvertes, dites 顯 轎 *hien-hiao*. Dès qu'ils sont arrivés, le canon tonne, et la musique se fait entendre au 明 遠 樓 *ming-yuen-leou*. Le Président offre un sacrifice à la porte d'entrée du local d'examen appelée 龍 門 *long-men*, et lui fait une prostration. Le Président va alors inspecter tous les salles et cellules des Candidats, pour s'assurer qu'il n'y a aucune fraude ; cette inspection du local d'examen s'appelle 躍 搨 *si-tch'ang*. Après quoi chacun se rend au lieu destiné à son office.

Au fond des bâtiments d'examen, dans la partie la plus septentrionale, sont relégués pendant toute la durée des épreuves et jusqu'à la publication des listes d'admission, les Examinateurs 主 考 *tchou-k'ao* et 房 考 *fang-k'ao*, ainsi que les officiers 內 監 試 *nei-kien-che* et 內 收 掌 *nei-cheou-tchang* (1), que l'on appelle pour cette raison 內 簾 官 *nei-lien-koan* ou «mandarins de la clôture intérieure». Il ne leur est pas permis de communiquer avec les autres fonctionnaires. Le Président 監 臨 *hien-lin* et les autres, dont les habitations se trouvent plus au midi, et qui séjournent dans la même enceinte que les Candidats, prennent le nom de 外 簾 官 *wai-lien-koan* ou «mandarins de la clôture extérieure». Le Président garde lui-même la clef de communication entre les deux enceintes 內 簾 *nei-lien* et 外 簾 *wai-lien*.

Il est à remarquer que les Examinateurs et autres fonctionnaires des appartements intérieurs ne doivent pas avoir d'encre rouge : cette défense a pour but d'empêcher qu'ils ne soient achetés pour corriger quelque composition transcrite. Pour la même raison, les fonctionnaires des appartements extérieurs ne doivent pas avoir d'encre noire. Régulièrement, les Examinateurs impériaux doivent se servir d'encre noire, et les autres fonctionnaires de la clôture intérieure, d'encre bleue ; les fonctionnaires de la clôture extérieure, d'encre violette ; les Copistes, d'encre rouge, et les Correcteurs, d'encre jaune. Personne du reste ne doit apporter de ces différentes encres, qui sont fournies aux bureaux respectifs.

---

(1) Ces deux dernières classes d'officiers, 監 試 *kien-che* et 收 掌 *cheou-tchang*, se divisent en 2 catégories, les unes affectées au service de l'enceinte intérieure, sont dites 內 監 試 *nei-kien-che*, 內 收 掌 *nei-cheou-tchang* ; d'autres officiers ayant des fonctions analogues, mais séjournant dans l'enceinte extérieure, sont dénommés 外 監 試 *wai-kien-che*, 外 收 掌 *wai-cheou-tchang*.

CHAPITRE III.

L'EXAMEN.

———

§ I. PREMIÈRE ÉPREUVE.

Entrée des Bacheliers au *hong-yuen*. — Sujets de compositions. Choix, distribution. — Des Compositions.

———

§ II. DEUXIÈME ÉPREUVE.

Entrée. — Sujets de compositions.

———

§ III. TROISIÈME ÉPREUVE.

Sujets de compositions.

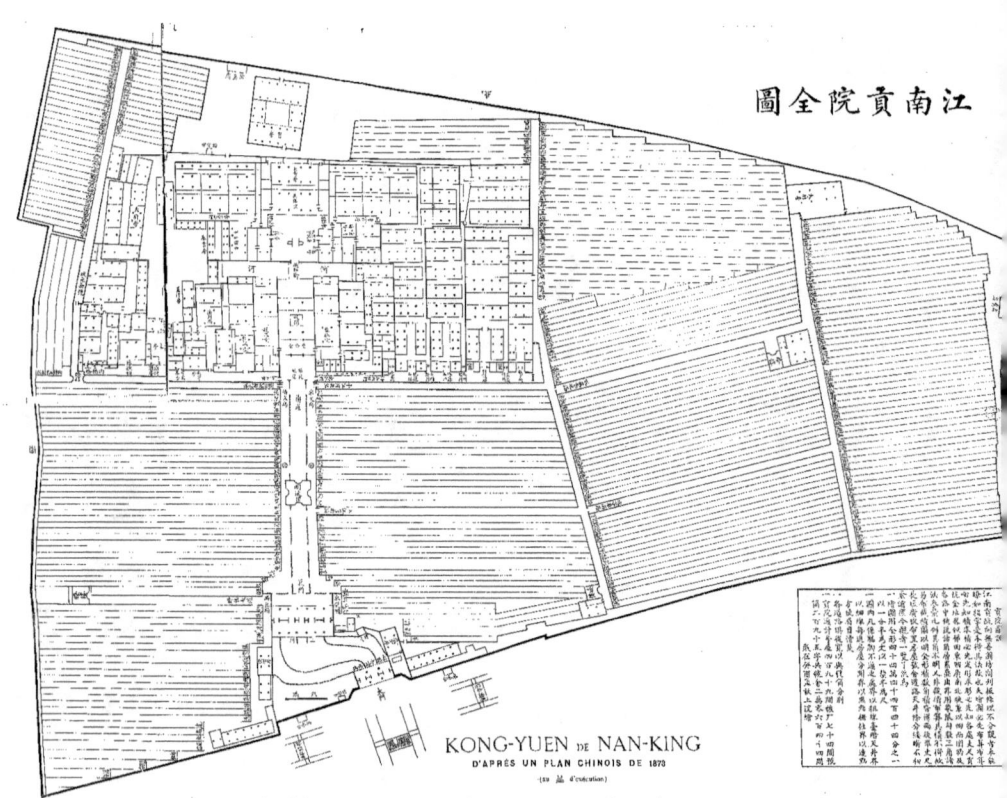

江南貢院全圖

KONG-YUEN DE NAN-KING

D'APRÈS UN PLAN CHINOIS DE 1873

(au 1/2 d'exécution)

CHAPITRE III.

L'EXAMEN.

§ I PREMIÈRE ÉPREUVE.

Le 8ᵉ jour de la 8ᵉ Lune, le canon est tiré trois fois à la porte du bâtiment des examens; on tire d'abord un premier coup à minuit, puis deux coups à minuit 1/2, et enfin trois à une heure. Aux seconds coups, tous les Candidats appartenant aux Préfectures ou Sous-préfectures dont les noms sont marqués avant les autres, doivent se mettre en mesure de se rendre au local des examens, pour se trouver à l'ouverture des portes qui a lieu aux 3ᵒˢ coups.

Le terrain devant le local de l'examen, à *Nan-king*, par exemple, est divisé en trois parties appelées 東 路 *tong-lou,* 中 路 *tchong-lou* et 西 路 *si-lou*, «routes de l'Est, du milieu, de l'Ouest» (1). Pour éviter la confusion qui naîtrait de la multitude des Candidats se pressant au temps de l'appel, on les divise en plusieur bandes (起 *k'i*), désignées par le nom des Gymnases auxquels ils appartiennent. Des deux tableaux que nous offrons au lecteur, conformes à ceux qu'on distribue aux Candidats de *Nan-king*, le premier représente cet ordre, avec les heures assignées à chaque bande; le second indique les signaux employés pour indiquer à chaque bande que son tour est arrivé: on se sert à cet effet de lanternes (燈 *teng*) et de drapeaux (旂 *k'i*) ainsi que le montre la figure.

Comme on peut le voir sur le premier tableau, chaque bande est divisée en trois sections comprenant chacune les Candidats de deux ou plusieurs Gymnases, et correspondant aux trois «routes» dont nous avons parlé.

Vers la fin de l'appel (點 名 *tien-ming*) de chaque bande, on tire un coup de canon et l'on change les lanternes et le drapeau.

Pendant l'appel, trois ou quatre Directeurs des lettrés de chacune des villes dont les Candidats comparaissent, doivent être présents avec leurs domestiques 門 斗 *meng-teou* pour constater

---

(1) Dans plusieurs autres provinces, ces divisions sont appelées 中 路 *tchong-lou,* 左 路 *tsouo-lou* et 右 路 *yeou-lou*. A 順 天 *Choen-t'ien*, il y en a quatres : 東 左 *tong-tsouo,* 東 右 *tong-yeou,* 西 左 *si-tsouo* et 西 右 *si-yeou.*

名　定　式

正申 4 heures. 第拾肆隊起 14e bande.	初申 3 heures. 第拾叁隊起 13e bande.	正未 2 heures. 第拾貳隊起 12e bande.	初未 1 heure. 第拾壹隊起 13e bande.	正午 Midi. 第拾隊起 10e bande.	初午 11 heures. 第玖隊起 9e bande.	正巳 10 heures. 第捌隊起 8e bande.
西路點 中路點 東路點 溧水高淳江浦六合四縣學 六安州學 英山霍山兩縣學 泗州學 虹鄉學 盱眙天長五河三縣學	中路點 江寧縣學 廬江縣學 廬州府城兩縣學 廬江邳州宿遷睢寧四州縣學 來安縣學 定遠懷遠鳳臺有鳳縣七州縣學 旌書生 教職	中路點 江寧縣學 句容縣學 無爲州學 巢縣學 鳳陽府學 鳳陽縣學	中路點 東路點 上元縣學 合肥舒城兩縣學 錫山邳州宿遷睢寧四州縣學 和州學 含山縣學	西路點 中路點 東路點 百路點 昭文漢陽山新陽三縣學 鹽城阜寧淮安桃源五縣學 亳州潁州滁州太和全椒六州縣學 徐州府學 銅山蕭縣沛縣豐縣四縣學	東路點 西路點 太平府學 阜寧祁上灌珍二縣學 山陽縣學 盧州府學	東路點 西路點 蘇州府學 建德東流兩縣學 太平府學 當塗縣學 溧縣學

TABLEAU DES
destiné à faciliter l'entrée des

三　路　點

初寅 3 heures. 第壹隊起 1e bande.	正寅 4 heures. 第貳隊起 2e bande.	初卯 5 heures. 第叁隊起 3e bande.	正卯 6 heures. 第肆隊起 4e bande.	初辰 7 heures. 第伍隊起 5e bande.	正辰 8 heures. 第陸隊起 6e bande.	初巳 9 heures. 第柒隊起 7e bande.
東路點 西路點 松江府學 常州府學 武進縣學 安慶府學 懷寧縣學 蕪湖奉賢寶山縣三縣學	東路點 中路點 西路點 金山上海南匯三縣學 陽湖無錫金匱三縣學 桐城潛山兩縣學 川沙五學 揚州府學	東路點 中路點 太倉州學 高郵興化寶應泰州東臺五州縣學 荊溪靖江兩縣學 太湖宿松望江三縣學	東路點 中路點 西路點 嵊縣宜興江陰縣學 鎮洋嘉定寶山崇明縣學 鎮江府學 江陰縣學	東路點 中路點 西路點 海寧沐陽贛榆縣學 金壇溧陽丹陽三縣學 丹徒丹陽縣學 池州府學 宣城縣學	東路點 中路點 西路點 泰興如皋縣學 貴池青陽銅陵石埭 寶應府學 靖海縣學	西路點 中路點 東路點 海門廳學 南陵常熟旌德三縣學

BANDES (起)
Candidats au kong-yuen de Nan-king.

l'identité de ceux qui répondent à l'appel. Pour obvier au désordre qu'entraînerait un trop grand nombre de Candidats se présentant simultanément, on se sert pour guider les entrées, d'un écriteau dit 序進牌 *siu-tsin-p'ai*, portant 50 noms, et que l'on renouvelle à mesure que défilent les Candidats.

Chacun, à l'appel de son nom, se présente à la barrière de la porte extérieure, à partir de laquelle il ne peut être accompagné d'aucun étranger. Il porte donc lui-même sa literie et tout ce dont il a besoin, et entre (car il ne lui est plus permis de reculer) par cette première porte (頭門 *t'eou-men*), où il passe l'inspection. Aux termes de la loi, elle doit se faire d'un manière assez stricte, et ce sont des soldats qui en sont chargés. Ils se tiennent immobiles en deux longues files à l'entrée du local. Quand il est entré une cinquantaine de Candidats, l'un d'eux crie à haute voix : 仔細收檢 *tse-si-cheou-kien* « Qu'on visite avec soin »; et tous les autres de répéter cet ordre (1). Chaque Candidat est alors fouillé minutieusement par quatre soldats, qui doivent aller jusqu'à couper en deux les petits pains qu'on a apportés. Si l'un d'eux trouve quelque objet prohibé, il a droit à 3 Taëls de récompense.

La visite terminée, le Candidat reçoit une éclisse de bambou 照入籤 *tchao-jou-ts'ien* et se rend à la 2ᵉ porte (儀門 *i-men*), où il répond à un second appel, dépose son éclisse de bambou et subit une nouvelle visite (2). Après quoi, il reçoit un cahier de composition avec un livret appelé 三場程式 *san-tch'ang-tch'eng-che* (3). Enfin il va à la porte de concours (龍門 *long-men*) où il doit répondre à un dernier appel, puis il est conduit par un appariteur (號軍 *hao-kiun*), qui d'après l'indication du numéro (坐號 *tsouo-hao*) mis sur son cahier, le mène à sa cellule. Le costume de cérémonie n'est pas exigé pour cette épreuve, non plus que pour les deux suivantes.

Si quelqu'un avait été empêché de répondre à l'appel de son nom, il pourrait le faire lors d'un appel supplémentaire, lorsque la liste des Candidats de sa Préfecture est épuisée, ou même tout à fait à la fin des appels. Cette formalité de l'appel dure, pour *Nan-king*, depuis minuit jusqu'au soir suivant.

L'appel fini, les portes sont fermées au bruit du canon et

---

(1) Si un Candidat, à l'une des trois épreuves, apportait quelque écrit ayant trait aux compositions, fût-ce même par erreur de l'une des autres épreuves, il serait condamné à perdre son titre de Bachelier, à porter la cangue à la porte du local de l'examen et à recevoir la bastonnade. Si par erreur, à la 2ᵉ épreuve ou à la 3ᵉ, il a apporté quelque chose ayant trait aux précédentes, il est seulement dégradé du titre de Bachelier.

(2) Cette double visite, bien que prescrite par la loi, n'est cependant pas partout observée. A *Nan-king*, par exemple, l'immense concours des Candidats en fait négliger la pratique.

(3) Il contient les règles à suivre pour la transcription dans les trois épreuves.

式 圖 旂 燈

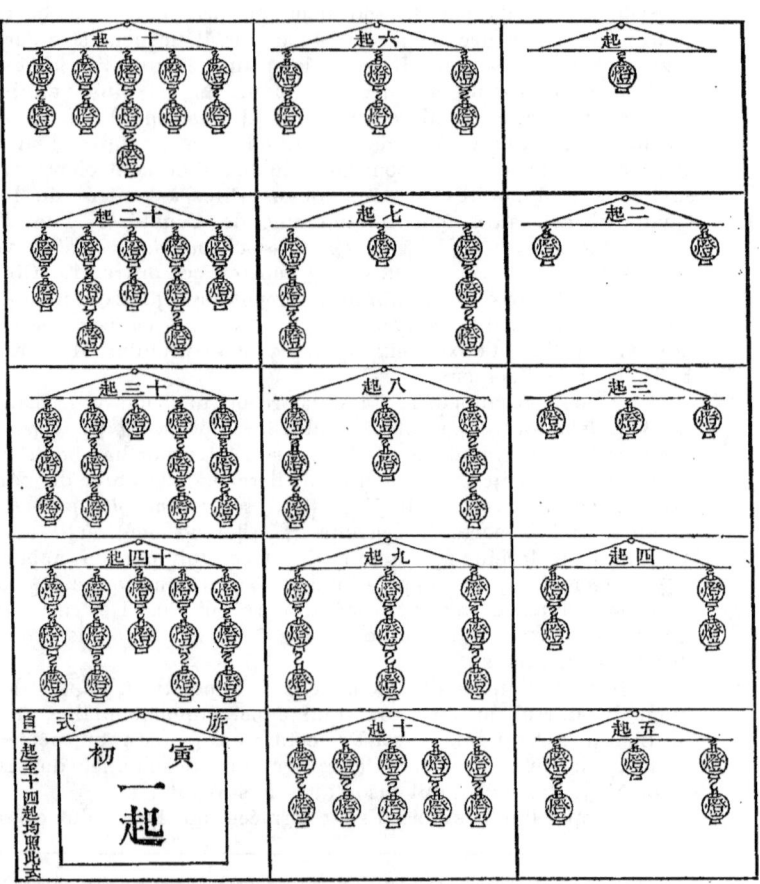

SIGNAUX

pour l'entrée au *Kong-yuen*.

scellées du sceau du Président. En même temps les Candidats arrangent leur cellule. S'il manque une planche, ils appellent un 號 軍 *hao-kiun* qui en fait donner par un des menuisiers. Il y en a qui changent de cellule, s'ils en trouvent une inoccupée, plus propre que la leur. D'autres causent avec leurs voisins, fument l'opium, etc.

C'est alors que le Président fait apposer son nom aux portes des allées (巷 門 *hiang-men*) sur lesquelles donnent les cellules. A *Nan-king*, on laisse à ces portes une ouverture à travers laquelle on passe la nourriture, le thé et les sujets de composition dont il sera bientôt question. Les 號 軍 *hao-kiun* sont enfermés en même temps que les Candidats; on en compte d'ordinaire un pour une vingtaine de loges; ils passent la nuit dans celles qui sont inoccupées et mènent une vie assez dure.

Vers le commencement de l'appel, les Examinateurs impériaux avaient déja pris trois thèmes d'amplifications tirés des «Quatre livres» (四 書 *se-chou*) (1), avec un sujet de poésie, et les avaient donnés à graver sur bois et à imprimer au plus tôt (2). Une épreuve est soumise au Président et aux Assesseurs qui, après en avoir vérifié l'exactitude, y apposent chacun leur sceau (3).

Sur l'exemplaire imprimé des thèmes, appellé 題 紙 *t'i-tche*, on donne quelques caractères parmi lesquels les Candidats devront choisir leurs rimes pour la pièce de vers; la même feuille prescrit l'usage de chiffres majuscules dont on se servira pour indiquer à la fin de chaque composition, le nombre des caractères ajoutés en recopiant le brouillon (添 註 *t'ien-tchou*) et de ceux qui ont été biffés (塗 改 *t'ou-kai*) (4); elle indique pareillement que les sommes totales des caractères ajoutés et raturés pour toutes les compositions doivent être inscrites à la fin du cahier. Les deux sommes réunies ne doivent pas dépasser cent caractères.

---

(1) De ces trois thèmes, les deux premiers sont pris du 大 學 *ta-hio* et du 論 語 *luen-yu*, ou bien du 論 語 *luen-yu* et du 中 庸 *tchong-yong*, tandis que le troisième est toujours pris dans 孟 子 *Mong-tse*.

(2) On se pourvoit à cet effet de graveurs et d'imprimeurs dans le local des examens. A 順 天 *Choen-t'ien* pour cet examen, on a jusqu'à 32 graveurs et 24 imprimeurs.

(3) A 順 天 *Choen-t'ien*, les thèmes de la première épreuve, et ceux-là seulement, sont choisis par l'Empereur lui-même. Aussitôt leur nomination qui, nous l'avons vu, a lieu le 6° jour de la Lune, les Examinateurs, avant de se rendre au local des examens, reçoivent du palais la clef de la boîte où sont déposés les thèmes choisis par l'Empereur; puis le 8 au matin, le Maire de 順 天 *Choen-t'ien* va au palais, où il reçoit cette boîte, qu'il porte aux Examinateurs.

(4) Le Candidat peut donc corriger dans ses compositions les caractères qu'il entend. Il indique le chiffre de ces corrections à la fin de chaque composition et non sur chaque feuille comme l'affirme Morrison cité par Biot (pag. 511). "Le Candidat doit noter à chaque feuille, combien il a écrit de caractères fautifs."

KONG YUEN de NAN-KING

Une rangée de cellules.
(D'après une photographie du P.L. Gaillard)

Les thèmes de composition inprimés sont portés au Président, qui les fait immédiatement distribuer dans les cellules. Voici un spécimen de thèmes pour la 1ere épreuve (*Nan-king*, 1889):

光緒拾伍年己丑
恩科江南鄉試
第壹場
題目

四書題
君子有三畏天命畏大人畏聖人之言
明乎郊社之禮禘嘗之義
天子適諸侯曰巡狩巡狩者巡所守也諸侯朝於天子曰述職述職者述所職也

詩題
賦得江涵秋影鴈初飛 得秋字五言八韻

尤郵旒斿留榴由油游歙悠攸牛修秋揪周州洲舟稠柔儔籌稠抽遒
收鳩不揉騮騟騟侯謳漚樓頭投鈎幽溝斛愁憂甌牟毬驌

詩文不得達例過七百字每篇尾及詩尾句下旁寫添註幾字塗
改幾字添註字塗改或添註塗改無或不

一四書文另寫或添註塗改無或添註塗改無
改後於別行接寫或詩文結句已抵末格
者亦於另行低二格詩用大字居中寫通共
得雙行低二格詩後低二格用大字居中寫

一詩後弁文行旁寫如本行餘格不敷寫於另行低二格
添註塗改字樣違者俱照頒發格式填寫其一二三四等字俱寫壹貳
添註塗改字樣或通共添註塗改字數另一行低二格添註無或通共添改幾字
肆等字樣違者俱照頒發格式填寫其一二三四等字俱寫壹貳叁
遵例點句勾股

TRADUCTION:

«Sujets tirés des *Quatre livres classiques*:

«Il y a trois choses que le sage redoute: il révère les dispositions du Ciel, il révère les hommes éminents, il révère les paroles des saints». (Voir *Cursus* P. Zottoli, II, pag. 341)

«Pour celui qui comprendrait les cérémonies des sacrifices offerts au Ciel et à la Terre, et qui pénétrerait le sens des oblations offertes tous les cinq ans et à chaque automne aux mânes de ses ancêtres...» (*Ibid.* pag. 187)

«La visite du Fils du Ciel aux Régulos était dite *Inspection des fiefs;* inspecter les fiefs, c'est se rendre compte par soi-même des terres de ses vassaux. La venue des Régulos à la Cour du Fils du Ciel s'appelait *Compte rendu d'administration;* rendre compte de son administration, c'est exposer la manière dont on a géré les affaires.» (*Ibid.* pag. 395)

Sujet de poésie :

«Les eaux du Fleuve présentent les ombres précurseurs de l'automne; les oies sauvages commencent à prendre leur vol. — *Prendre le mot* 秋 *ts'ieou (automne) comme type des rimes de cette pièce.*»

Suit la désignation de 60 caractères de même désinence : *yeou, lieou, nieou, tcheou, jou, hieou, k'ieou,* etc., entre lesquels les Candidats devront choisir leurs huit rimes.

Viennent enfin quelques règles pour la transcription des compositions.

Il est alors entre 2[h.] et 3[h.] de la matinée du 9, quand les thèmes sont distribués, et les Candidats ont 2 jours entiers pour faire leurs compositions et les transcrire.

Bien qu'on doive à cet examen de Licence, développer les thèmes d'une manière plus complète qu'au Baccalauréat, d'après un règlement de l'Empereur 乾隆 *K'ien-long* (43e an., 1778), chaque amplification ne doit pas dépasser 700 caractères. Quant à la pièce de vers, elle est toujours du genre 五言八韻 *ou-yen-pa-yun,* ayant huit vers rimés, composés chacun de deux hémistiches (聯 *lien*) de cinq syllabes. Les amplifications, pour la Licence, s'appellent aussi 闈墨 *wei-mé.*

Ce 9e jour, dans la matinée, de nombreux employés se rendent au guichet pratiqué devant chaque ligne de cellules pour vérifier l'identité des Candidats d'après leur signalement. A *Nan-king,* comme à *Pé-king,* on appose alors sur le cahier de chaque Candidat la lettre 對 *toei «concordat»;* de là le nom 對號戳 *toei-hao-tch'o* donné au cachet employé pour constater cette vérification.

Durant le temps des compositions, on fournit chaque jour et gratis aux Candidats deux repas composés de riz, que les cuisiniers portent à chaque rangée de cellules (1). La plupart, ne trouvant pas cet ordinaire de leur goût, se préparent eux-mêmes

---

(1) La 1ère année du règne de 乾隆 *K'ien-long* (1736), on a fixé pour l'examen de 順天 *Choen-t'ien* que l'on fournirait, pour une épreuve, du riz dans la proportion de 10 piculs (石 *tan*) pour 6000 Candidats. Maintenant à *Nan-king,* pour tous ceux qui sont logés dans les bâtiments des examens, environ 30.000 personnes, on fait cuire plus de 50 piculs de riz pour chaque épreuve, et on compte environ 300 hommes employés dans les diverses cuisines. Il résulte de ces arrangements que les frais de l'examen de Licence sont considérables. Pour le 江南 *Kiang-nan,* on dit qu'ils montent à 60 ou 80.000 Taëls, que doit fournir l'Empereur.

dans leur cellule une nourriture plus substantielle, au moyen d'un petit réchaud qu'ils ont apporté. Quant à l'eau, il y a en dehors des bâtiments une grande cuve que l'on remplit chaque jour et dont l'eau est conduite à chaque rangée de cellules par des tuyaux en bambou ou en fer-blanc.

Le lendemain, 10 de la 8ᵉ Lune, est le jour de clôture de la première épreuve. Vers 6ʰ· du matin, le bruit du canon se fait entendre, ainsi que la musique, pour annoncer la sortie solennelle (放牌 fang-p'ai), qui se pratique comme celle du Baccalauréat. A Nan-king cependant la sortie se fait en une seule fois. Ce même jour donc, on doit avoir fini avant la soirée, de transcrire ses compositions, en écriture régulière (謄眞 t'eng-tchen) et en écriture cursive (草稿 ts'ao-kao); chacun emporte alors son bagage, en ayant bien soin de ne rien laisser derrière lui, car on ne peut revenir sur ses pas.

Chaque Candidat se rend au 至公堂 tche-kong-t'ang, où se tient le Président de l'examen, et pour y aller, il suit la voie de l'avenue centrale du côté où était sa cellule. Là il remet son cahier à l'employé 受卷官 cheou-k'iuen-koan correspondant à sa Préfecture, et en reçoit une éclisse de bambou appelée 照出籤 tchao-tch'ou-ts'ien. Au Kiang-nan et dans plusieurs autres Provinces, les Candidats reçoivent en même temps un billet valant 200 sapèques, qu'ils peuvent changer à une banque. Dans quelques endroits existe encore l'ancienne coutume de distribuer à chaque Candidat lors de la 3ᵉ épreuve des gâteaux appelés 月餅 yué-ping, avec des tranches de jambon.

Libre désormais, le Candidat peut faire porter tous ses bagages par son 號軍 hao-kiun, jusqu'à la porte 龍門 long-men, où il remet l'éclisse à un employé, et de là il doit lui-même apporter ses bagages pour sortir.

Avant que la nuit soit venue, et dès que les Candidats ont évacué le 貢院 kong-yuen, la porte d'entrée et la 2ᵉ porte sont fermées et scellées par le Président : du reste c'est cette même nuit, au matin, que se fera l'appel pour la seconde épreuve.

Cependant les officiers chargés de recevoir les cahiers de composition (受卷官 cheou-k'iuen-koan), examinent avec soin si ces cahiers, surtout dant la partie transcrite, ne contiennent aucune des fautes comprises sous le nom générique de 犯貼 fan-t'ié. Les violations de ce genre les plus fréquentes sont par exemple, l'abandon d'un feuillet (越幅 yué-fou), un espace vide laissé dans le cahier (曳白 i-pé), une tache (污卷 ou-k'iuen), une omission de copie (漏寫 leou-sié), un trou fait dans le papier et rebouché pour remplacer un caractère erroné (挖補 wa-pou), etc... Les cahiers dans lesquels on découvre des irrégularités de ce genre sont montrés au Président qui ordonne de porter sur un tableau affiché aux murs extérieurs du kong-yuen, les noms et lieux d'origine des Candidats jugés dignes du pilori, ainsi que la nature des fautes dont ils se sont rendus coupables. Ce tableau est généralement connu sous le nom de 藍榜 *lan-pang* «liste bleue». La raison de cette dénomination est que jadis il se faisait à l'encre bleue par les soins du Vice-président 提調 *t'i-tiao*. Mais comme depuis 乾隆 *K'ien-long* (36° an., 1771), cet officier est obligé de se servir d'encre violette, on donne aussi à cette liste le nom de 紫榜 *tse-pang*.

Ceux donc qui sont ainsi notés, sont exclus des épreuves subséquentes et privés pour cette fois de l'espoir d'obtenir la Licence.

----

§ II. DEUXIÈME ÉPREUVE.

Tout se passe comme dans la 1ère épreuve, à l'exception de ce qui suit.

Le nombre des Candidats est ordinairement moindre, quelques uns ayant été éliminés par la *liste bleue* (藍榜 *lan-pang*), comme nous l'avons dit tout à l'heure. D'autres encore sont tombés malades, ou même sont morts au cours de la première épreuve.

Rien à cela d'étonnant : l'étroite réclusion que subit une telle multitude, l'insalubrité du local dans lequel elle se trouve parquée, l'infection de l'air qu'on y respire, jointes à la surexcitation intellectuelle des Candidats, ne peuvent manquer de faire un nombre relativement considérable de victimes. Les païens considèrent comme certain que, si un lettré mène une vie immorale, s'il a des habitudes honteuses ou s'il recherche injustement la richesse, il ne manquera pas de recevoir le châtiment du ciel à cet examen. Si donc il arrive qu'un Candidat se pende dans sa cellule, ou se donne la mort de quelque autre manière, si, dans un moment d'égarement, il macule ou déchire son cahier, etc., ces malheurs seront mis sur le compte de la «rétribution» 報應 *pao-yng*.

Notons à ce propos que si quelque Candidat ou l'un des hommes de service vient à mourir dans le local des examens, son cadavre ne pourra être transporté par la porte 龍門 *long-men*, mais on le fera passer par dessus le mur d'enceinte extérieure. Si l'un des Examinateurs ou des principaux officiers vient à trépasser au même lieu, on détruira de ce mur juste ce qu'il faut pour se débarrasser de son cadavre.

Le 11 de la 8° lune, au matin, a lieu l'appel. Les Candidats se rendent à leur cellule de la façon expliquée plus haut; mais cette fois l'ordre des cellules est changé, comme du reste il le sera encore à la troisième épreuve. Les Examinateurs cependant donnent à graver et à imprimer cinq thèmes d'amplifications pris des «Cinq livres Canoniques» (五經 *ou-king*), et pour cette raison

KONG-YUEN de NAN-KING

Cellules vues de face.
(D'après un croquis du P. L. Gaillard)

appelés 經題 *king-t'i* (1), avec en plus l'indication de portions des compositions de la 1ère épreuve que l'on doit écrire de mémoire (默寫 *mé-sié*); ce seront par exemple des fragments des trois essais, ou bien la pièce de vers. La détermination des matières de cet exercice est laissée au libre choix des Examinateurs (2).

Nous donnons ici un spécimen de thèmes pour la 2e épreuve (*Nan-king*, 1889), avec la traduction.

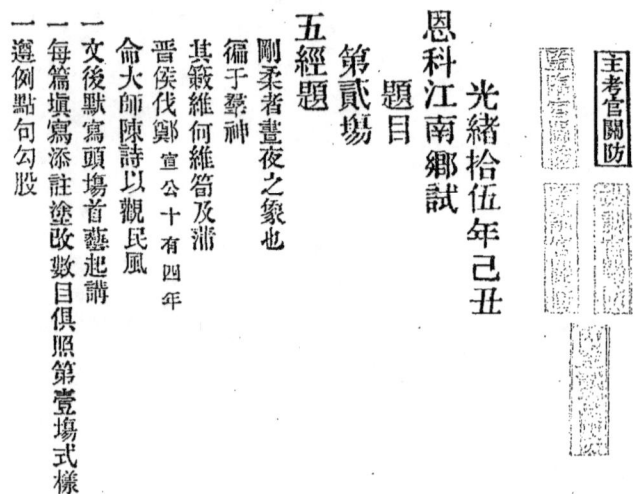

TRADUCTION :

«Sujets tirés des *Cinq livres Canoniques* :

«La force et la faiblese sont l'emblème du jour et de la nuit.» (Voir *Cursus* P. Zottoli, III. pag. 563)

«Il (l'Empereur 羅 *Choen*) offrit un sacrifice à la foule des Esprits.» (*Ibid.* pag. 333)

---

(1) L'ordre des thèmes est fixé d'une manière invariable; ils doivent être pris : le 1er du 易 經 *i-king*; le 2e, du 書 經 *chou-king*; le 3e, du 詩 經 *che-king*; le 4e, du 春秋 *tch'oen-ts'icou* et le 5e du 禮記 *li-ki*. Si cet ordre était interverti, les Examinateurs impériaux seraient punis. A 順天 *Choen-t'ien* ces thèmes sont choisis comme ailleurs par les Examinateurs, mais le surlendemain, c'est-à-dire le 13 au matin, lors de la sortie officielle (放牌 *fang-p'ai*), ils doivent être envoyés par le Président de l'examen au Maire de 順天 *Choen-t'ien*, qui les porte à l'Empereur. Et la même chose se pratiquera pour les sujets de composition de la 3e épreuve.

(2) Cette obligation d'écrire de mémoire a été établie par l'Empereur 乾隆 *K'ien-long* (52e an., 1788). Il arrive souvent que par défaut de mémoire on fait des fautes dans cette transcription. Si le nombre des caractères changés ne dépasse pas dix, on ne perd pas son droit à l'examen, mais s'il dépasse dix et que le sens soit notablement modifié, on est rejeté.

«Et qu'étaient ces légumes? De jeunes pousses de bambou
ainsi que de *typha*.» (*Ibid.* pag. 281)

«Le Marquis de 晉 *Tsin* attaque la principauté de 鄭 *Tcheng*.
— 14° année du Duc 宣 *Siuen*.»

«Il (l'Empereur) ordonne au Directeur de musique de lui présenter des poésies pour juger par elles des mœurs de son peuple.»

---

§ III. TROISIÈME ÉPREUVE.

Le 14 de la 8° Lune, appel nominal comme pour les épreuves précédentes.

Les thèmes de composition sont cinq sujets assez longs et
érudits, préparés par les Examinateurs impériaux: on les appelle
策問 *tch'é-wen* ou 策題 *tch'é-t'i*. Aucune de ces questions ne doit
dépasser 300 caractères. (Décret de 康熙 *K'ang-hi*, 26° an.,
1687); il est en outre interdit d'y juger la conduite des mandarins de la présente dynastie (Décret de 乾隆 *K'ien-long*, 36°
an., 1771).

La forme extérieure et l'en-tête du programme des matières
sont les mêmes que dans la 1ère et la 2ème épreuves, avec cette
seule différence que le titre 四書題 *se-chou-t'i* ou 五經題 *ou-
king-t'i* est remplacé par les 3 caractères 策五道 *tch'é-ou-tao*
«Cinq questionnaires». Ne pouvant dans cet opuscule traduire
les cinq questions d'un examen, nous nous contenterons de donner la 1ère proposée en 1889 à *Nan-king*.

TRADUCTION DE LA 1ère QUESTION.

«Question: Bien que les livres 連山 *lien-chan* et 歸藏
koei-tsang (titres de deux ouvrages sur les Mutations, différents
du 易經 *i-king*) ne se trouvent pas mentionnés dans l'histoire
de la dynastie 漢 *Han*, cependant le lettré 桓君山 *Hoan Kiun-
chan* pouvait affirmer sûrement en quel lieu ces deux livres
furent cachés et quel nombre de caractères ils contenaient; d'où
il suit que ces ouvrages n'étaient point perdus à l'époque des 漢
Han. Quand avaient-ils été composés? Les uns pensent que les
commentaires (de ce double livre) faits par 膺 *Yng* (司馬膺
Se-ma Yng) et 貞 *Tcheng* (薛貞 *Sié Tcheng*) sont authentiques,
d'autres en doutent; quelle est la plus sûre de ces deux opi-
nions? — Dans les fragments du livre 連山 *lien-chan* exposés
par les auteurs 干寶 *Kan Pao* et 羅苹 *Louo P'ing*, est-ce que
les noms des trigrammes (卦 *koua*) concordent avec ceux du
livre des Mutations? — L'Empereur 元帝 *Yuen-ti*, de la dynastie 梁 *Liang* a lui aussi expliqué le livre 連山 *lien-chan*; de
quels auteurs s'est-il inspiré, et combien son œuvre contient-elle
de chapitres? — Quant au livre 歸藏 *koei-tsang*, combien en

restait-il de sections, au temps de la dynastie 宋 *Song?* — Dans le livre 尚 書 大 傳 *chang-chou-ta-tch'oan* (titre des anciennes Annales) on fait mention d'une partie nommée 撿 誥 *yen-kao;* de même, au chapitre 本 紀 *pen-ki* de l'histoire 史 記 *che-ki,* on fait allusion à une autre partie 大 戊 *ta-meou;* pourquoi cependant le Récit (序 *siu*) du livre canonique des Annales 書 經 *chou-king* n'en fait-il aucune mention? — La division en chapitres et la ponctuation de l'ouvrage 韓 詩 *Han-che* (ouvrage de l'auteur 韓 嬰 *Han Yng* sur le «Livre des vers» (詩 經 *che-king*), ont eu deux auteurs sous la dynastie *Han;* le nommé 薛 *Sié* (薛 方 *Sié Fang*), avec son fils (薛 漢 *Sié Han*), était le plus remarquable des deux; quel est toutefois celui qui mit la dernière main à ce travail? — La choronologie 春 秋 *tch'oen-ts'ieou* ayant 嚴 *Yen* (嚴 彭 祖 *Yen P'ong-tsou*) pour auteur, a été divisée en chapitres et ponctuée par le nommé 馮 *Fong,* ensuite revue par des écrivains de la dynastie 漢 *Han,* enfin mise au jour par des contemporains de la dynastie 魏 *Wei.* Combien renferme-t-elle de milliers de caractères? Elle est très-digne d'être consultée pour suppléer aux lacunes des historiens officiels. — Dans les explications (疏 *chou*) du livre canonique 禮 記 *li-ki* «Mémorial des rites», on raconte que le lettré 鄭 *Tcheng* (鄭 康 成 *Tcheng K'ang-tch'eng*) s'inspira dans ses commentaires, du livre composé par les auteurs 盧 *Liu* (盧 植 *Liu Tche*) et 馬 *Ma* (馬 融 *Ma Yong*); en effet, dans les dits commentaires, il avoue clairement qu'il a suivi l'écrivain 盧 *Liu,* dont il a transcrit complètement des passages; et cependant assez souvent il diffère de ses deux modèles, et les caractères qu'il emploie ne concordent pas non plus avec ceux du commentaire 盧 *Liu.* Comment expliquer cela? — Comme la culture des livres canoniques est florissante sous la présente dynastie, pourrait-il se faire que vous, lettrés longtemps versés dans cette étude, ne répondissiez point pleinement à ces questions?» (1)

Outre les cinq questions dont nous avons parlé plus haut, le programme indique certaines portions de la première amplification de la 2e épreuve, que l'on doit écrire de mémoire (Décret de 同 治 *T'ong-tche,* an. 13, 1874).

Les Candidats ont donc les deux jours du 15 et du 16 pour faire sur les questions proposées leurs cinq dissertations; chacune d'elles doit avoir 300 caractères au moins et 2000 au plus. Les Candidats les plus érudits répondent pertinemment à cha-

---

(1) Cette première question traite ordinairement des "Cinq livres canoniques" 五 經 *ou-king;* on la présente avec une grande variété de forme. D'après un règlement de l'Empereur 順 治 *Choen-tche* (2e an. 1645), on n'est pas obligé de transcrire les questions sur le cahier de composition. Il suffit d'écrire : 第 一 問 *ti-i-wen* "1ère question", 第 二 問 *ti-eul-wen* "2e question", 第 三 問 *ti-san-wen* "3e question", 第 四 問 *ti-se-wen* "4e question", 第 五 問 *ti-ou-wen* "5e question".

問六書之名始見於保氏六書之目先鄭班許所說各殊於義就勝後魏人或謂許氏字說專釋于篆不本古文信歟古

今大儒若鄭君若朱子皆嘗引說文以釋經試徵其文鄭君廬言省聲按之許書何以不合許未載之字若書

之補禮之觀傳之耗雅之耗凡此之類就爲本字宣訓宣室似用漢宮名宣室之名起自漢代歟許叙自謂聞疑

載疑能證其一二否後人或演或廣或續添是否有裨許書新附唐本已有唐韻已收其字試就本書蔡驗之唐時

貢舉猶試說文國子監亦立說文之學豈非以經義生於文字文字本於六書歟治許學者緜亘隰隱

問碑版足以證史江南漢刻祇存溧陽長潘乾一石其額題曰校官之碑校官之名起於何時東漢時縣有校官見於

何書校官無專官與漢書所言學官同爲學舍官職之統稱有可取歟吳禪國山刻石雲籠漫鈔載舊文臣丞相

沈下有兼太常處奉迎凡十字與吳志合否處仕吳居何官晉書本傳何以不載有兼太常之事此外更見何書梁建陵闕二

建衛爲立信中郎將與吳志陸抗傳抗爲立節中郎將相類吳官有立信立節等號此外更見於何處

其一反正書與吳平忠侯蕭景一石同當時善反正書者何人蕭景曾爲中撫將軍南史景傳何以不載見於何處

蕭憺碑文與南史本傳合校有可補傳者甚眇能臚舉之歟多士生長是邦好古敏求見聞有索其省著於篇用備

天祿石渠之選焉

問別集導源東漢率皆後人追錄自何時自製集名傳於後世者或標玉海治道之稱或題達生文人之

號或區分其部帙或各署其官名例所開宜知作者洎夫唐代名目益繁然雲卿陽冰編時人之箸作梁蕭李漢

哀先師之遺文追錄之風於焉三國八集有史傳備載其篇目者六朝人集有太子勇命人爲之

注者能言其八歟唐人文集舊書志多寡懸殊能約言兩志家數歟詩集體例亦有數端有一八之集

止一題者有一集止爲一事者有一集止一體者有一集同時倡和者有宋以後又有追和古人一家之詩一代之

詩以成集者試備言之經術詞章此邦稱盛學文之下諒悉源流

五策添註塗改照前場欵式寫其小字旁註到底另行接寫之處俱低二格總數於默寫貳場首藝起講後另行

大字居中頂格寫題係照每條問字擡寫不得因題紙次行低一格將雙擡誤作三擡

卷內寫題應寫第一問第二問第三問第四問第五問不得寫壹貳叄肆伍等字樣寫題及對策均低二格與首場

寫詩同

光緒拾伍年己丑

恩科江南鄉試
題目
第叁場
策五道

問、連山歸藏漢志未載然藏度之處字數煩簡。桓君山皆能縷數言之。則二書漢實未亡。何時始見著錄鷹貞注本。或
信或疑。孰爲定論干寶羅苹所述連山遺文卦名與周易有異同否梁元帝亦作連山引用何書凡幾卷歸藏宋
時猶存幾篇尚書大傳明列揲詰史記本紀顯標大戊書序何以無之薛詩章句漢有兩家薛君父子所撰最著定
之者何人嚴氏春秋馮君章句漢人治之魏人逃之書凡幾萬言其博玫焉以補史家闕漏禮記疏謂鄭附盧之
本爲注。今玫鄭注誠有明引盧氏及自言孰就盧君者然亦時與盧馬之說違異盧本之字亦間與鄭本不同能詳
說之歟我

朝經術極器多士研究有年盡悉舉以對。
問馬班作史並承家學疏爽密塞各擅厥長王充則申班而屈馬張輔又劣固而優遷總厥議論孰得其平漢書紀傳
武帝以前多本史記增立列傳者幾八河渠封禪改易新名猗頓白圭仍其舊目高帝紀改漢王父母妻子爲太公
呂后呂紀前增孝惠而不編少帝司馬遷傳悉因自敍舊文儒林傳刪子路居衛之句凡此得失諒可言焉爲太公
之名史漢失載他書所記試取補之劉賈劉澤史記祗云諸劉不詳何屬攷之班書凱親孰疏班書明引史記十餘
事文多不見太史公書或乃見於國語顏注謂凡稱史記皆司馬遷所撰果可信歟

國家史館需才夙擅三長之士試抒所見將以覘其蘊蓄焉

cune de ces questions et si leurs compositions traitent pleinement le sujet, on les nomme 實策 *che-tch'é;* les dissertations au
contraire qui dénotent l'ignorance de leurs auteurs et sont vides
d'idées sont appelées 空策 *k'ong-tch'é.* L'épreuve finit le 16 au
soir. Mais la plupart sortent dès le 15, pour profiter de la fête
qu'une coutume populaire a consacrée ce même jour sous le nom
de 中秋節 *tchong-ts'ieou-tsié.*

CHAPITRE IV.

APRÈS L'EXAMEN.

—∞∘⦂❀⦂∘∞—

§ I. CLASSEMENT.

Transcription et lecture des compositions. — Choix. — Liste.

---

§ II. PUBLICATION DES LAURÉATS.

Publication du tableau. — Dénominations spéciales. — Messages officiels de faire part. — Révision des compositions à *Péking*.

---

§ III. APRÈS LA PROMOTION.

Banquet *lou-ming-yen*. — Indemnité aux lauréats. — Déclaration d'identité.

CHAPITRE IV.

APRÈS L'EXAMEN.

⟨ornament⟩

§ I. CLASSEMENT.

Déjà après la première épreuve, les employés ayant les fonctions de 彌 封 *mi-fong,* avaient replié et cacheté le premier feuillet des cahiers de composition, de manière à cacher le nom du Candidat, qui était remplacé par un cachet indiquant le nouveau chiffre du cahier, apposé aussi sur le cahier en encre rouge. On emploie ordinairement les caractères du 千 字 文 *ts'ien-tse-wen* «Composition des mille caractères», dont chacun sert pour une série de 100. Pour le n° 37 d'une série, par exemple, de celle qui répond au caractère 歸 *hoei,* on écrira 歸 三 十 七 號 *hoei,* n° 37. Ce chiffre ou numéro s'appelle 紅 號 *hong-hao* ou 內 號 *nei-hao.* Les feuilles qui sont écrites en caractères cursifs sont également repliées et collées, pour faire foi dans le cas de correction frauduleuse, par la comparaison qu'on fera avec les feuilles correspondantes d'écriture régulière.

Cela fait, on remet aux Copistes les cahiers originaux ainsi que ceux sur lesquels doit s'opérer la transcription à l'encre rouge.

A *Pé-king,* il y a environ 1300 Copistes, et à *Nan-king,* comme on l'a dit plus haut, il y en a plus de 2000, qui travaillent tous les jours, pendant près de deux semaines. Ils peuvent en moyenne copier trois cahiers dans la journée (1).

Les Réviseurs, ou Correcteurs (對 讀 生 *toei-tou-cheng*), s'ils trouvent quelques fautes de copie, les corrigent en encre jaune, et enfin le Copiste et le Réviseur signent tous deux au bas de la composition originale. Ainsi le Copiste signe en rouge, par ex. 丹 徒 縣 伯 多 祿 謄 *Tan-tou-hien Pé To-lou l'eng* «Pierre de la Sous-préfecture de *Tan-tou* a écrit»; et le Réviseur, en encre jaune, par ex., 青 浦 縣 安 德 肋 對 *Ts'ing-p'ou-hien Ngan Te-le toei* «André de la Sous-préfecture de *Ts'ing-p'ou* a collationné».

Enfin les employés 收 掌 官 *cheou-tchang-koan* recueillent

---

(1) A *Nan-king,* ils reçoivent 100 sapèques par cahier, ou 200 s'il s'agit d'un 官 卷 *koan-k'iuen.*

les cahiers originaux, et les déposent en un lieu sûr, tandis' que les copies au rouge sont envoyées aux officiers de la clôture intérieure. Là, ils sont distribués suivant un certain ordre aux Sous-examinateurs qui portent chacun le numéro d'un *fang*, et s'appellent en conséquence 第 一 房, 第 二 房... *ti-i-fang, ti-eul-fang..*, «premier *fang*, deuxième *fang*, etc.», réunis dans la salle dite 衡 鑒 堂 *heng-kien-t'ang;* c'est dans ce lieu, et non ailleurs, que les Examinateurs sont tenus, quel que soit leur degré, de lire les compositions. La plus parfaite équité leur est recommandée dans l'accomplissement de cet office. Le crime de corruption, qui du reste est ordinairement puni de mort, paraît être assez rare. L'ouvrage 國 朝 貢 舉 考 略 *Kouo-tch'ao-kong-kiu-k'ao-lio* rapporte que la 56ᵉ année du règne de 康 熙 *K'ang-hi* (1717), dans le 浙江 *Tché-kiang,* l'Examinateur impérial 索 泰 *Souo T'ai*, ayant sur la recommandation d'un Sous-examinateur 陳 恂 *Tch'en Siun,* promu à la Licence un parent éloigné de ce dernier, fut dégradé et sévèrement puni; il en arriva autant la 13ᵉ année de 雍 正 *Yong-tcheng* (1735) à *Pé-king*, pour les Examinateurs 顧 祖 鎮 *Kou Tsou-tchen* et 戴 瀚 *Tai Hoan,* tous deux originaires du 江 南 *Kiang-nan.* On lit encore dans l'ouvrage 對 山 書 屋 墨 餘 錄 *Toei-chan-chou-ou-mé-yu-lou* qu'à l'examen de Licence de *Pé-king,* en l'année 8ᵉ de 咸 豐 *Hien-fong* (1858), le 1ᵉʳ Examinateur 柏 葰 *Pé Soei,* Docteur mongol, mandarin de 1ᵉʳ ordre, fut mis à mort avec ses complices comme coupable de partialité. On peut consulter à ce sujet l'ouvrage 科 塲 條 例 *K'o-tch'ang-t'iao-li* (édition de 1887).

Les compositions sont lues d'abord par les Sous-examinateurs. S'ils ne les trouvent pas excellentes (1), ils marquent leur censure en encre bleue, par ex. 平妥 «Correct, mais ordinaire»; 少 精 義 «Manque de subtilité», etc., et les mettent de côté comme indignes; les cahiers ainsi rejetés sont appelés 落 卷 *lo-k'iuen* ou 遺 卷 *i-k'iuen.* Dans le cas contraire, ils marquent leur approbation aussi en encre bleue, par ex. 筆 意 精 湛, 次 警 鍊, 三 酣 足, 詩 秀 «Idée ingénieuse; 2ᵈᵉ composition, frappante; 3ᵉ, pleine; les vers excellents», etc.; et ils inscrivent leur nom avec le caractère 薦 *tsien* «Présenté». Ils offrent ensuite aux Examinateurs impériaux les cahiers ainsi approuvés. Cette présentation s'appelle 薦 卷 *tsien-k'iuen.*

---

(1) Des trois épreuves, ce sont les compositions de la 1ᵉʳᵉ dont on fait le plus grand cas. Ainsi on lit dans un édit de l'Empereur 乾 隆 *K'ien-long,* an. 52 (1787): 閱 中 閱 卷, 最 重 頭 塲 制 義 "Ceux qui voient les copies d'examen de Licence, doivent tenir compte surtout des compositions de la première épreuve"; et dans un décret antérieur (an. 47. 1782): 頭 塲 詩 文, 旣 不 中 選, 則 二 三 塲 雖 經 文 策 問, 間 有 可 取, 亦 不 准 復 爲 呈 薦 "Quand les compositions de la 1ᵉʳᵉ épreuve ne sont pas jugées dignes de suffrage, alors, bien qu'il y en ait parmi celles des 2ᵈᵉ et 3ᵉ épreuves, qui aient une vraie valeur, elles ne peuvent être présentées à l'approbation des Examinateurs impériaux".

Les Examinateurs impériaux choisissent d'abord parmi les cahiers, les meilleurs, jusqu'à concurrence du nombre fixé (1). Sur les
cahiers ainsi désignés, il est mis par les Examinateurs une note,
par ex. 端 莊 流 利 «Digne, aisé»; ou 氣 靜 神 恬 «Grave et posé»;
ou bien 義 精 詞 足 «Sens subtil, locution pleine», etc., etc. Les
cahiers qu'ils n'ont point choisis, sont également annotés par
eux. Bien plus, les cahiers mêmes qui ont été rejetés par les
Sous-examinateurs doivent être lus aussi; et si dans le nombre,
les Examinateurs en trouvaient quelqu'un digne de cet honneur,
ils l'annoteraient et le classeraient, non point toutefois dans les 50
premiers rangs (Décret de l'Empereur 乾 隆 K'ien-long an.54, 1789).

Les choses étant ainsi déterminées, les Examinateurs impériaux préparent la liste au moyen des chiffres inscrits sur les
cahiers classés. Cette liste, n'étant encore qu'un brouillon ou projet, s'appelle 草 榜 ts'ao-pang. On apporte alors de la clôture
extérieure les cahiers originaux, et le Président pénètre avec ses
Assesseurs dans l'enceinte intérieure. Là, devant tous, les numéros et les textes des copies sont comparés avec ceux des originaux.
Si l'on ne découvre aucune irrégularité, les pages du cahier qui
avaient été refermées sont alors ouvertes, le 2ᵉ Examinateur écrit
sur la copie rouge le caractère 取 ts'iu et le 1ᵉʳ, 中 tchong; de
plus, le 1ᵉʳ Examinateur écrit sur le cahier original le chiffre de
numérotage; et le 2ᵉ, le nom du Candidat reçu, sur la copie en
rouge.

Alors les noms des Licenciés reçus, avec leur lieu d'origine
et leurs titres s'ils en ont, sont écrits sur un grand tableau (榜
pang). C'est la coutume qu'en inscrivant au tableau les noms
des nouveaux Licenciés, on commence par écrire celui du 6ᵉ reçu,
tout en réservant en tête de la liste la place des 5 premiers, dont
la mention, ad honorem, ne sera faite qu'après l'inscription de tous
les autres noms de la même promotion.

Le tableau est formé d'un certain nombre de feuilles de grand
papier (2) collées à la suite les unes des autres. Pour pouvoir y
mettre tous les noms, il faut souvent 30 et même 40 feuilles. On

---

(1) Outre ce nombre réglementaire, les Examinateurs mettent de côté quelques autres
cahiers choisis parmi ceux qui leur ont été présentés, et destinés à remplacer ceux du nombre officiel dans lesquels on découvrirait quelque irrégularité. Ces cahiers s'appellent 堂 備
t'ang-pei.

(2) Le papier employé à Nan-king pour ce tableau est ordinairement tiré de la Sous-
préfecture de 宣 城 Siuen-tch'eng (Préfecture de 寧 國 Ning-kouo, Province du 安 徽
Ngan-hoei) et appelé pour cette raison 宣 紙 Siuen-tche. Les feuilles ont 5 pieds 2
pouces de long, et 2 pieds 8 pouces de large. En 1891, à Nan-king, ce tableau était composé de 27 feuilles. Quant à l'autre tableau, celui des accessits (副 榜 fou-pang) qui est
construit de la même manière, il était composé de 8 feuilles. Le papier, sur lequel on
peint un dragon et un tigre, n'est pas collé avec les autres; il est seulement juxtaposé aux
deux extrémités.

20

forme ainsi un tableau en bande très longue qu'on renforce par plusieurs épaisseurs de papier collées par derrière et par une cordelette de chanvre aux quatre bords. A l'extrémité droite par rapport à celui qui regarde, on peint un dragon, dont la tête est tournée en bas, et à gauche un tigre ayant la tête tournée en haut; de là vient le nom donné à ce tableau 龍虎榜 long-hou-pang «Tableau du dragon et du tigre».

Outre ce tableau, il y en a un second, qui contient les noms de ceux qui ont l'*accessit* (Voir pag. 119).

L'exposition publique de ces tableaux (發榜 *fa-pang*, 放榜 *fang-pang* (1), ou en termes littéraires, 揭曉 *hié-hiao*) ne se fait guère avant un intervalle de 20 jours à compter de l'examen. Un règlement de l'Empereur 康熙 *K'ang-hi* (50ᵉ an. 1711) ordonne que cette publication se fasse, pour les «grandes» Provinces avant le 15 de la 9ᵉ Lune, pour les «moyennes» avant le 10, et pour les «petites» avant le 5. Pour le 江南 *Kiang-nan* il suffit que la publication soit faite avant le 25ᵉ jour (Décret de 光緒 *Koang-siu,* 13ᵉ an.).

Cette même année 1887, plusieurs Censeurs impériaux avaient proposé à la Cour différents projets, tendant à faciliter l'examen et le classement des compositions de Licence pour le 江南 *Kiang-nan.* Vu le nombre très considérable des Candidats de cette double Province, l'un d'eux aurait voulu que l'examen eût lieu désormais séparément dans chaque Province; un autre émettait le vœu que tous les examens se fissent à *Nan-king,* mais successivement pour le *Kiang-sou* et le *Ngan-hoei*; un troisième proposait d'ajouter au moins un Examinateur. L'examen de ces propositions fut confié par l'Empereur au Vice-roi 曾國荃 *Tseng Kouo-ts'iuen* et au Gouverneur 陳彝 *Tch'en I.* Le rapport sérieusement motivé qu'ils adressèrent au trône tendit au rejet de ces propositions; seulement dans le but de faciliter aux Examinateurs une lecture plus lente et plus attentive des compositions, l'Empereur leur accorda la prorogation de délai que nous avons indiquée plus haut.

Quand les tableaux sont prêts, le Président doit y apposer son sceau (2). Au 江南 *Kiang-nan,* le Vice-roi écrit de sa propre main à l'encre rouge trois grands caractères: 中 *tchong* «Pro-

---

(1) Pour cette exposition de la liste, Biot cite les paroles de Morrison, qui sont ainsi conçues (pag. 512) : " La liste est exposée aux yeux du public, et les noms sont proclamés à haute voix. Le Sous-gouverneur *(Fou-youen),* qui est sorti de son palais en même temps que la liste, fait trois salutations à chaque nom proclamé ". Je ne sais qui a inventé cette cérémonie, ni sur quel document Morrison en a fait le récit. J'ai interrogé à ce sujet un grand nombre de lettrés; ils m'ont répondu qu'un pareil rite n'existait pas, qu'ils n'en avaient jamais entendu parler, et qu'il était impossible qu'un Gouverneur de Province s'abaissât à ce point... "Ce serait monstrueux", disent-ils.

(2) Cette exposition s'appelle 鈐榜 *k'ien-pang.*

mu»; 實 *che* «Vérifié»; 押 *ya* «Signé»; ainsi que nous le verrons bientôt.

---

§ II. PUBLICATION DES LAURÉATS.

Le jour de la publication, de grand matin, les tableaux sont apportés en grande pompe au son de la musique et suspendus dans le pavillon orné (榜蓬 *pang-p'ong*), vis-à-vis du tribunal du Trésorier provincial (藩臺 *fan-t'ai*); ils y restent exposés, avec une garde militaire pendant trois jours, après quoi ils sont mis aux archives de ce tribunal.

Nous donnons ci-joint un extrait du Tableau des Licenciés de *Nan-king* pour l'année 1891 :

頭品頂戴兵部尚書兩江總督部堂碩勇巴圖魯劉　為

代辦監臨　內閣學士兼禮部侍郎銜　文　安徽督學關部院錢

淵閣直閣事稽查右翼覺羅學

科舉事案准

禮部咨今屆光緒十七年舉行辛卯正科江南省文闈鄉試按照上

下江例定官民中額壹伯壹拾肆名又歷次增廣永遠中額上江拾

名下江拾捌名又旗生中額叄名共取中官民旗舉人壹伯肆拾伍

名今將中式舉人繕榜曉諭須至榜者

計開

第　一　名　孫多捷　　壽州附生

第　二　名　陳希濂　　元和縣附生

第　三　名　魏家驊　　江寧縣職優貢生

第一百四十五名　汪文溥　　常州府附生

光緒十七年九月　　日

右榜通知

TRADUCTION.

Le Vice-roi des deux *Kiang*, *Lieou*, et le Président de l'examen *Ts'ien*. En vertu d'un rescrit du Ministère des rites, cette 17ᵉ année de l'Empereur *Koang-siu*, ont eu lieu au *Kiang-nan* les examens de Licence ès-lettres. D'après les règlements reçus, la promotion tant pour le *Kiang* supérieur que pour le *Kiang* inférieur, sera de 114 Licenciés, tant des familles mandarinales que du peuple; auquel nombre on ajoutera, en vertu d'une faveur concédée à titre perpétuel, dix Licenciés pour le *Chang-kiang*, et 18 autres pour le *Hia-kiang*. Trois hommes des Bannières auront le droit d'être admis en dehors de ces chiffres. La somme totale de la promotion comportera donc 145 Licenciés. Présentement, nous portons à la connaissance de tous, en les inscrivant au tableau, les noms des nouveaux Licenciés :

    1ᵉʳ. *Suen To-tsie*, Bachelier simple, de *Cheou-tcheou;*

    2ᵉ. *Tch'en Hi-lien*, Bachelier simple, de *Yuen-ho-hien;*

    3ᵉ. *Wei Kia-hoa*, fonctionnaire, Bachelier 優貢 *yeou-kong*, de *Kiang-ning;*

    145ᵉ. *Wang Wen-p'ou*, Bachelier simple, de *Tch'ang-tcheou-fou.*

Le tableau des *accessits* (副榜 *fou-pang*) est suspendu dans le même pavillon, à quelques pas seulement du précédent; il ressemble en tout à celui-ci, la formule suivante exceptée : 案准禮部咨今屆光緒十七年辛卯正科江南省文闈鄉試按照上下江例定中額取中副榜貳拾貳名今將中式副榜貢生姓名繕榜曉諭須至榜者 «En vertu d'un rescrit du Ministère des rites, cette 17ᵉ année de l'Empereur *Koang-siu*, ont eu lieu au *Kiang-nan* les examens de la Licence ès-lettres. D'après les règlements reçus, les *accessits* tant pour le *Kiang* supérieur que pour le *Kiang* inférieur sont fixés au chiffre de 22. Présentement nous en portons les noms à la connaissance de tous, en les inscrivant au tableau.»

Ceux qui trouvent leur nom dans le 1ᵉʳ tableau, sont par le fait Licenciés 舉人 *kiu-jen*, ou en termes littéraires 孝廉 *hiao-lien*, et l'obtention du grade se dit 中式舉人 *tchong-che-kiu-jen*, ou 中舉人 *tchong-kiu-jen*. Quant à ceux qui sont dans le 2ᵉ tableau, ils sont 副榜舉人 *fou-pang-kiu-jen*, ou, comme on les appelle vulgairement, 半个舉人 *pan-ko-kiu-jen* «demi-Licenciés». Ils ont par le fait même le vrai titre de 副貢生 *fou-kong-cheng*, comme il a été dit plus haut (pag. 89); mais ils ne sortent pas du degré de Bacheliers, et s'ils veulent obtenir le grade de Licence, ils ont à repasser l'examen.

Plusieurs places de ces promotions sont consacrées par des expressions spéciales. Ainsi le 1ᵉʳ sur la liste s'appelle 解元 *kiai-yuen* (1); le 2ᵉ, 亞元 *ya-yuen* ou 亞魁 *ya-k'oei;* les 5 pre-

---

(1) Le 1ᵉʳ s'appelle 解元 *kiai-yuen* parce que, depuis l'époque de la dynastie 唐

miers sont appelés 經魁 *king-k'oei* (1) ; le 6ᵉ est appelé vulgairement 榜元 *pang-yuen*, littéralement *premier de la liste* (2). Enfin le dernier s'appelle 殿榜 *tien-pang*. Le 1ᵉʳ du 2ᵉ tableau ou 1ᵉʳ accessit s'appelle 副元 *fou-yuen*. Les Licenciés de la même promotion s'appellent entre eux 同年 *t'ong-nien*.

Pour les nouveaux Licenciés qui demeurent assez loin de la Capitale, les fonctionnaires des postes impériales appelés 提塘官 *t'i-t'ang-koan*, sont chargés d'envoyer pour eux la nouvelle de leur promotion. Le messager, portant une feuille dont nous donnons le modèle ci-contre (haut. 0ᵐ82 ; larg. 0ᵐ13), se rend directement chez le Préfet, puis chez le Sous-préfet du nouveau Licencié, et s'il va en barque, il arbore ordinairement un drapeau portant les quatre caractères: 鴈塔題名 *yen-t'a-t'i-ming* «Nom inscrit à la tour des oies sauvages» (Voir *Cursus litter. sin.* du P. Zottoli, II. pag. 134; IV, pag. 651 et 702).

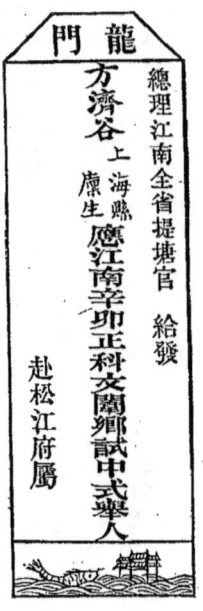

Le jour même où le tableau des nouveaux Licenciés est publié, d'après une disposition de 康熙 *K'ang-hi* (8ᵉ année, 1669), le Président de l'examen doit envoyer un exemplaire à l'Empereur et dix au Ministère des rites, d'un cahier contenant tous les thèmes de l'examen, avec les noms et les titres de dignité des Examinateurs, avec ceux des nouveaux Licenciés et *Accessits*, ainsi que l'indication de leur lieu d'origine, de leur âge et de leur catégorie littéraire. Ce cahier s'appelle 題名錄 *t'i-ming-lou*.

Après la publication des résultats de l'examen, les Examina

T'ang, le nombre fixé pour les Licenciés s'appelle 解額 *kiai-ngo*. Voir le Dictionnaire de *K'ang-hi* (康熙字典 *K'ang-hi-tse-tien*, caract. 解 *Kiai*).

(1) Les cinq premiers sont mentionnés séparément par référence aux *Cinq livres canoniques*. A 順天 *Choen-t'ien* et au 江南 *Kiang-nan*, ce même titre est donné aux dix-huit premiers Licenciés, parce qu'à cet examen il y a dix-huit Sous-examinateurs, qui ont chacun leur numéro parmi ces dix-huit premiers. De là aussi le nom de 房魁 *fang-k'oei*, qu'on donne à ces Licenciés. Il semblerait que ce système introduit par honneur pour les Sous-examinateurs, dût préjudicier à plusieurs Candidats venant immédiatement après les dix-huit premiers, et dont les compositions pourraient avoir une valeur supérieure à celle de tel ou tel classé avant eux; mais cette difficulté est plus apparente que réelle, les compositions d'un bon nombre de Candidats du 鄉試 *Hiang-che* offrant une valeur presque égale, dont il est souvent fort difficile de faire un classement. Les 官生 *koan-cheng* n'ont pas droit au titre de 經魁 *king-k'oei*, par conséquent, ils ne peuvent être classés qu'après le 18ᵉ.

(2) Pour la raison de cette dénomination, voir pag. 153.

teurs choisissent une composition des nouveaux Licenciés sur chacun des thèmes proposés, et chacun d'eux y met une préface. Le tout est imprimé et envoyé par le Vice-roi (1) au Ministère des rites, qui le présente à l'Empereur. Ce recueil de compositions choisies s'appelle 鄉試錄 *Hiang-che-lou*.

Tous les cahiers de composition des nouveaux Licenciés, dûment reliés avec leurs copies respectives à l'encre rouge, et munis des sceaux du Président de l'examen et du Trésorier provincial, sont alors envoyés (2) au Ministère des rites, pour être soumis à l'examen de 60 Réviseurs 磨勘官 *mo-k'an-koan* nommés par l'Empereur (3), lesquels examinent successivement (4) les cahiers envoyés par les diverses provinces (5). Ils recherchent donc avec soin s'il n'y a aucune irrégularité; si l'écriture des cahiers est semblable à celle de l'examen 科考 *k'o-k'ao*, si le style des diverses compositions ne présente pas de différence notable, etc. Après cet examen, il y en a encore un dernier fait par dix grands officiers Réviseurs 覆勘大臣 *fou-k'an-ta-tch'en*, aussi nommés par l'Empereur.

---

§ III. APRÈS LA PROMOTION.

Dès qu'ils ont reçu l'heureuse nouvelle de leur promotion, les Licenciés se hâtent de revenir à la Capitale, où ils saluent les Examinateurs comme maîtres, appelant l'Examinateur impérial 座

---

(1) Pour 順天 *Choen-t'ien*, c'est le Maire de *Pé-king* (府尹 *Fou-yn*) qui fait cet envoi.

(2) Le tableau suivant indique le nombre *maximum* de jours accordé, entre la publication de la liste et l'arrivée au Ministère des cahiers de chaque province :

順天	*Choen-t'ien*,	le jour de la publ.		湖廣	*Hou-koang*,	50	jours
山東	*Chan-tong*,	20	jours	福建	*Fou-kien*,	70	,,
山西	*Chan-si*,	,,	,,	四川	*Se-tch'oan*,	90	,,
河南	*Ho-nan*,	,,	,,	廣東	*Koang-tong*,	,,	,,
江南	*Kiang-nan*,	40	,,	廣西	*Koang-si*,	,,	,,
陝西	*Chen-si*,	,,	,,	甘肅	*Kan-sou*,	,,	,,
江西	*Kiang-si*,	50	,,	雲南	*Yun-nan*,	,,	,,
浙江	*Tché-kiang*,	,,	,,	貴州	*Koei-tcheou*,	,,	,,

(3) Cette loi a été établie par 康熙 *K'ang-hi* la 24e année de son règne (1685).

(4) Cette révision générale se fait en quatre sessions successives : la 1ère, pour 順天 *Choen-t'ien*; la 2e, pour les provinces de 山東 *Chan-tong*, 山西 *Chan-si*, 河南 *Ho-nan* et 陝西 *Chen-si*; la 3e, pour celles de 江南 *Kiang-nan*, 浙江 *Tché-kiang*, 江西 *Kiang-si*, 湖廣 *Hou-koang* et 福建 *Fou-kien*; la dernière, pour celles de 四川 *Se-tch'oan*, 甘肅 *Kan-sou*, 兩廣 *Liang-koang*, 雲南 *Yun-nan* et 貴州 *Koei-tcheou*. Tout doit être terminé dans l'année même.

(5) Les cahiers d'examen de 順天 *Choen-t'ien* doivent être remis aux Réviseurs dès le lendemain de la publication des listes.

師 *tsouo-che* et les Sous-examinateurs 房師 *fang-che;* de même que les nouveaux Bacheliers appelaient l'Examinateur provincial 宗師 *tsong-che* et leur Directeur 老師 *lao-che.*

Alors un grand banquet, appelé depuis la dynastie 唐 *T'ang* 鹿鳴宴 *lou-ming-yen* (1), est donné au tribunal du Gouverneur de la province (2), à tous les Examinateurs, fonctionnaires et nouveaux Licenciés. Avant de s'y rendre, on rend grâces à l'Empereur en s'agenouillant tourné vers le Nord. On se met alors à table au son de la musique. Si un Licencié a accompli ses 60 ans de promotion, il est invité d'honneur à ce banquet; c'est ce qu'on appelle 重赴鹿鳴宴 *tchong-fou-lou-ming-yen.*

Chaque nouveau Licencié a droit à recevoir 20 Taëls, pour ériger un tableau commémoratif ou un arc de triomphe; cet argent s'appelle 牌坊銀 *p'ai-fang-yn* ou 旗匾銀 *k'i-pien-yn* (3). Il reçoit en outre de sa province une somme d'argent (衣帽銀 *i-mao-yn*), pour ses habits de cérémonie. Mais depuis 道光 *Tao-koang* (an. 24, 1844), cet argent ne se donne plus qu'après la répétition d'examen dite 舉人覆試 *kiu-jen-fou-che,* de peur que les nouveaux Licenciés, une fois cette somme reçue, n'aillent plus à *Péking* pour repasser l'examen dont on parlera plus loin.

Tout nouveau Licencié doit dans l'intervalle d'un mois, ou de deux mois au plus si la distance est grande, se présenter au bureau de l'Examinateur provincial (4) et y écrire de sa main propre, ce qu'on appelle 親供 *ts'in-kong* «sa déclaration personnelle», à savoir son nom, son âge, sa taille, son lieu d'origine, les noms de ses bisaïeuls et aïeul paternels, ainsi que de son père, indiquant s'ils vivent encore (存 *ts'uen*), ou s'ils sont morts (歿 *mou*). Si le lauréat est enfant adoptif, il doit faire cette dernière mention en double, inscrivant les noms de sa famille naturelle, et ceux de sa famille adoptive. Ceux qui seraient

---

(1) Voir *Cursus litt. sin.* du P. Zottoli IV. pag. 650; III. pag. 123.

(2) Pour 順天 *Choen-t'ien,* le banquet a lieu au tribunal du Maire; et pour le 江南 *Kiang-nan,* dans le local de l'examen.

(3) On appelle 匾 *pien* en général un tableau oblong d'assez grandes dimensions, et souvent orné avec goût, contenant 2 ou plusieurs caractères, que l'on suspend horizontalement et à une certaine hauteur contre une muraille, une cloison ou une poutre. Quant au 牌坊 *p'ai-fang* ou 牌樓 *p'ai-leou,* c'est une construction d'ordinaire en pierre, portant gravée vers son milieu une inscription dans le genre de celle des 匾·

(4) Pour 順天 *Choen-t'ien,* après la publication des reçus, les nouveaux Licenciés doivent dans l'espace de dix jours aller au tribunal du Maire de la Capitale pour y faire cette déclaration. Une disposition récente oblige les Bacheliers qui seraient 貢生 *kong-cheng* ou 監生 *kien-cheng,* à remettre lors de cette déclaration leur certificat 貢單 *kong-tan* ou 監照 *kien-tchao* à l'Examinateur provincial. Les Bacheliers de cette catégorie qui n'auraient obtenu qu'un *accessit* devraient remettre les mêmes pièces à leur Sous-préfet, qui les ferait parvenir par le Vice-roi, au Ministère des rites (Décret de 光緒 *Koang-siu,* an. 9. 1883).

empêchés de se rendre à la Capitale devraient avertir leur Sous-
préfet. Ces déclarations, revêtues du sceau de l'Examinateur provincial, doivent être transmises au Ministère des rites dans un
intervalle déterminé, comme pour les cahiers de compositions,
afin d'être en même temps que ceux-ci, soumis aux Réviseurs
impériaux qui en compareront les écritures ; un second exemplaire
se conserve aux archives de l'Examinateur provincial. D'après un
décret de 康熙 K'ang-hi (53ᵉ an., 1714), on ne peut passer aucun
examen ultérieur, à moins d'avoir rempli cette formalité.

Quant aux cahiers de ceux qui n'ont pas été reçus (落卷
lo-k'iuen), leurs auteurs peuvent, moyennant quelques sapèques,
se les faire rendre, du moins la copie en encre rouge, car les
originaux sont allés aux archives. Certaines faveurs sont faites
aux vieillards dont les compositions n'ont été entachées d'aucune
irrégularité. Voici dans quelles conditons elles sont accordées·
par·l'Empereur, sur la présentation du Président des examens.
La vieillesse, qui était censée autrefois commencer à l'âge de 70
ans, ne compte plus, à partir d'un décret de 嘉慶 Kia-k'ing (an.
18, 1813), que de la 80ᵉ année. De plus, pour qu'un octogénaire
soit jugé digne de la faveur impériale, il faut qu'il se trouve
dans l'un des cas suivants : s'il a conquis son titre de Bachelier
par les examens, il faut, aux termes d'un décret de 光緒 Koang-
siu (an. 5, 1879), qu'il ait obtenu son diplôme à une époque an-
térieure aux trois derniers concours (1) de Licence. Que s'il a
acheté son titre de Bachelier, un décret de l'Emp. 嘉慶 Kia-
k'ing (6ᵉ an., 1801) demande un intervalle d'au moins dix concours. Il faut de plus que l'un et l'autre aient passé au moins
une fois l'examen de Licence (2). Si un Candidat octogénaire se
trouvant dans les susdites conditions a mérité le titre de 貢生
kong-cheng, il sera Licencié ; s'il est simple Bachelier, ou qu'il
ait acheté le titre de 貢生 kong-cheng, on lui donnera un accessit
(副榜舉人 fou-pang-kiu-jen). Tout Candidat âgé d'au moins 90
ans est promu sans distinction au degré de Licencié.

Les nouveaux Licenciés font ordinairement imprimer pour le
distribuer à leurs amis et connaissances, un cahier contenant leurs
compositions de la 1ᵉʳᵉ épreuve (3), et ils le font précéder des

---

(1) Il n'est point nécessaire que ces trois concours soient uniquement les concours
triennaux réguliers (正科 tcheng-k'o) ; ceux de faveur (恩科 ngen-k'o), sont également
comptés. Décision du Ministère des rites, 道光 Tao-koang, 5ᵉ an. (1825).

(2) Ces vieillards ont besoin, pour l'examen préliminaire (錄科 lou-k'o), d'au
moins cinq Répondants Bacheliers de la catégorie 廩生 lin-cheng. Décret de 光緒
Koang-siu, 9ᵉ an. (1883).

(3) Les Licenciés qui sont reçus à 順天 Chuen-t'ien, lorsqu'ils font imprimer leur
cahier de composition, ont soin de mettre en titre les caractères suivants : 欽命四書詩
題 K'in-ming-se-chou-che-t'i. "Thèmes tirés des 4 Livres et sujet de poésie donnés par
l'Empereur." Ce cahier est orné de dragons sur la bordure. La raison en est que pour l'exa-

noms de leurs parents et alliés (au moins de ceux de quelque illustration), et de ceux de leurs maitres, avec leurs titres de dignité. Ils font part de leur promotion par une pancarte sur papier jaune, à peu près comme pour le Baccalauréat. Nous en donnons ici quelques modèles.

捷報
貴學肄業門生老爺方濟谷丙子科
浙江鄉試中式第五十八名舉人
官報高升

捷報
京報
貴府令世誼老爺方印濟谷應已丑
恩科順天鄉試高中第二十名舉人
會試聯元

捷報
欽命江南鄉試大主考趙取中
大人令門生老爺方官印濟谷蒙
第四名經魁爲此
馳報

men de Licence de 順天 *Choen-t'ien*, et pour celui-là seul, les thèmes de la 1ère épreuve sont assignés par l'Empereur lui-même, comme il est dit pag. 138, not. 3.

CHAPITRE V.

APPENDICE.

———oo᙮᙮oo———

DE L'EXAMEN DE LICENCE
QUE PASSENT LES MEMBRES DE LA FAMILLE IMPÉRIALE.

Deux classes. — Dispense des épreuves du Baccalauréat. — Epreuves préliminaires spéciales.

———◆———

CHAPITRE V.

APPENDICE.

——◦◇◦——

DE L'EXAMEN DE LICENCE

QUE PASSENT LES MEMBRES DE LA FAMILLE IMPÉRIALE.

Nous rejetons ici quelques renseignements intéressants sur les conditions spéciales faites aux Candidats qui appartiennent à la famille impériale. Ces descendants des fondateurs de la présente dynastie se divisent en deux classes : celle des 宗室 *tsong-che* (1) et celle des 覺羅 *hio-louo (Gioros);* la première comprend les descendants de 顯祖宣皇帝 *Hien-tsou-siuen-hoang-ti* (V. pag. 26, not. 1); la seconde embrasse les descendants des collatéraux du même prince. Les premiers portent la ceinture jaune, les autres la ceinture rouge; si leur inconduite les a fait dégrader, ils portent respectivement la ceinture rouge ou la violette. Il ne s'agit ici que des membres de la première catégorie 宗室 *tsong-che*, les *Gioros* étant exclus du privilège dont nous allons parler.

Ils n'ont point à subir l'examen du Baccalauréat; bien plus même, autrefois dispensés de celui de Licence, ils pouvaient se présenter directement au concours du Doctorat. Mais l'Empereur 嘉慶 *Kia-k'ing* (an. 4°, 1799) les obligea à concourir pour la Licence. Qu'on n'oublie pas d'ailleurs (*Cf. sup.* pag. 53.), qu'en qualité de Tartares, les membres de la famille impériale qui désirent affronter les épreuves de la Licence, doivent auparavant subir un examen sur le tir à l'arc, devant le tribunal spécial (宗人府 *tsong-jen-fou*) qui les régit; en cas de succès, ils sont examinés de nouveau par plusieurs princes impériaux que l'Empereur a choisis à cet effet; c'est alors que le grand officier des écoles de la famille impériale (宗學大臣 *tsong-hio-ta-tch'en*) leur fait écrire

---

(1) Les Candidats de la famille impériale sont donc soumis aux règles communes pour ce qui concerne l'examen. Morrison (cité par Biot, pag. 521) les a donc calomniés dans la note suivante : "Les membres de la famille impériale sont eux-mêmes obligés de "subir un examen particulier pour être reconnus admissibles aux charges administratives; "mais, d'après Morrison, cet examen n'est qu'une pure formalité, presque dérisoire. Sou- "vent les compositions sont faites par un autre que le Candidat, et l'examen se tient "presque en secret". Qui dit trop ne prouve rien.

une composition, du succès de laquelle dépend leur admissibilité aux épreuves de la Licence.

C'est après que les autres Candidats ont subi la troisième
épreuve (三 塲 *san-tch'ang*) (1), que les membres de la famille impériale déclarés ainsi admissibles entrent dans le local des examens
de *Pé-king*. L'appel se fait le matin : ils composent une amplification et une pièce de vers, sur des sujets choisis par l'Empereur et apportés du palais le 8 au matin, en même temps que
les thèmes destinés aux autres Candidats (Voir pag. 138, not. 3).
L'examen se termine dans la même journée du 17. Le nom des
auteurs apposé sur le cahier est dissimulé de la façon ordinaire,
puis les cahiers de composition sont remis eux-mêmes directement aux mains des Examinateurs impériaux : ceux-ci, après avoir
fait leur choix (2), envoient à l'Empereur les cahiers jugés dignes
d'être classés. Celui-ci donne son approbation et fait remettre les
compositions au Président de l'examen, qui dévoile les noms, en
dresse le tableau, et veille à ce que cette liste soit affichée au
Tribunal 宗 人 府 *tsong-jen-fou*. Les cahiers des nouveaux Licenciés sont conservés aux archives du Ministère des rites.

---

(1) Jadis, au temps de l'Empereur 乾 隆 *K'ien-long*, durant deux sessions de
Licence, les Candidats impériaux concoururent avec tous les autres, à la 1ère épreuve, et à
celle-là seulement. Mais en 1744 (9e an.), le même Empereur décida qu'ils seraient examinés à part, et à l'issue de la 3e épreuve.

(2) Au premier concours de ce genre (6e an. de 嘉 慶 *Kia-k'ing*, 1801), l'on compta
63 Candidats de la famille impériale, dont 7 furent reçus ; depuis lors, ces chiffres se sont
maintenus sensiblement les mêmes.

IIIᶜ PARTIE.

DE L'EXAMEN POUR LE DOCTORAT.

———o∘≈∘o———

CHAPITRE I.

DIVISION DU SUJET.

———•◇•———

Examen préalable pour le Doctorat, *Hoei-che*. — Examen définitif de Doctorat, *Tien-che*. — Examen consécutif pour l'Académie, *Tch'ao-k'ao*.

CHAPITRE I.

DIVISION DU SUJET.

L'examen complet de Doctorat comporte trois périodes d'épreuves; la première peut s'appeler période préalable (會試 *Hoei-che*) : c'est d'elle que dépend l'admissibilité du Candidat à l'examen proprement dit de Doctorat, lequel a lieu au palais impérial; la seconde n'est autre que cet examen de Doctorat lui-même (殿試 *Tien-che);* la troisième, consécutive au Doctorat, comprend le concours des nouveaux Docteurs pour le titre d'Académicien (朝考 *Tch'ao-k'ao*) (1).

Notons ici que d'après une coutume, qui semble s'être introduite sous la dynastie des 明 *Ming,* tous ceux qui ont réussi à l'examen 會試 *Hoei-che,* sont appelés 進士 *tsin-che,* mais cette erreur vulgaire a été pleinement réfutée par l'excellent ouvrage 陔餘叢考 *Kai-yu-ts'ong-k'ao;* on y lit en effet que le Ministère des rites, sur le tableau portant les noms des nouveaux reçus, ne les appelle que 會試中式舉人 *Hoei-che-tchong-che-kiu-jen* «LICENCIÉS promus par l'examen *Hoei-che».* Et de fait, dans les actes impériaux on voit souvent un nouveau lauréat de l'examen 會試 *Hoei-che* désigné simplement comme étant 中式舉人 *tchong-che-kiu-jen* «LICENCIÉ promu». Ainsi par exemple, on lit dans un édit de l'Empereur 乾隆 *K'ien-long :* 乾隆二十六年四月奉上諭，會試揭曉後，中式舉子，應赴廷試, etc. «L'année 26ᵉ de *K'ien-long,* à la 4ᵉ Lune, réception d'un édit, ordonnant qu'après la publication de la liste d'examen *Hoei-che,* les LICENCIÉS reçus doivent se présenter à l'examen du palais, etc...»

Il est donc plus exact de dire que la Chine ne compte en réalité que trois grades littéraires, à savoir ceux de 秀才 *sieou-ts'ai,* de 舉人 *kiu-jen* et de 進士 *tsin-che.*

---

(1) Biot, comme les autres, a confondu ces notions lorsqu'il a écrit (pag. 515) : "Concours général (il entend par là l'examen 會試 *Hoei-che)* pour le grade de docteur "*(Tsin-sse).* Il n'a lieu que dans la capitale impériale. Comme sous les *Ming,* le premier "de la liste des docteurs reçus est nommé *Tchoang-youen,* etc..." Ces remarques et celles qui précèdent pourront nous dispenser de plus longues citations, pour justifier le reproche d'inexactitude, que dans notre préface, nous avons adressé à l'auteur de l'*Essai sur l'instruction en Chine.*

Nous diviserons la matière de cette dernière partie en trois chapitres correspondant aux trois périodes indiquées plus haut : le premier traitant de l'examen préalable pour le Doctorat, 會試 *Hoei-che;* le second de l'examen définitif de Doctorat, 殿試 *Tien-che,* et le 3ᵉ de l'examen consécutif pour l'Académie, 朝考 *Tch'ao-k'ao.*

CHAPITRE II.

DE L'EXAMEN PRÉALABLE POUR LE DOCTORAT,

會 試 *HOEI-CHE*.

———◦◦◦———

§ I. NOTIONS PRÉLIMINAIRES.

Nomenclature.

---

§ II. RÉPÉTITION DE L'EXAMEN DE LICENCE.

Nécessité. — Matières. — Bureau d'examen. — Proclamation des admissibles.

---

§ III. EXAMEN 會 試 *HOEI-CHE* PROPREMENT DIT.

Cahiers de composition. — Examinateurs. — Choix des sujets de composition. — Ordre intérieur.

---

§ IV. PROMULGATION DU TABLEAU DES ÉLUS.

Fixation du chiffre. — Classement. — Publication de la liste. — Dénominations spéciales. — Réviseurs impériaux. — Avantages aux Candidats âgés. — Banquet *kiong-lin-yen*. — Messages de faire part.

---

§ V. CHOIX DES LICENCIÉS POUR CERTAINES FONCTIONS.

———◦◦◦———

CHAPITRE II.

DE L'EXAMEN PRÉALABLE POUR LE DOCTORAT,

會試 *HOEI-CHE.*

---

§ I. NOTIONS PRÉLIMINAIRES.

Cet examen préalable pour le Doctorat, depuis la dynastie 金 *Kin* s'appelle 會試 *Hoei-che;* mais à l'époque des 唐 *T'ang,* il se nommait 貢舉 *kong-kiu,* et sous les 宋 *Song,* 省試 *Cheng-che;* en termes littéraires, on l'appelle 禮闈 *li-wei,* 春闈 *tch'oen-wei,* etc. Il a lieu dans toutes les années du cycle marquées des caractè- res 丑, 辰, 未, 戌, *tch'eou, tch'en, wei, siu;* ce sont précisément les années qui suivent celles où il y a eu examen de Licence.

Il se fait toujours pendant la 3ᵐᵉ Lune (1), aux mêmes jours que l'examen de Licence, à savoir le 9, le 12 et le 15, pour les trois épreuves 頭場 *t'eou-tch'ang,* 二場 *eul-tch'ang* et 三場 *san-tch'ang.* La veille a lieu l'appel nominal et le lendemain la sortie. Il n'a lieu qu'à *Pé-king,* dans le local des examens 貢院 *kong-yuen.*

Les arrangements sont à la charge du Ministère des rites. C'est pour cette raison, que les Licenciés se rendant à la Capitale en barque ou en char, arborent un étendard jaune portant les ca- ractères suivants : 奉旨禮部會試 *fong-tche-li-pou-Hoei-che.* «Par ordre de l'Empereur, examen *Hoei-che,* par les soins du Mi- nistère des rites.» La manière de procéder est à peu près la même que pour la Licence; il suffira donc de signaler en quoi elle en diffère.

---

§ II. RÉPÉTITION DE L'EXAMEN DE LICENCE.

Les Licenciés qui, avec un certificat (咨文 *tse-wen*) du Gou- verneur de leur province, se rendent à *Pé-king* pour l'examen de Doctorat (2), reçoivent de leur Sous-préfet pour frais de route une

---

(1) Cet examen 會試 *Hoei-che* se faisait autrefois à la 2ᵉᵐᵉ Lune, mais le froid est encore très vif dans le Nord à cette époque de l'année : c'est pourquoi l'Empereur 乾隆 *K'ien-long* (10ᵉ an., 1745) l'a reporté à la 3ᵉ Lune.

(2) Le nombre total des Candidats pour la Mongolie, la Mandchourie et les 18 Pro- vinces, était en 1889 de 14.531.

certaine somme pouvant varier de deux à vingt Taëls (1). Cet argent s'appelle 公 車 費 *kong-kiu-fei.* L'examen terminé, le Ministère des rites préviendra les Gouverneurs provinciaux de l'arrivée de tels et tels Candidats; si quelqu'un de ceux-ci est tombé malade en chemin, ou a été retenu par quelque juste cause, le mandarin local doit en être informé; à défaut de quoi le Candidat devra rendre l'argent qu'il a reçu. Pour les Provinces du 雲 南 *Yun-nan,* du 貴 州 *Koei-tcheou* et de 新 疆 *Sin-kiang,* on permet aux Candidats de se servir des chevaux de poste 馳 驛 *tch'e-i* pour se rendre à *Pé-king* (2).

Dès qu'ils sont arrivés à la Capitale, les voyageurs doivent présenter le certificat de leur Gouverneur au Ministère des rites. D'après une nouvelle loi de l'Empereur 道 光 *Tao-koang* (23e an., 1843) (3), tous les Candidats doivent, avant l'examen 會 試 *Hoei-che,* vers le 15 de la 2e Lune (4), subir un examen pour confirmer le titre de Licencié qu'ils ont déjà obtenu : c'est ce qu'on appelle 舉 人 覆 試 *kiu-jen-fou-che,* «répétition de l'examen pour les Licenciés».

Cette répétition est si sévèrement (5) exigée, que celui qui omettrait de s'y présenter trois fois (sans compter celle qui se fait immédiatement), et cela pour une cause quelconque, excepté pour le deuil de ses parents, devrait être, aux termes d'un décret de

---

(1) Dans le département de 江 甯 *Kiang-ning* (Province du 江 蘇 *Kiang-sou*) les Sous-préfets donnent aujourd'hui huit Taëls à chacun des Candidats qui se rendent à *Péking* pour cet examen ; dans la Province du 雲 南 *Yun-nan,* on en donne dix, et cet argent porte le nom de 會 試 卷 金 *Hoei-che-k'iuen-kin.*

(2) Ce privilège est aussi concédé au 新 疆 *Sin-kiang* pour l'examen de Licence.

(3) Cette répétition de l'examen de Licence se faisait au commencement du règne de 乾 隆 *K'ien-long* dans chaque Province après la publication du Tableau des Licenciés ; puis elle fut restreinte à 順 天 *Choen-t'ien* pour ceux qui y avaient obtenu le grade de Licence. Abolie complètement en l'année 59e du même Empereur (1794), elle a été enfin rétablie par l'Empereur 道 光 *Tao-koang* en l'année 15e (1835), d'abord pour 順 天 *Choen-t'ien* seulement, ensuite l'année 23e (1843) pour tous les Licenciés de l'empire.

(4) Pour ceux qui ont obtenu leur grade de Licence à 順 天 *Choen-t'ien,* cet examen se fait, à notre époque, presque immédiatement après la publication de la liste d'admission, au jour fixé par l'Empereur et dans le palais 保 和 殿 *pao-ho-tien.* Les thèmes sont donnés par l'Empereur; transcrits par le premier Licencié, ils sont affichés dans le dit palais. La surveillance de cet examen est confiée à dix Princes impériaux désignés par l'Empereur, 監 試 王 大 臣 *Kien-che Wang-ta-tch'en,* et divisés en deux bandes (二 班 *eul-pan),* de cinq chacune. Nous retrouverons cette disposition pour tous les examens qui se font au palais. La liste faisant connaître les résultats de cette répétition paraît vers le 26 de la 9e Lune. — Cette répétition, pour les membres de la famille impériale (宗 室 *tsong-che*) a lieu aussi au palais à la même époque, mais séparément des autres Licenciés.

(5) Les Licenciés de la famille impériale eux-mêmes (宗 室 舉 人 *tsong-che kiu-jen*) ne sauraient en être dispensés.

道光 *Tao-koang* an. 15° et 23° (1835, 1843), exclu à jamais de l'examen de Doctorat; bien plus, il devra être par le fait même dégradé de son titre de Licencié. Nous trouvons une preuve de cette sévérité dans un fait datant de la 22° année (1842) de l'Empereur 道光 *Tao-koang*. Celui-ci, interrogé sur le point de savoir «si le Licencié 陳烜之 *Tch'en Hiuen-tche* pouvait, par le paiement d'une amende double de celle que paient à la même fin les autres Licenciés dégradés, conquérir son titre qu'il avait perdu pour avoir omis la répétition de l'examen», répondit qu'il lui permettait, moyennant le paiement de cette amende double, de regagner son titre de Licencié, mais qu'il devait néanmoins rester exclu du concours de Doctorat.

Le 24° de la 2° Lune, le Ministère des rites demande à l'Empereur la nomination d'Examinateurs (閱卷大臣 *yué-h'iuen-ta-tch'en*), ainsi qu'un thème d'amplification tiré des «Quatre livres», et un sujet de poésie. Ces sujets sont envoyés en secret au local des examens pour y être gravés et imprimés. Le lendemain, 15 de la Lune, a lieu l'examen qui se termine le jour même.

Les Examinateurs ont 4 jours pour lire les compositions et les classer, indiquant l'ordre de mérite par un chiffre sur un papier jaune appliqué sur la composition. Ils les envoient alors à l'Empereur qui les fait passer à de premiers Réviseurs (磨勘官 *mo-h'an-koan*), puis à des Réviseurs supérieurs (覆勘大臣 *fou-h'an-la-tch'en*), qui comparent avec soin ces compositions avec celles faites par les mêmes Candidats à l'examen de Licence et vérifient si l'écriture et le style n'offrent pas de différences saillantes.

Au bout de quelques jours, l'Empereur dans un édit donne les résultats de cette répétition, proclamant les noms des Candidats, répartis en trois classes, qui sont admis à passer l'examen 會試 *Hoei-che;* voici la formule employée: 此次覆試各直省 鄉試舉人，列入一等之某某若干名，列入二等之某某若 干名，列入三等之某某若干名，均着准其一體會試 «Conséquemment à la présente répétition, parmi les Licenciés de nos Provinces, ceux qui ont été admis à la 1ère classe, N., N., etc., en tout (ici le chiffre); ceux qui ont été admis à la 2de classe, N., N., etc., en tout (chiffre); ceux qui ont été admis à la 3° classe, N., N., etc., en tout (chiffre); sont tous autorisés à se présenter à l'examen 會試 *Hoei-che.*»

Quant aux Licenciés qui ont mal passé cette répétition, l'Empereur les désigne chacun par leur nom dans le même décret, et leur inflige la punition d'être exclus (1) de l'examen 會試 *Hoei-che* une, deux ou trois fois, ou même il les prive de leur grade de Licencié: 列入四等之某某，着罰停會試一科，

---

(1) On pouvait jadis se dérober à cette punition en payant une amende, mais l'Empereur 同治 *T'ong-tche* (an. 5°, 1866) l'a expressément interdit.

二科，三科，不列等之某某，着黜革舉人 « Quant à ceux de
la 4° classe, N., N., etc., pour punition ils devront s'abstenir
une fois (ou deux, trois fois) de se présenter à l'examen 會試
Hoei-che (1); et ceux qui ont été indignes de faire partie d'une
quelconque des classes précédentes, sont dégradés de leur titre
de Licencié (2).»

Notons ici que celui qui se voit privé de son grade de Licencié perd par le fait même le titre de Bachelier, qu'il soit obtenu
par concours ou à prix d'argent. Il faut en dire autant du
Docteur qui serait dégradé (3).

Si l'un des Licenciés n'arrive à Pé-king qu'après le 15 de la
2° Lune, il doit, avec les nouveaux Licenciés de 順天 *Choen-
t'ien,* qui l'année précédente n'ont pas encore répété l'examen,
prendre part à la dite répétition 補覆 *pou-fou,* dans le même
palais, vers le 24 de cette Lune. A la suite de cette épreuve,
l'Empereur, dans un décret de la même forme que le précédent,
en promulgue le résultat. A défaut de cette répétition, aucun
Licencié n'est admis pour cette fois au concours de Doctorat.

---

§ III. EXAMEN 會試 *HOEI-CHE* PROPREMENT DIT.

Les Licenciés qui sont admis à l'examen 會試 *Hoei-che*
achètent trois cahiers de composition, sur lesquels ils écrivent
leur noms avec ceux de leurs parents, leur âge, etc., comme
pour l'examen de Licence, puis ils les font timbrer au Ministère
des rites.

Pour cet examen, il y a deux Présidents, l'un mandchou et

---

(1) Cette punition qui porte aujourd'hui le nom de 罰科 *fa-k'o* s'appelait sous
les 宋 *Song,* 殿舉 *tien-kiu;* et ceux qui étaient ainsi exclus une fois. ou deux fois,
etc., étaient dits 殿一舉 *tien-i-kiu,* 殿二舉 *tien-eul-kiu,* etc.

(2) Aujourd'hui en pratique, ceux qui sont compris dans la 4° classe n'ont d'autre
punition que de se voir exclus d'un, de deux ou tout au plus de trois concours ; quant à
ceux qui ne sont pas classés (不列等 *pou-lie-teng*), ils sont simplement dégradés.

(3) La dégradation ayant pour cause des fautes de composition n'empêche pas de
se représenter aux examens, et de reconquérir pas à pas les degrés, à moins de défense
formelle du décret impérial. Celle qui a lieu pour un défaut moral du sujet (行止
有虧 *hing-tche-yeou-k'oei*), par ex. pour cause d'adultère 犯奸 *fan-kien,* de fraude
dans l'examen 塲弊 *tch'ang-pi,* d'esprit processif 健訟 *kien-song,* etc., est perpétuelle
et irrévocable. Celle enfin qui aurait été provoquée par quelque autre cause, nécessite
le recours au Ministère des rites, s'il s'agit d'un simple Bachelier; pour les degrés de
Licence et au-dessus, il faut recourir à l'Empereur, et lui demander, en mettant en avant
quelque excuse ou prétexte, de vouloir bien rendre simplement le titre enlevé (開復
k'ai-fou), ou d'accorder la dite faveur moyennant une amende pécuniaire à payer par le
pétitionnaire (捐復 *kiuen-fou*).

l'autre chinois, nommés par l'Empereur et appelés 知貢舉 *tche-kong-hiu*.

Le 6 de la 3ᵉ Lune, l'Empereur nomme un Examinateur en chef (正考官 *tcheng-k'ao-koan*), trois Examinateurs en second (副考官 *fou-k'ao-koan*) (1) et 18 Sous-examinateurs (同考官 *t'ong-k'ao-koan*), avec d'autres fonctionnaires de mêmes dénominations et emplois que pour la Licence de 順天 *Choen-t'ien*. Les Examinateurs sont obligés de se rendre le jour même au local de l'examen. Avant d'y entrer, ils reçoivent de la Cour une clef pour ouvrir plus tard la cassette des thèmes de l'examen (題盒 *t'i-ho*); ils reçoivent en même temps une autre clef pour ouvrir une autre cassette des thèmes pour les Candidats de la famille impériale (宗室 *tsong-che*) comme pour l'examen de Licence de 順天 *Choen-t'ien* (Voir pag. 138. not. 3).

Le jour même, un banquet est donné aux Examinateurs et autres fonctionnaires de l'examen. Avant de se mettre à table, tous les convives, tournés vers la Cour, font des prostrations pour rendre grâces à l'Empereur.

Pour faciliter l'appel, on se sert de tableaux successifs portant 50 noms de Candidats d'une même Province. Les Candidats des 8 Bannières (八旗 *pa-k'i*) sont appelés avant les autres; ceux qui ont des fonctions officielles à *Pé-king* (京官 *King-koan*) et ceux dont l'âge dépasse 70 ans (老生 *lao-cheng*), sont appelés après tous les autres.

Le 8, veille de la 1ᵉʳᵉ épreuve, au matin, les membres du Ministère des rites se rendent à la Cour où on leur remet une cassette renfermant trois thèmes d'amplification tirés des «Quatre livres», et un sujet de poésie, choisis par l'Empereur; on leur remet en même temps une autre cassette contenant les thèmes pour les Candidats de la famille impériale (宗室 *tsong-che*) (2). Alors les deux cassettes sont portées au local des examens où elles sont reçues avec des prostrations en l'honneur de l'Empereur, et les thèmes sont donnés à graver, imprimer et distribuer.

Quant aux thèmes de la 2ᵐᵉ et de la 3ᵐᵉ épreuve, d'après un règlement de 康熙 *K'ang-hi* (an. 24ᵉ, 1685), ils sont donnés par les Examinateurs eux-mêmes, mais ils doivent être envoyés à l'Empereur le 13 et le 16 respectivement, dans la matinée, quand se fait la première sortie. Les choses se passent ainsi de la même manière que pour l'examen de Licence de 順天 *Choen-t'ien* (Voir pag. 138). Pour le reste, c'est encore le même arrangement qu'au concours de Licence; il y a pour la 2ᵐᵉ épreuve 5 amplifications

---

(1) Quelquefois deux Examinateurs en premier et deux en second.

(2) Pour cet examen 會試 *Hoei-che*, on compte d'ordinaire environ 40 Candidats de cette dernière catégorie; ils subissent leur examen séparément, comme pour la Licence. Parmi eux on n'en reçoit guère que deux, trois, ou quatre tout au plus.

sur des textes des «Cinq livres canoniques», et pour la 3me, cinq dissertations.

Qu'on nous permette de rappeler ici un détail historique qui ne manque pas d'intérêt. La 3° année de son règne (1664), l'Empereur 康熙 K'ang-hi supprima pour cet examen 會試 Hoei-che, toutes les compositions du genre 文章 wen-tchang, et les remplaça par une espèce de dissertation, qui devint l'unique matière du concours. Il décida en outre que l'examen se ferait en deux fois 一場 i-tch'ang et 二場 eul-tch'ang, en omettant la 3° épreuve 三場 san-tch'ang, qui avait eu lieu jusque là. Bien plus, il ordonna que ces dispositions fussent appliquées à l'examen de Licence. Mais cinq ans après, à l'occasion des examens de Licence, cédant aux sollicitations des conservateurs, ennemis de toute nouveauté, il révoqua son précédent décret, et rétablit les choses dans leur ancien état, où nous les voyons encore aujourd'hui. (Consulter les ouvrages : 科場條例 K'o-tch'ang-t'iao-li et 國朝貢舉考略 Kouo-tch'ao-kong-hiu-k'ao-lio)

Plusieurs décrets impériaux ont pourvu à ce que l'ordre le plus parfait régnât parmi les Candidats pendant cet examen, de même que pendant celui de Licence. Voici entre autres, celui que tout récemment (27 février 1894) Koang-siu a fait paraître dans ce but : 科場防弊，定例綦詳，祗因奉行不力，以致弊竇叢生，自此次申明例禁之後，著知貢舉，監臨，監試各員，一體凜遵諭旨，實力整頓，如有槍替，傳遞，及不遵場規，喧嘩亂號，特乘鬨開情事，著即嚴拿懲辦，不得稍涉寬縱，倘再因循怠忽，致有前項弊端，一經發覺，定將在事人員，一併嚴懲，毋謂詁戒之不預也。 «Des lois nombreuses et claires ont déjà pourvu à ce qu'il n'y eût aucune fraude dans les examens Hiang-che et Hoei-che; mais la négligence a laissé beaucoup de vices s'introduire. Qu'à l'avenir les Présidents et Surveillants observent fidèlement notre décret. S'il y a des substitutions, des communications secrètes; si l'on viole les règlements, par exemple en troublant les cellules par des cris, en faisant du tumulte en masse; qu'on s'empare des délinquants et qu'ils soient sévèrement punis, sans faire jamais d'exception. Si par négligence ou paresse, les mêmes vices venaient à persister, on punira tous ceux qui sont préposés à l'examen; et l'on ne dira plus qu'on n'a pas été prévenu à l'avance.»

---

§ IV. PROMULGATION DU TABLEAU DES ÉLUS.

Les trois épreuves étant terminées, le Ministère des rites, aux termes d'un règlement de 康熙 K'ang-hi (an. 54, 1715), donne à l'Empereur vers le 24 de la 3° Lune, le nombre des Licenciés des diverses régions qui ont passé l'examen sans aucune irrégularité, et lui demande de fixer le nombre des Candidats à recevoir pour chaque province.

Le chiffre des élus à chaque session a beaucoup varié. Du temps de l'Empereur 順治 *Choen-tche*, il était ordinairement de 400, tandis que sous 康熙 *K'ang-hi*, il a été plusieurs fois limité à 150. Autrefois aussi, le nombre total étant fixé, celui de chaque province restait indéterminé; ce n'est que depuis la 52e année de 康熙 *K'ang-hi* (1713) que le nombre est fixé pour chaque province. Nous donnons ci-joint un tableau du nombre des reçus pour chaque région, en 1889, 1890, 1892 et 1894.

Nombre des Candidats à recevoir fixé par l'Empereur pour l'examen 會試 *Hoei-che.*			
1889	**1890**	**1892**	**1894**
滿州 *Man-tcheou* — 8	9	8	9
蒙古 *Mong-kou* — 3	4	3	4
漢軍 *Han-kiun* — 6	7	7	4
直隸 *Tche-li* — 23	24	23	24
奉天 *Fong-t'ien* — 3	4	3	3
山東 *Chan-tong* — 21	22	21	22
山西 *Chan-si* — 10	10	10	10
河南 *Ho-nan* — 17	17	17	17
陝西 *Chen-si* (1) — 14	14	14	14
甘肅 *Kan-sou* — 9	9	9	9
江蘇 *Kiang-sou* (2) — 25	26	25	25
安徽 *Ngan-hoei* — 17	17	17	17
浙江 *Tché-kiang* — 24	25	24	25
江西 *Kiang-si* — 22	22	21	22
湖北 *Hou-pé* (3) — 14	15	14	14
湖南 *Hou-nan* — 14	14	14	13
四川 *Se-tch'oan* — 14	14	13	14
福建 *Fou-kien* — 20	20	20	20
臺灣 *T'ai-wan* (4) — 2	2	2	2
廣東 *Koang-tong* — 16	17	16	16
廣西 *Koang-si* — 13	13	13	13
雲南 *Yun-nan* — 12	12	12	12
貴州 *Koei-tcheou* — 11	11	11	11
318	**328**	**317**	**320**

(1) Le 陝西 *Chen-si* et le 甘肅 *Kan-sou* ont été séparés la 2e année de l'Empereur 同治 *T'ong-tche* (1863).

(2) Le 江蘇 *Kiang-sou* et le 安徽 *Ngan-hoei* ont été séparés l'année 60 de l'Empereur 乾隆 *K'ien-long* (1795).

(3) Le 湖北 *Hou-pé* et le 湖南 *Hou-nan* ont été séparés la 2e année de l'Empereur 雍正 *Yong-tcheng* (1724).

(4) Si le nombre des Licenciés de Formose dépasse dix à cet examen, le Ministère

L'Empereur 康 熙 *K'ang-hi* (an. 24°, 1685) établit que les cahiers de transcription en rouge des épreuves, choisis par les Examinateurs comme méritant les dix premiers rangs, lui seraient soumis pour qu'il les classât lui-même, ce que se fait aussi pour l'examen de Licence de 順 天 *Choen-t'ien*. Ces cahiers s'appellent 元 魁 卷 *yuen-k'oei-k'iuen*, ou simplement 魁 卷 *k'oei-k'iuen* : ils sont envoyés 5 jours avant la publication du tableau à l'Empereur par les Présidents de l'examen. Dès qu'ils sont revenus du palais, on découvre les noms des Candidats, et on prépare le tableau. La collection des compositions choisies, imprimées et envoyées à la Cour, comme pour l'examen de Licence, s'appelle 會 試 錄 *Hoei-che-lou* (Voir pag. 158).

La promulgation du tableau des élus doit se faire avant le 15 de la 4ème Lune. Le Ministère des rites demande au préalable à l'Empereur de nommer un grand mandarin qui y appose le sceau. La veille du jour fixé pour la promulgation, ce mandarin, appelé 鈐 榜 大 臣 *k'ien-pang-ta-tch'en*, porte au local de l'examen le sceau du Ministère des rites. Le tableau est disposé comme pour la Licence, mais il n'y en a pas un second pour les Accessits (1). Il est porté en grande pompe dans une chaise ornée de soie de diverses couleurs (綵 亭 *ts'ai-t'ing*) au Ministère des rites, où il reste suspendu pendant trois jours; puis il est déposé aux archives du même Ministère.

Le 1er sur la liste s'appelle 會 元 *hoei-yuen* et le 2me 亞 元 *ya-yuen;* les 18 premiers s'appellent 會 魁 *hoei-k'oei;* le 6e et le dernier, comme pour la Licence. Tous ceux qui ont réussi à cet examen, par suite d'une coutume générale, sont appelés 進 士 *tsin-che,* comme il a été dit plus haut; mais en rigueur ils n'ont droit qu'au titre officiel de 貢 士 *kong-che,* expression, qui implique l'aptitude des sujets à être présentés (貢 *kong*) par le Ministère des rites au Palais impérial, pour l'examen définitif du Doctorat, ou 殿 試 *Tien-che,* dont nous parlerons plus tard.

Le lendemain de la publication de la liste, les cahiers de composition sont envoyés aux Réviseurs impériaux, qui sont au nombre de quarante. Le même jour, tous les 貢 士 *kong-che* se rendent individuellement au Ministère des rites pour y écrire leur déclaration personnelle (親 供 *ts'in-kong*), comme cela s'est fait pour l'examen de Licence (V. pag. 159). Ces déclarations doivent passer sous les yeux des Réviseurs supérieurs (覆 勘 大 臣 *fou-k'an-ta-tch'en*), en même temps que les cahiers revenus de la première révision.

S'il y a des Licenciés de plus de 80 ans qui n'aient pu être

---

des rites, en vertu d'un décret de 乾 隆 *K'ien-long* (an. 3, 1738), demande à l'Empereur de fixer le nombre à recevoir pour cette île.

(1) Le tableau des Accessits pour cet examen a été supprimé par l'Empereur 康 熙 *K'ang-hi* (an. 3°, 1664).

élus, tout en ayant fait de bonnes compositions, les deux Présidents de cet examen portent le fait à la connaissance de l'Empereur; celui-ci accordera à celui qui aurait plus de 100 ans, le
titre 國子監司業 *houo-tse-kien se-yé* «Proviseur du Collège
impérial»; à celui qui aurait plus de 95 ans, le titre de 翰林
院編修 *han-lin-yuen pien-sieou* «Compilateur de 2ᵉ classe à
l'Académie impériale»; à celui enfin qui aurait dépassé 80 ans,
le titre de 國子監學正 *houo-tse-kien hio-tcheng* «Directeur
des études au Collège impérial».

Après la promulgation du tableau, il est donné un banquet,
appelé 瓊林宴 *kiong-lin-yen*, et dont l'origine remonte jusqu'à
la dynastie des 宋 *Song*; il est présidé par un Président du
Ministère des rites (禮部尚書 *li-pou chang-chou*). Les Examinateurs, ainsi que les autres officiers qui ont pris part à l'examen,
revêtus de leurs habits de cour (朝服 *tch'ao-fou*), gagnent la
porte du sud du palais (午門 *ou-men*), et là, avec les nouveaux
貢士 *kong-che*, ils se prosternent devant la tablette de l'Empereur, après quoi les officiers du Ministère des rites vont à leur
rencontre pour les conduire au banquet. Avant de commencer le
repas, tous, la face tournée vers une table où fume l'encens en
l'honneur de l'Empereur (香案 *hiang-ngan*), font trois génuflexions
et neuf prostrations. Le banquet est servi par les employés de
l'office 光祿寺 *koang-lou-se*, ou Cour des banquets impériaux.
A la fin du repas, ceux qui y ont pris part se rendent vers la
table dont nous avons parlé plus haut, et font vers elle une
génuflexion et trois prostrations.

Si un 貢士 *kong-che* atteint le 60ᵉ anniversaire de sa promotion, il est de nouveau invité à ce banquet; c'est ce que l'on
appelle 重赴瓊林宴 *tch'ong-fou-kiong-lin-yen*.

La formule employée par un 貢士 *kong-che* pour faire part
de sa promotion, est ordinairement la suivante, écrite sur une
feuille de papier jaune.

恩科禮部會試中式第二十二名進士

貴府令任大老爺方 印 濟谷 應庚寅

捷報

京報 高陞
聯捷

§ V. CHOIX DES LICENCIÉS POUR CERTAINES FONCTIONS.

La coutume était autrefois qu'à l'issue de l'examen 會試 *Hoei-che*, et alternativement de deux eu deux sessions, ce qui faisait tous les six ans, eût lieu parmi les Licenciés qui avaient échoué, un choix qui leur permit de parvenir plus vite et plus facilement à quelque modeste dignité, objet par eux si longtemps convoité. Depuis la 18° année de l'Empereur 嘉 慶 *Kia-h'ing* (1813), cette élection qui se nomme 大 挑 *ta-t'iao* n'a plus lieu que de quatre en quatre sessions, et encore après que le Ministère des offices civils, (吏 部 *li-pou*) a pris les ordres de l'Empereur. En général on ne choisit pas de nouveaux Licenciés, mais ceux qui datent au moins de trois sessions, et se présentent aux suffrages. Voici comment se pratique ce choix.

Après la publication dont nous avons parlé au paragraphe précédent, les Examinateurs impériaux choisissent quelques cahiers de chaque province, parmi ceux dont les auteurs n'ont point été élus, malgre la bonté de leurs compositions; ils les remettent au Ministère des rites, lequel après avoir dressé une liste des noms et de l'âge des dits auteurs, la transmet lui-même au Ministère des offices civils. Enfin, ce dernier Ministère demande à l'Empereur de vouloir bien désigner des Princes impériaux et de hauts fonctionnaires pour porter leurs suffrages. Quand le bureau ainsi formé à formulé son jugement sur les Candidats qui lui semblent les plus capables pour chaque province (1), et qu'il a divisés en deux classes, on le soumet à l'Empereur, qui donne à ceux de la 1ère classe le titre de Sous-préfet, tandis que ceux de la 2° classe reçoivent le titre de Directeur des lettrés. Le Licencié qui a été choisi de cette sorte est dit 大 挑 舉 人 *ta-t'iao-kiu-jen,* et l'origine de cette pratique paraît remonter à la 5° année de 雍 正 *Yong-tcheng* (1727).

Il est une autre circonstance dans laquelle certains avantages seront faits, également au choix, à plusieurs des Licenciés refusés à l'examen 會試 *Hoei-che.* C'est lorsqu'il se formera à Pé-king quelque Bureau (館 *koan*) de composition, soit pour écrire la Vie d'un Empereur (實 錄 *che-lou*), ou pour tracer la Généalogie des princes (玉 牒 *yu-t'ié*), soit pour composer l'Histoire de l'empire (國 史 *kouo-che*), ou décrire les Institutions officielles (會 典 *hoei-tien*), etc.; si les copistes font alors défaut, le Ministère des offices civils en donne avis à l'Empereur, qui recommande aux Examinateurs du concours (會試 *Hoei-che*) de choisir aussitôt après la promulgation de la liste des 貢 士 *kong-che* et de concert avec les Sous-examinateurs, ceux des cahiers déclarés admissibles (薦 *tsien*) mais non admis, où se voit la calligraphie la plus élégante; les Examinateurs po-

---

(1) On en choisit de dix à quarante pour chaque province.

sent un numéro d'ordre sur les dits cahiers dont les noms restent encore cachés, et les remettent au Ministère des offices civils (吏 部 *li-pou*).

C'est alors seulement que les noms sont mis au jour, et inscrits sur un tableau qui donne droit suivant l'ordre d'inscription à l'admission dans tel ou tel Bureau. Les Licenciés ainsi choisis comme copistes sont appelés 謄 錄 舉 人 *t'eng-lou-kiu-jen;* s'ils s'acquittent bien de leur office, on leur donne ensuite le titre de Sous-préfet. L'origine de ces nominations semble dater de la 4ᵉ année de 嘉 慶 *Kia-h'ing* (1799) : on composait alors la Vie de l'Empereur 乾 隆 *K'ien-long.* Aujourd'hui, le choix pour un pareil emploi peut tomber, en cas de besoin, même sur de simples Bacheliers refusés à l'examen de Licence de 順 天 *Choen-t'ien.*

CHAPITRE III.

DE L'EXAMEN DÉFINITIF DE DOCTORAT, 殿 試 *TIEN-CHE.*

§ I. NOTIONS PRÉLIMINAIRES.

Nomenclature. — Cahiers de composition. — Examinateurs.

§ II. RÉPÉTITION DE L'EXAMEN 會 試 *HOEI-CHE.*

Répondants. — Examinateurs. — Compositions. — Classement.

§ III. EXAMEN 殿 試 *TIEN-CHE* PROPREMENT DIT.

Choix du sujet. — Appel. — Composition.

§ IV. APRÈS L'EXAMEN.

Classement. — Confection de la liste d'admission.

§ V. PROMOTION AU GRADE.

Arrivée de l'Empereur. — Proclamation des lauréats. — Dénominations spéciales.

§ VI. APRÈS LA PROMOTION.

Banquet *ngen-yong-yen.* — Indemnité aux lauréats. — Bureau de révision. — Formules de faire part.

CHAPITRE III.

DE L'EXAMEN DÉFINITIF DE DOCTORAT, 殿 試 *TIEN-CHE*.

———o○⭑○o———

§ I. NOTIONS PRÉLIMINAIRES.

Cet examen date de la dynastie 唐 *T'ang;* il fut institué par l'impératrice 武 則 天 *Ou Tsé-t'ien,* la première année de la période 天 授 *T'ien-cheou* (690) sous le nom de 制 舉 *tche-kiu,* 御 試 *yu-che,* ou 制 科 *tche-k'o.* C'est sous les 宋 *Song* qu'on commença à l'appeler 廷 試 *t'ing-che* ou 殿 試 *Tien-che;* ces expressions indiquent que l'examen se tient dans un des palais impériaux (殿 *tien*). Il suit de près l'examen 會 試 *Hoei-che* et avait lieu autrefois le 26 de la 4° Lune, ou le 6 de la 5° Lune.

Il est dirigé par les Présidents (尙 書 *chang-chou*) et les Vice-présidents (侍 郎 *che-lang*) du Ministère des rites, mais les vrais Présidents de l'examen sont des Princes de la famille impériale nommés par l'Empereur, et appelés 監 試 王 大 臣 *kien-che Wang-ta-tch'en.* La matière de l'examen est une dissertation du genre 策 *tch'é.*

Il y a deux cahiers de 14 cent. de largeur sur 32 cent. de hauteur; l'un, dit 草 本 *ts'ao-pen* ou 草 卷 *ts'ao-k'iuen,* sert pour le brouillon; au premier feuillet sont imprimées les règles pour la transcription de la dissertation; l'autre, dit 正 卷 *tcheng-k'iuen,* contient huit feuillets ou 16 pages, ayant chacune 6 colonnes de 24 cases. Le Candidat doit écrire à la 1ère page son nom, etc., conformément aux modèles officiels ci-dessous. Les 2 cahiers doivent être timbrés du sceau du Ministère des rites et munis de la signature du Président de l'examen. Ils sont vendus au même Ministère des rites.

TRADUCTION :

«Me présentant à l'examen *Tien-che,* moi, François, Licencié (1), âgé de 23 ans, originaire de la Sous-préfecture de *Hoeining,* Préfecture de *Ngan-k'ing,* Province du *Ngan-hoei;* de simple

---

(1) Cette appellation confirme ce que nous avons dit plus haut (pag. 169), lorsque nous remarquions que les Lauréats de l'examen 會 試 *Hoei-che* ne sont appelés que 舉 人 *Kiu-jen* "Licenciés".

Bachelier fait Licencié par l'examen *Hiang-che* subi dans ma province d'origine (plus exactement dans le *Kiang-nan*), la 13ᵉ année de *T'ong-tche;* puis de Licencié, devenu Candidat approuvé à la suite de l'examen *Hoei-che,* la 9ᵉ année de *Koang-siu; je* viens avec respect me présenter à l'examen *Tien-che,* inscrivant ci-après les noms et dignités de mes ascendants aux trois premiers degrés :

«Bisaïeul, Pierre : a été mandarin, décédé. Aïeul, Paul : n'a point exercé de charge, décédé; Père, Jacques : n'a point exercé de charge, décédé.»

應
殿試舉人臣安多尼年十九歲江南江寧府上元縣八由附
監生刑部主事應同治十年順天鄉試中式由舉人刑部
主事應光緒九年會試中式恭應
殿試謹將三代腳色開具於後
曾祖若望　故　未仕
祖瑪竇　故　仕
父多默

應
殿試舉人臣方漵各年二十三歲江南安慶府懷寧縣八由
附生應同治十三年本省鄉試中式由舉人光緒九年會
試中式恭應
殿試謹將三代腳色開具於後
曾祖伯多　故　仕
祖保六　故　未仕
父雅各　故　未仕

Les Examinateurs sont huit grands mandarins, Docteurs eux-mêmes, appelés 讀卷大臣 *tou-k'iuen-ta-tch'en,* ou 讀卷官 *tou-k'iuen-koan*. Les autres principaux employés sont : 4 Receveurs de cahiers (受卷官 *cheou-k'iuen-koan*), 6 Scelleurs (彌封官 *mi-fong-koan*), 4 Collecteurs (收掌官 *cheou-tchang-koan*), 2 Timbreurs (印卷官 *yn-k'iuen-koan*), 12 Écrivains pour le tableau de promotion (填榜官 *t'ien-pang-koan*) (1). Tous ces employés sont nommés par l'Empereur.

---

(1) Ce dernier nombre est justifié par la nécessité d'écrire le tableau en mandchou et en chinois.

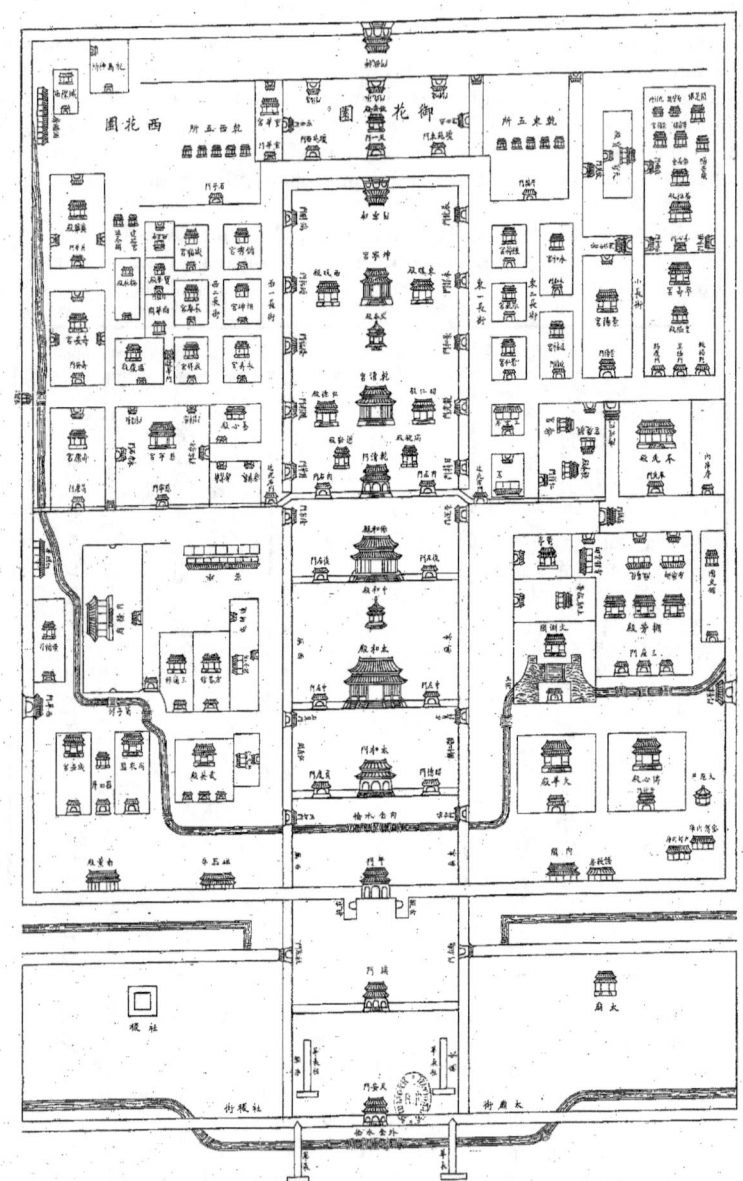

PALAIS IMPÉRIAL
DE
PÉ-KING.

§ II. RÉPÉTITION DE L'EXAMEN 會 試 HOEI-CHE.

Aussitôt après la promotion du 會 試 Hoei-che, vers le 16 de la 4° Lune, les nouveaux 貢 士 kong-che doivent subir un nouvel examen au palais impérial. Cet examen, institué le 53° année de l'Empereur 乾 隆 K'ien-long (1788), s'appelle 貢 士 覆 試 kong-che-fou-che «Répétition de l'examen 會 試 Hoei-che pour les kong-che». Jadis cet examen avait lieu tantôt dans un palais, tantôt dans un autre; c'est l'Empereur 嘉 慶 Kia-k'ing qui, la 6° année de son règne (1801), a déterminé par un décret qu'on se servirait désormais du palais 保 和 殿 pao-ho-tien (1).

Les dits 貢 士 kong-che, avant de subir cet examen doivent demander à l'un de leurs compatriotes en charge dans la Capitale, un certificat (結 hie) qu'ils présenteront au Ministère des rites. Les mandarins qui ont délivré ces certificats sont tenus d'être présents à l'appel qui se fait avant l'examen, pour constater l'identité des Candidats qu'ils patronnent. En 1892, l'année du cycle 壬 辰 jen-tch'en, on compta à cet examen 318 貢 士 kong-che, dont 283 avaient été promus la même année, 31 l'étaient de l'année 庚 寅 k'eng-yng (1890), et quatre de l'année 己 丑 ki-tcheou (1889).

Les Examinateurs s'appellent 閱 卷 大 臣 yué-k'iuen-ta-tch'en, et sont nommés par l'Empereur. La matière de l'examen est une amplification sur un thème tiré des «Quatre livres», et une pièce de vers. Les thèmes sont donnés par l'Empereur. Le cahier de composition est acheté au Ministère des rites. On remet aux Candidats, qui peuvent en user, un petit cahier ou collection de rimes 官 韻 koan-yun. L'examen ne dure qu'un jour.

Les Examinateurs, après avoir lu les compositions, les avoir comparées avec celles des cahiers de la promotion d'examen 會 試 Hoei-che, et classées par ordre de mérite, indiquent le numéro de classement sur une feuille de papier jaune collée à la couverture du cahier, ils écrivent en outre le même chiffre sur la dernière page du cahier. Ils présentent alors les cahiers à l'Empereur, qui les passe à d'autres Réviseurs (覆 勘 大 臣 fou-k'an-ta-tch'en); enfin, le 18 au plus tard, l'Empereur donne un décret dont la teneur est comme il suit pour l'année 1892 : 四 月 十 八 日 奉 上 諭, 此 次 新 貢 士 覆 試, 列 入 一 等 之 某 某 等 七 十 名; 列 入 二 等 之 某 某 等 一 百 二 十 名; 列 入 三 等 之 某 某 等 一 百 二 十 二 名; 均 著 准 其 一 體 殿 試, 欽 此. «Décret reçu le 18 de la 4° Lune. Conséquemment à la présente répétition des nouveaux 貢 士 kong-che, ceux qui ont été admis à la 1ère classe, N., N., etc., en tout 70; ceux qui ont été admis à la 2de classe,

---

(1) Le plan du palais impérial, dont nous donnons une gravure d'après l'ouvrage 宸 垣 識 略 Chen-yuen-tche-lio, permettra au lecteur de suivre les Candidats.

N., N., etc., en tout 120; ceux qui ont été admis à la 3ᵉ classe, N., N., etc., en tout 122; sont tous autorisés à se présenter à l'examen *Tien-che*.»

Quant à ceux qui sont dans la 4ᵉ classe et au-dessous, et qui ont violé quelque règle dans la rédaction de leur composition, ils sont exclus de l'examen une, deux ou trois fois : 着罰停殿試 一、二、三科 «Pour punition, il devront s'abstenir une fois (ou deux fois, trois fois) de se présenter à l'examen *Tien-che*.»

§ III. EXAMEN 殿試 *TIEN-CHE* PROPREMENT DIT.

La veille de l'examen, c'est-à-dire le 20 de la 4ᵉ Lune, les Examinateurs préparent en secret un sujet de dissertation (制策 *tche-tch'é*) ayant 800 à mille caractères, qui roule ordinairement sur quatre points d'administration publique (1).

Nous donnons ici un fragment de sujet de la dite dissertation. Les lignes rouges indiquent des formules déterminées :

天承運
奉
皇帝制曰朕寅紹丕基撫臨寰宇默荷
上穹垂佑
列聖貽謀兢兢業業救幾日慎一日深惟
冀於實政有裨茲値臨軒發策虛衷
博採廣集嘉謨爾多士其敬聽朕命
……能申明其義歟……其故安在
其言亦有可採歟……何道以致之
行之果能無弊歟……可約舉其要歟
……能略言其目歟
其制果盡善歟
凡茲四端……爾多士服習有年
對揚伊始其各陳讜論毋泛毋隱歟
將親覽焉

TRADUCTION :

«Nous, par un choix fortuné du Ciel, Empereur, faisons savoir ce qui suit : Notre personne succédant à celle de nos ancêtres

_____

(1) 傳心，稽古，崇儉，興賢 "Transmission des sentiments du cœur, étude de l'antiquité, estime de l'économie, avancement des sages;" 慎修，節用，肄武，恤刑 "Soin de sa propre perfection, modération dans les dépenses. étude de l'art militaire, compassion dans l'emploi des châtiments;" 執中，選士，崇儒，經武 "Tenir le juste milieu, savoir choisir les hommes, estimer la littérature, s'appliquer à l'art militaire;" etc....

朝服

COSTUME DE COUR.

dans une dignité sublime, s'emploie à régir le monde; éclairé et
soutenu par la protection du Ciel, et les conseils qui Nous viennent
de nos saints aïeux, Nous appliquant à remplir les devoirs multiples de notre charge, et de jour en jour les ayant plus présents à
l'esprit, Nous réfléchissons profondément que............(Ici, l'Empereur
commence à proposer d'une façon générale les quatre questions
auxquelles les Candidats auront à répondre), afin de retirer quelque fruit pour une bonne administration; le moment est venu de
descendre au palais proposer un thème; Nous recevrons avec défé-
rence et plaisir le développement de vos propres vues; vous tous,
lettrés, écoutez avec respect les sujets sur lesquels vous devez
répondre............(Désormais l'Empereur développe les questions
déjà indiquées; il procède sous forme d'interrogations, comme
dans les exemples qui suivent). Pouvez-vous expliquer clairement le
sens (de cette question)?............ Quelle en est la raison?............ Ces
paroles méritent-elles d'être mises en pratique?............ Par quelle
voie y arrivera-t-on?............ Pourra-t-on réaliser cela sans aucun
inconvénient?............ Pourriez-vous en résumer les points principaux?............ Pourriez-vous en donner un aperçu synoptique?............
Cette méthode est-elle parfaite?............ En tout, quatre points............
Vous tous, lettrés, exercés durant de longues années, vous com-
mencez à vous adresser à l'Empereur; exposez donc vos idées
élevées; point de banalités, point d'obscurité, c'est moi-même
qui vous lirai (1). »

Le sujet de dissertation est envoyé à l'Empereur qui, après
l'avoir approuvé, le remet à la Chancellerie impériale (內閣 nei-
ko) pour le faire graver et imprimer sur papier jaune cette nuit
même (2).

Le 21 à l'aurore, les mandarins du 內閣 nei-ko, en grand
costume de cérémonie (3), apportent au palais les sujets de dissertation imprimés et les mettent sur une table du côté Est. Les
Examinateurs, avec leurs assistants, tous en grand costume viennent alors à la cour du palais, et s'y tiennent rangés par ordre
de dignité; enfin les Candidats (4), également en costume de

_____

(1) La forme même de ce thème impérial procédant par interrogations, rend compte
de celle qu'emploieront les Candidats : leur composition sera rédigée sous forme de réponse
avec développement.

(2) A cet effet il y a 40 graveurs et 20 imprimeurs.

(3) Il s'agit ici du costume de cour. On distingue en Chine trois classes de costumes :
1°. 朝服 tch'ao-fou "Costume de cour" dont on se sert en présence de l'Empereur.
2°. 常服 tch'ang-fou "Costume ordinaire" de cérémonie, ou 禮服 li-fou "Costume
de cérémonie", ou encore 公服 kong-fou "Costume officiel". 3°. Enfin 便服 pien-
fou "Costume simple". Des gravures sur bois, faites par le procédé chinois d'après des
photographies, donneront une idée suffisante de ces différents costumes. Nous ajoutons un
quatrième dessin, qui eût trouvé plus naturellement sa place dans la première partie de
cet ouvrage : il représente le costume spécial des Bacheliers 藍衫 lan-chan "Robe bleue".

(4) Les Candidats de la famille impériale (宗室 tsong-che) assistent avec les autres

禮服

COSTUME DE CÉRÉMONIE.

常服

COSTUME SIMPLE.

藍衫

COSTUME DE BACHELIER.

cérémonie qui se placent, ceux de rang impair sur le dernier tableau de promotion, à la porte extérieure (du palais) 昭德門 *tchao-té-men,* et ceux de rang pair, à la porte 貞度門 *tcheng-lou-men.*

Des employés du Ministère des rites font l'appel et distribuent aux Candidats deux cahiers. D'autres fonctionnaires du bureau de l'Escorte impériale (鑾儀衞 *loan-i-wei*), les aident à porter tout ce qui est nécessaire pour écrire; enfin des employés de la Cour des cérémonies (鴻臚寺 *hong-lou-se*) les conduisent à la cour du palais, où ils se placent face à face sur deux files.

Bientôt un Grand secrétaire de la Chancellerie impériale (大學士 *ta-hio-che*) entre au palais par la porte de gauche; il y prend les exemplaires du thème de dissertation et ressortant par la porte du milieu, il les remet au Président du Ministère des rites qui les reçoit à genoux, les pose sur une table préparée au pied des marches du palais, et s'incline trois fois jusqu'à terre dans la direction du Nord.

Des employés du Ministère des rites prennent la table chargée des exemplaires du thème et la placent au milieu du passage central de la cour. Les Examinateurs alors, avec les autres dignitaires, à l'appel d'un héraut impérial, s'approchent de la table, font trois génuflexions et neuf prostrations, puis se retirent. Les Candidats font la même cérémonie, et restent à leurs places, tournés vers le Nord.

Le thème est distribué aux Candidats qui le reçoivent à genoux, font trois prostrations, et se rendent à la place qui leur est assignée pour composer; les Examinateurs de leur côté se retirent à la salle du conseil. Les Princes impériaux président à l'examen sous la vigilance des Censeurs impériaux (監試御史 *kien-che-yu-che*).

La composition se fait dans les deux grandes salles latérales du palais, où les Candidats n'ont d'autre meuble qu'un tabouret qui a été marqué à leur nom, en sorte que pour écrire ils sont obligés de s'asseoir par terre, à moins qu'ayant apporté une table, ils ne se servent du tabouret pour s'asseoir.

Dans la composition il y a quelques formalités prescrites par la loi. Au commencement, on doit dire 臣對臣聞 *tch'en-toei-tch'en-wen,* «Moi serviteur de votre Majesté, j'ai l'honneur de lui répondre; ainsi que votre serviteur l'a appris......»; à la 4ᵉ ou à la 8ᵉ ligne, on doit commencer à parler clairement des questions données; la 5ᵉ ou la 9ᵉ ligne doit commencer par 皇帝陛下 *Hoang-ti-pi-hia* «Votre Majesté......»; la ligne précédente ayant à la fin les deux caractères 欽惟 *k'ing-wei* «J'estime, avec tout le respect qui Vous est dû.....». En abordant une nouvelle ques-

---

à cet examen; le seul privilège dont ils jouissent, consiste à avoir les premières places pour l'appel et dans les autres cérémonies.

tion, on doit employer la formule 伏讀制策有日 *fou-tou-tche-tch'é-yeou-yué* « J'ai lu en m'inclinant ce qui est marqué dans votre question......» ; ou bien : 制策又以 *tche-tch'é-yeou-i* « Dans votre question, il y a encore ceci......» ; pour répondre, qu'on dise toujours 臣謹案 *tch'en-kin-ngan* «Moi, votre serviteur, me conformant avec respect à......» ; ou 臣惟 *tch'en-wei* «Moi, votre serviteur, je pense que......». A la fin de la dissertation, on doit écrire la formule qui suit : 則我國家億萬年有道之長基 此矣,臣末學新進,罔識忌諱,干冒宸嚴,不勝戰慄隕越 之至,臣謹對. «D'où je conclus qu'ainsi, notre dynastie glorieusement régnante se verra confirmée dans l'ordre et l'harmonie pendant cent mille myriades d'années. Moi, le dernier des lettrés, le plus récemment promu, sans souci de la réserve dont j'aurais dû faire preuve et offensant par là grièvement Votre Majesté, tout tremblant et incapable de me soutenir, moi, votre serviteur, j'ai composé avec toute l'attention dont je suis capable la réponse qui précède.» Cette période doit être disposée de manière à ce que les deux caractères 干冒 *han-mao* finissent une ligne. Il faut surtout avoir soin qu'il ne reste pas d'espace vide au bas des lignes dans toute la dissertation.

La dissertation doit avoir au moins mille caractères. Il n'y a pas de maximum fixé, mais de fait on adopte ordinairement les cadres comme stéréotypés d'une certaine formule comportant 1950 caractères (1).

Autrefois il était permis de travailler jusqu'au lendemain matin, mais en l'année 46ᵉ de 乾隆 *K'ien-long* (1781), il a été défendu de se servir de lumière, et décidé que l'épreuve finirait au coucher du soleil. Si un Candidat n'a pas terminé sa dissertation, il n'est pas refusé pour cela (2), mais il vient au dernier rang.

La dissertation terminée, on remet d'abord le cahier 正卷 *tcheng-k'iuen* aux Présidents, les Princes impériaux, qui mettent aussitôt leur signature à la suite de la dissertation, ou à l'endroit où elle est restée, en cas qu'elle soit incomplète ; après quoi, le

---

(1) Il arrivait souvent que des Candidats, avant l'examen, écrivaient 20 lignes (策冒 *tch'é-mao*) ou plus d'après cette formule sur quelque sujet banal, et les présentaient à ceux qui pouvaient être leurs futurs examinateurs : leur but était de prouver leur habileté et de se recommander à eux. Cette manière de faire, appelée 送卷頭 *song-k'iuen-t'eou* (Voir l'ouvrage 簷曝日記 *Yen-pou-je-ki*), a été défendue par l'Empereur 乾隆 *K'ien-long* (an. 48,1783).

(2) Tous ceux qui se présentent à cet examen, sont reçus. Suivant l'ouvrage 詒謀錄 *I-meou-lou* cité par le 日知錄 *Je-tche-lou*, cette coutume date de la dynastie 宋 *Song*, 2ᵉ année 嘉祐 *Kia-yeou* (1057) de l'Empereur 仁宗 *Jen-tsong*. Un lettré nommé 張元 *Tchang Yuen* s'étant révolté, les Examinateurs imputèrent cette faute à son insuccès dans l'examen 殿試 *Tien-che*; et c'est ainsi que *Jen-tsong* fut amené à déclarer que nul de ceux qui s'y présenteraient, ne serait refusé : 殿試無黜落 *Tien-che-ou-tch'ou-lo*.

Candidat emportant avec lui le cahier 草 本 *ts'ao-pen* sort du palais, et le remet aux officiers du Ministère des rites, qui le conservent. Si quelqu'un n'a pu terminer sa composition dans le temps prescrit, mais qu'il la conserve frauduleusement, voulant la continuer ensuite, son cahier, d'après une décision de l'Empereur 光緒 *Koang-siu*, 9° an. (1883), devra être marqué des deux caractères 補 交 *pou-kiao* (délivré après coup) et placé en dernier lieu : son auteur sera privé, à titre de punition, de trois examens successifs 朝 考 *tch'ao-k'ao*, dont nous parlerons bientôt.

§ IV. APRÈS L'EXAMEN.

Les noms des Candidats inscrits sur les cahiers sont cachés, mais les compositions ne sont pas remises aux copistes pour la transcription. Les cahiers ainsi préparés sont envoyés aux Examinateurs.

Les 22 et 23 de la 4° Lune, les Examinateurs lisent les dissertations et donnent leurs notes (1). Il est à remarquer que, dans cet examen, on tient compte de la calligraphie aussi bien que de la valeur littéraire des compositions.

Le 24, les dix premiers cahiers, toujours avec les noms cachés, sont présentés à l'Empereur, qui les range suivant son jugement (2).

La 26° année de 乾隆 *K'ien-long* (1761), l'on comptait 207 Candidats à cet examen 殿試 *Tien-che*. L'Empereur ayant employé cinq heures à lire attentivement les dix premiers cahiers, constata que le premier était d'un Candidat du 江蘇 *Kiang-sou* nommé 趙翼 *Tchao I*, le second d'un nommé 胡高望 *Hou Kao-wang* du 浙江 *Tché-kiang*, et le 3° d'un nommé 王杰 *Wang Kié* du 陝西 *Chen-si*. Trouvant que leurs compositions étaient toutes excellentes, il demanda aux Examinateurs si sous la dynastie actuelle, quelque Candidat du 陝西 *Chen-si* avait jamais été premier de la promotion. Sur la réponse négative qui lui fut faite, l'Empereur plaça le cahier de 王杰 *Wang Kié* au 1ᵉʳ rang, disant: «La composition de 趙翼 *Tchao I* est parfaite, il est vrai; mais la Pro-

---

(1) Ces notes se donnent de la manière suivante. Au bas du cahier sont écrits les noms des 8 Examinateurs. Chacun d'eux, après avoir lu une composition, marque sa note sous son nom, à savoir pour la plus élevée, un cercle, pour les compositions d'une moindre valeur, un point, ou un cercle avec un point, etc. La plus grande distinction est par suite d'avoir 8 cercles.

(2) Les Candidats qui à raison d'infirmité, ou pour cause de punition et autres semblables motifs (excepté cependant le deuil de leurs parents), ont été empêchés de prendre part au précédent examen 殿試 *Tien-che*, et le subissent ensuite, sont privés du droit de voir leur nom figurer parmi ces dix premiers.

vince du 江蘇 *Kiang-sou* a déjà eu souvent le premier de la liste, tandis que celle du 陝西 *Chen-si* n'a jamais eu cet honneur. Sans doute la composition de 王杰 *Wang Kié* ne mériterait que la troisième place, mais en souvenir de la récente victoire remportée par nos armes dans les régions de l'Ouest, je ne crois pas être injuste en lui accordant la faveur du premier rang.» (Voir l'ouvrage 簷曝日記 *Yen-pou-je-ki*, dont l'auteur est ce Docteur du 江蘇 *Kiang-sou*, 趙翼 *Tchao I*).

Les noms sont alors démasqués et les dix heureux Candidats sont introduits en présence de l'Empereur par les Examinateurs. Après cela, ils marquent sur les cahiers, les trois premiers comme de première classe (一甲三名 *i-kia-san-ming*) et les sept autres comme de seconde (二甲七名 *eul-kia-ts'i-ming*). Ils emportent ces cahiers et retournent à la salle du Conseil, où ils marquent les autres cahiers d'un numéro. Enfin les noms sont démasqués et inscrits par ordre de mérite, en caractères chinois et en caractères mandchous, sur un tableau jaune (黃榜 *hoang-pang*, 金榜 *kin-pang*, ou encore 甲榜 *kia-pang*) auquel est apposé le sceau de l'Empereur (皇帝之寶 *hoang-ti-tche-pao*).

---

§ V. PROMOTION AU GRADE.

Le lendemain 25, jour de la notification du tableau, appelé 傳臚 *tch'oan-lou*, les insignes impériaux (鹵簿 *lou-pou*) et la musique impériale sont envoyés au palais 太和殿 *t'ai-ho-tien*, dans la cour (丹墀 *tan-tch'e*) duquel se placent des deux côtés tous les grands mandarins en costume de cérémonie, et après eux, les nouveaux Docteurs, aussi en costume et portant le bouton dit 三枝九葉頂 *san-tche-kieou-yé-ting* «bouton à trois branches et 9 feuilles» (V. la figure).

Enfin l'Empereur arrive et la musique retentit. Tous les princes et les grands mandarins vont le saluer à la manière accoutumée et se retirent de côté. Un mandarin du 1ᵉʳ dégré sort alors du palais, portant le tableau jaune; il le remet au Président du Ministère des rites qui le reçoit en fléchissant le genou, le pose sur une table recouverte d'un tapis jaune et se retire après avoir fait trois prostrations.

Tous les Candidats sont conduits devant l'Empereur par le Maître des cérémonies; un héraut criant : 有旨 *yeou-tche* «Il y a commandement de l'Empereur», ils se mettent aussitôt à genoux, et la musique cesse. On lit alors cet édit impérial : 奉天

承運皇帝制曰，光緒某年，某科，策試天下貢士某等若干名，第一甲賜進士及第，第二甲賜進士出身，第三甲賜同進士出身，故茲誥示 «Nous, par un choix fortuné du Ciel, Empereur, faisons savoir ce qui suit : L'année N. de Koang-siu, N. du cycle, ont été examinés sur la dissertation les 貢 士 kong-che venus de tout l'empire, à savoir N., N., etc.; en tout (nombre). Aux lauréats de la 1ère classe est accordé le titre de 進 士 及 第 tsin-che ki-ti; à ceux de la 2e, le titre de 進 士 出 身 tsin-che-tch'ou-cheng; à ceux de la 3e, celui de 同 進 士 出 身 t'ong-tsin-che-tch'ou-cheng Tel est le but des présent édit et promulgation (1).»

Puis on proclame le nom du 1er de la 1ère classe (第 一 甲 第 一 名 ti-i-hia-ti-i-ming), qui se lève, et conduit par un dignitaire de la Cour des cérémonies (鴻臚寺 hong-lou-se) va s'agenouiller du côté gauche. Le second de la 1ère classe (第 一 甲 第 二 名 ti-i-hia-ti-eul-ming) étant alors appelé, va s'agenouiller du côté droit, mais un peu en arrière du 1er. Vient ensuite le 3e de la 1ère classe (第 一 甲 第 三 名 ti-i-hia-ti-san-ming) qui ayant entendu son nom va s'agenouiller à gauche et aussi un peu en arrière des deux premiers.

Pour ces trois premiers, la proclamation du nom se fait en trois fois. On proclame ensuite le premier de la deuxième classe avec quelques-uns de la même classe (第 二 甲 ti-eul-kia), et plusieurs de la 3e classe (第 三 甲 ti-san-kia), mais ceux-là à l'appel de leur nom, ne quittent pas leur place.

La 1ère classe (一 甲 i-kia ou 鼎甲 ting-hia) est toujours limitée à 3 noms. Le 1er s'appelle officiellement 狀元 tchoang-yuen (2); le 2e, 榜眼 pang-yen, et le 3e, 探花 t'an-hoa. Le nombre

---

(1) Il est clair d'après cela, que le titre de 進士 tsin-che (Docteur) n'est donné par l'Empereur qu'à la suite de cet examen 殿試 Tien-che et que le grade correspondant à l'examen 會試 Hoci-che, comme il a été dit plus haut, n'est que celui de 舉 人 kiu-jen, ou au plus de 貢 士 kong-che. Il s'en suit qu'il n'y a réellement en Chine que trois grades littéraires, à savoir le Baccalauréat acquis par l'examen 童試 T'ong-che; la Licence; par l'examen 鄉試 Hiang-che; enfin le Doctorat par les examens 會試 Hoci-che et 殿試 Tien-che (Voir pag. 169). Le titre d'Académicien 翰林 han-lin paraît plutôt un titre d'office, incomplet par lui-même, qu'une appellation générale convenant de la même façon à toute une catégorie de lettrés.

(2) Il peut arriver qu'un lettré soit le 1er aux 3 examens 鄉試 Hiang-che, 會試 Hoci-che et 殿試 Tien-che, obtenant successivement les titres de 解元 kiai-yuen, 會元 hoei-yuen et 狀元 tchoang-yuen. On dit alors qu'il est 連甲三元 lien-tchong-san-yuen. Ainsi on lit dans l'ouvrage 陔餘叢考 Kai-yu-ts'ong-k'ao que, sous la dynastie présente, il y a eu l'exemple d'un lettré de la Préfecture de 蘇州 Sou-tcheou (江蘇 Kiang-sou), du nom de 錢棨 Ts'ien K'i, lequel après avoir été reçu le 1er, 解元 kiai-yuen, en l'année 44 de 乾隆 K'ien-long (1779), fut reçu 1er, 會元 hoei-yuen et 狀元 tchoang-yuen, deux ans plus tard. On lit encore dans l'ouvrage 國朝貢舉考略 Kouo-tch'ao-kong-kiu-k'ao-lio, que le nommé 陳繼昌 Tch'en Ki-tch'ang (qui s'appelait d'abord 陳守塈 Tch'en Cheou-ho), originaire de la Province du 廣西 Koang-si, fut reçu 1er à l'exa-

des Docteurs de 2ᵉ et de 3ᵉ classe n'est pas fixé. En 1889, il y en a eu 149 et 143 respectivement; en 1890, 177 et 128; en 1892, 132 et 182. Le 1ᵉʳ de la 2ᵉ classe s'appelle 傳臚 tch'oan-lou.

Jadis, sous 順治 Choen-tche, premier Empereur de la dynastie actuelle, on publiait un double tableau pour cette promotion (兩榜 liang-pang); il y avait ainsi deux séries des trois classes (三甲 san-kia), l'une pour les Mandchous, l'autre pour les Chinois; c'est ainsi que la 9ᵉ année du dit Empereur (1652), 50 Mandchous furent promus, dont 3 de la 1ᵉʳᵉ classe — 甲 i-kia, 7 de la 2ᵉ 二甲 eul-kia, 40 de la 3ᵉ 三甲 san-kia; 400 Chinois étaient reçus en même temps. Trois ans après (1655), les choses se passèrent encore de la même façon; mais depuis lors, il n'y eut plus qu'une série et qu'un tableau (1). (Voir 科塲條例 K'o-tch'ang-t'iao-li).

La proclamation des noms terminée, la musique se fait entendre et les nouveaux Docteurs font trois génuflexions et neuf prostrations à l'Empereur, qui se lève de son trône et se retire. Un membre du Ministère des rites met alors le tableau de promotion sur un plateau jaune et suivi des trois premiers de la 1ᵉʳᵉ classe, il sort du palais par la porte du milieu, tandis que les autres nouveaux Docteurs sortent par les portes latérales. Le tableau est mis dans une chaise ornée de dragons (龍亭 long-t'ing) et porté au dehors de la porte 長安門 tch'ang-ngan-men, où il est affiché pendant trois jours, avant d'être mis aux archives.

Le même jour, les trois premiers gradués sont reçus à dîner par le Maire de la Capitale (順天 Choen-t'ien), qui ensuite les reconduit à cheval en grande pompe à leur logis.

---

§ VI. APRÈS LA PROMOTION.

Le lendemain, un grand banquet dit 恩榮宴 ngen-yong-yen est servi au Ministère des rites : un grand mandarin nommé par l'Empereur le préside avec le titre de 主宴大臣 tchou-yen-ta-tch'en. Avant de se mettre à table, ce dignitaire, ainsi que tous les officiers qui ont pris part à l'examen et les nouveaux Docteurs, font suivant la coutume les prostrations en l'honneur de l'Empereur, la face tournée vers le palais. Le reste se passe à peu près comme au repas qui suit l'examen de Licence. De même que pour ce dernier concours, ceux qui auraient atteint le 60ᵈᵐᵉ anni-

men 鄉試 Hiang-che, la 28ᵉ année de 嘉慶 Kia-k'ing (1813), puis 1ᵉʳ encore aux examens 會試 Hoei-che et 殿試 Tien-che. Un pareil fait ne s'est pas renouvelé depuis cette époque.

(1) Sous le dynastie 元 Yuen, l'on vit de même deux tableaux de Doctorat, appelés aussi 兩榜 liang-pang ou 左右榜 tsouo-yeou-pang, l'un pour les Mongols, l'autre pour les Chinois. Cf. l'ouvrage 日知錄 Je-tche-lou.

versaire de leur promotion, sont invités de droit à ce banquet. C'est ce qu'on appelle 重赴恩榮宴 *tch'ong-fou-ngen-yong-yen.*

Pour subvenir aux frais d'un monument commémoratif de leur promotion, on donne à chaque nouveau Docteur la somme de 30 Taëls, et 80 aux trois premiers; c'est ce qu'on appelle 坊價銀 *fang-kia-yn.* Le Ministère des rites leur distribue en outre deux pièces de soie pour un vêtement avec sa doublure. C'est ce qu'on appelle 散給表裏 *san-ki-piao-li.* Quant au 1er, 狀元 *tchoang-yuen,* il a droit à un costume complet, avec le bouton et les insignes du mandarinat civil du 6e rang (六品 *lou-p'in*) (1), le chapeau de cérémonie, le col, la ceinture, le mouchoir, les bas et les bottes en soie.

Vers le 27 de la même Lune, tous les nouveaux Docteurs, avec le 狀元 *tchoang-yuen* en tête, présentent une adresse de remerciement à l'Empereur (上表謝恩 *chang-piao-sié-ngen*), puis font tois génuflexions et neuf prostrations dans la direction du palais impérial. Au jour fixé ils se rendent à la pagode de Confucius où ils font la cérémonie 釋褐禮 *che-ho-li.* Cette cérémonie signifie qu'ils ne sont plus de la classe du peuple qui s'habille de toile, mais de celle des nobles qui portent les insignes mandarinaux (2) (Voir *Cursus lit. sin.* IV. 649).

Cependant l'Empereur nomme quelques grands mandarins pour réviser les notes (標識 *piao-tche*) données par les Examinateurs, et examiner les dissertations elles-mêmes et les cahiers de brouillon (草本 *ts'ao-pen*). Le titre des mandarins désignés pour cet emploi est 察看標識大臣 *tch'a-k'an-piao-tche-la-tch'en.* Cette disposition date de l'année 26e de 乾隆 *K'ien-long* (1761).

Le Ministère des rites fait imprimer le thème de dissertation, avec les compositions des trois premiers et les noms et lieux d'origine de tous les nouveaux Docteurs, en suivant leur rang. Ce catalogue, appelé 登科錄 *teng-k'o-lou* est présenté par ce Ministère à l'Empereur.

Le même Ministère fait aussi dresser un autre catalogue appelé 金榜題名錄 *kin-pang-t'i-ming-lou,* lequel avec le catalogue 會試題名錄 *hoei-che-t'i-ming-lou* est envoyé à tous les grands tribunaux des Provinces.

Enfin le Ministère des travaux publics (工部 *kong-pou*) fait

---

(1) Voir pag. 11.

(2) Nous donnons en face de cette page une gravure représentant cette cérémonie. Elle est extraite de l'ouvrage 鴻雪因緣圖記 *Hong-siué-yn-yuen-t'ou-ki.* — Pour arriver à cet honneur si envié du Doctorat, un Licencié doit faire d'assez grands frais, et cette remarque avait été faite dès l'époque des 明 *Ming.* Un lettré de cette dynastie, nommé 王世貞 *Wang Che-tcheng* affirmait dans l'ouvrage 觚不觚錄 *Kou-pou-kou-lou* qu'ils s'élevaient au moins à 600 Taëls, compris les frais de nourriture, ceux de visites aux Examinateurs, et les divers pourboires aux domestiques de l'hôtel où on a pris logement, aux employés des différents tribunaux, etc., etc.

En allant visiter la pagode de Confucius,
LES NOUVEAUX DOCTEURS SALUENT
LA PORTE MÉRIDIONALE DU PALAIS IMPÉRIAL.

graver le thème de l'examen, les noms et lieux d'origine des nouveaux Docteurs, sur un monument en pierre 進士題名碑 *tsin-che-t'i-ming-p'ai* (ou simplement 題名碑 *t'i-ming-p'ai*), qu'on érige au Collège impérial 國子監 *houo-tse-kien.*

Les trois premiers Docteurs, par le fait même de leur rang (1), deviennent membres de l'Académie impériale 翰林院 *han-lin-yuen.* Le 1er a le titre 修撰 *sieou-tchoan* «Compilateur de 1ère classe», et les 2 autres, celui de 編修 *pien-sieou* «Compilateur de 2e classe».

La formule pour faire part de la promotion affecte une des variantes qui suivent :

殿試第二甲第七十名
保和殿覆試一等二十六名
貴府令侄方大老爺印濟谷應庚寅科
捷報

欽點翰林院編修
殿試一甲三名
恩科
貴府令侄方大老爺印濟谷應庚寅
捷報

賜同進士出身
殿試三甲七十八名
恩科
貴府令侄方大老爺印濟谷應庚寅
京報
捷報

---

(1) De là le proverbe : 榜下得官 *pang-hia-té-koan* ou 榜下受職 *pang-hia-cheou-tche* "Recevoir le mandarinat, ou une fonction, sous le tableau même".

CHAPITRE IV.

DE L'EXAMEN CONSÉCUTIF POUR L'ACADÉMIE.

———◦◦◦———

§ I. EXAMEN 朝 考 *TCH'AO-K'AO.*

Institution de cet examen. — Compositions. — Classement et nominations à diverses charges.

———

§ II. EXAMEN DE SORTIE.

Etudiants-académiciens. — Examen de sortie. — Promotion à diverses charges. — Formules de faire part.

———◦———

CHAPITRE IV.

DE L'EXAMEN CONSÉCUTIF POUR L'ACADÉMIE.

§ I. EXAMEN DIT 朝考 *TCH'AO-K'AO*.

C'est l'Empereur 雍正 *Yong-tcheng*, qui en la 1ère année de son règne (1723), pour mieux constater la capacité des nouvaux Docteurs, institua un nouvel examen, appelé 朝考 *Tch'ao-k'ao*. Il a lieu presque immédiatement après l'examen 殿試 *Tien-che*, ordinairement le 28 de la 4° Lune. Le local et la manière de faire sont les mêmes que pour ce dernier examen, mais la direction en est confiée à l'Académie impériale.

Tous les nouveaux Docteurs, même les trois de 1ère classe, sont tenus de le passer. Le cahier d'examen s'appelle d'ordinaire 朝考卷 *tch'ao-k'ao-k'iuen*. Avant cet examen, comme avant l'examen 殿試 *Tien-che*, on doit inscrire les noms, etc., au commencement du cahier, conformément à la formule suivante. Il y a

臣方濟谷年二十七歲江蘇松江府上海縣八由優貢生中

式道光甲辰

恩科順天鄉試第十九名舉人教習期滿俟選知縣應咸豐壬子

恩科會試中式第四十九名貢士

殿試一甲第一名

賜進士及第恭應

保和殿

御試謹將三代腳色開具於後

曾祖若望　故　未仕

祖保祿　故　未仕

父多默　存　不仕

trois thèmes, donnés par l'Empereur, le 1er pour une dissertation (論 *luen*), le 2e pour un mémoire (疏 *chou*), et le 3e pour
une pièce de vers (詩 *che*). Ainsi, par exemple, en 1889, les
trois thèmes étaient: 戒俗吏矯飾論 «Dissertation: Détourner
les mandarins vulgaires d'une administration hypocrite»; 勞民
勸農疏 «Mémoire: Se dévouer aux intérêts du peuple, encourager l'agriculture»; 賦得柳邊人歇待船歸 «Vers: Près d'un
saule, une personne se repose attendant le retour de la barque».
On est libre de choisir tout ou partie de ces trois thèmes. L'examen se termine le jour même.

Les Présidents de l'examen 監試大臣 *kien-che-ta-tch'en*
mettent leur sceau sur les cahiers de composition. On fait aussi
cacher les noms des Candidats. Les Examinateurs 閱卷大臣
yue-k'iuen-ta-tch'en après avoir lu les compositions, les distribuent en 3 classes et les présentent à l'Empereur. Du 7 au 10
de la 5e Lune, les nouveaux Docteurs sont présentés successivement à la Cour en présence du «Fils du Ciel».

Le 10, l'Empereur les répartit en 4 catégories, à savoir:
1° 庶吉士 *chou-ki-che*, Etudiants de l'Académie (1); 2° 主事
tchou-che, Secrétaires des 6 Ministères (六部 *lou-pou*) de *Pé-king*;
3° 中書 *tchong-chou*, Secrétaires de la Chancellerie impériale
(內閣 *nei-ko*); 4° 知縣 *tche-hien*, Sous-préfets. La promotion
de 1892 compta 95 庶吉士 *chou-ki-che*, 72 主事 *tchou-che*,
17 中書 *tchong-chou* et 96 知縣 *tche-hien*.

La formule pour annoncer la promotion à l'Académie est
ordinairement la suivante:

恩科
捷報
貴府令甥婚方大老爺官印濟谷溙應庚寅
殿試二甲三十一名
魁考一等第四名
欽點翰林院庶吉士

捷報
貴府令門生大老爺方印濟谷應庚寅科
殿試二甲
欽點着以知縣卽用欽此
京報

_____

(1) Ces étudiants garderont toute leur vie le titre de 翰林 *Han-lin* "Académi-

§ II. EXAMEN DIT 散 館 考 試 *SAN-KOAN-K'AO-CHE*.

Les Docteurs qui sont nommés 庶吉士 *chou-hi-che*, sont réellement membres de l'Académie, bien qu'au dernier rang ; ils doivent encore y continuer leurs études sous les deux maitres appelés 敎習 *kiao-si*, nommés par l'Empereur, l'un mandchou, l'autre chinois. Le Bureau, où ces nouveaux Académiciens font leurs études, s'appelle 庶常館 *chou-tch'ang-koan*. Le cours complet embrasse une période de trois ans.

A l'expiration de ce délai, les Etudiants-académiciens doivent, avant de prendre leur congé (散館 *san-koan*), subir un dernier examen appelé 散館考試 *San-koan-k'ao-che*. Cette épreuve a lieu vers le 18 de la 4° Lune et se passe avant l'examen 殿試 *Tien-che* dans le même palais impérial 太和殿 *t'ai-ho-tien*. La matière de cette épreuve est une description poétique (賦 *fou*) avec une pièce de vers. En 1883, par exemple, l'Empereur 光緖 *Koang-siu* a donné ces 2 thèmes : 六事廉爲本賦 «Description poétique : La première des six choses (1) est l'incorruptibilité ; 賦得清風玉樹鳴 Vers : Par un vent pur, les arbres résonnent comme le jade.»

Après l'examen, l'Empereur nomme les Académiciens à différentes fonctions : les uns sont employés dans l'Académie comme 編修 *pien-sieou* «Compilateurs de 2° classe», ou comme 檢討 *hien-t'ao* «Compilateurs de 3° classe»; les autres sont placés comme 部用 *pou-yong*, «Fonctionnaires dans les 6 grands Ministères à Pé-king» ; ou comme 知縣 *tche-hien* «Sous-préfets», dans les Provinces. En 1892, à la fin de cet examen, on comptait dans la promotion 38 編修 *pien-sieou*, 9 檢討 *hien-t'ao*, 23 部用 *pou-yong* et 17 知縣 *tche-hien*.

Un décret tout récent de 光緖 *Koang-siu* (10 Mars 1894) a rappelé comme il suit, aux Examinateurs, la nécessité de se montrer sévères dans les admissions des concours supérieurs :

安 維 峻 奏 編 檢 擁 擠 太 甚 , 請 愼 重 館 選 一 摺…每 科 會
試 後 , 覆 試 , 殿 試 , 朝 考 , 及 庶 吉 士 散 館 , 朕 於 閱 卷 大 臣
取 在 前 列 者 , 酌 量 錄 用 , 乃 近 來 閱 卷 , 擬 取 前 列 等 第 , 逐 漸 加 多 , 殊 非 愼 重 選 擇 之 道 , 嗣 後 殿 廷 各 考 試 , 該

---

ciens". Quant aux autres Docteurs des trois catégories qui suivent, ils doivent désormais renoncer à l'espoir de porter ce titre si ambitionné.

(1) L'histoire raconte qu'à la suite d'une sécheresse de sept années qui désolait l'Empire et la 7° année de son règne (1760 A. C.), l'Empereur 湯 *T'ang* fondateur de la dynastie 商 *Chang*, s'examina sur les six points qui suivent : "La modération fait-elle défaut dans le gouvernement ? Le peuple manque-t-il à ses devoirs ? Y-a-t-il trop de recherche dans le palais ? Les femmes deviennent-elles trop familières ? L'intégrité des magistrats est-elle à l'abri de tout reproche? Enfin, les fausses dénonciations ont-elles cours?" — A peine le prince s'était-il posé ces questions, que la pluie tomba à torrents.

閱卷大臣,務當秉公校閱,詳慎擬取,如有文字平常,
及疵略之卷,均不得濫置前列,以杜倖進, «Le Censeur
Ngan Wei-siun nous a représenté que les officiers 編修 *pien-
sieou* et 檢討 *kien-t'ao* sont trop nombreux, et a demandé de prê-
ter le plus grand intérêt à l'élection des Etudiants-académiciens...
A la suite des examens *Hoei-che, Tien-che, T'ch'ao-k'ao* et *San-
hoan,* nous choisissons et employons ceux qui ont été classés
premiers par les Examinateurs; mais comme leur nombre va sans
cesse en augmentant, cela ne s'allie pas avec cet intérêt. Désormais donc, pour les examens qui ont lieu au palais, que les Examinateurs lisent avec soin les compositions et les classent attentivement. Si les compositions sont ordinaires, ou entachées de
quelque faute, qu'on ne les mette pas indistinctement au premier
rang, et qu'ainsi on obvie à un avancement immérité...»

IVe PARTIE.

APPENDICE I.

DE LA PROMOTION SPÉCIALE DES TRADUCTEURS

(繙 譯 *FAN-I*)

APPARTENANT AUX BANNIÈRES.

---

§ I. NOTIONS PRÉLIMINAIRES.

Comme l'avancement littéraire des Tartares qui concourent seulement comme Traducteurs 繙譯 *fan-i* comporte plusieurs règles spéciales, nous avons cru devoir en faire l'objet d'un chapitre séparé.

Ces sortes de promotion remontent au commencement de la présente dynastie; abolies la 17ᵉ année de 順治 *Choen-tche* (1660), elles ne furent remises en usage que la 1ᵉʳᵉ année de 雍正 *Yong-tcheng* (1723). Huit ans après (1731), le même Empereur autorisa les Mongols des Bannières à profiter des conditions spéciales de cette catégorie. Cette disposition a pour but d'encourager les Mandchous et les Mongols à la culture de leur langue maternelle, et de disposer toujours d'écrivains qui la possèdent parfaitement. Dans les concours dont il va être question, les Mandchous doivent traduire du chinois dans leur propre idiome, les Mongols du mandchou dans leur propre langue (1).

Il y a pour ces concours, trois degrés littéraires correspondant à ceux qui nous sont déjà connus. Ils s'appellent 繙譯秀才, 繙譯舉人, 繙譯進士 c. à. d. «Baccalauréat, Licence, et Doctorat des Traducteurs». Nous parlerons brièvement de chacun d'eux.

§ II. DU BACCALAURÉAT.

L'examen de Baccalauréat à lieu deux fois dans l'espace de trois ans : la première fois, il se fait à la 8ᵉ Lune, l'année qui précède l'examen ordinaire de Licence; c'est à cette époque qu'a lieu l'examen triennal (歲考 *soei-k'ao*) des Bacheliers-traducteurs. La seconde fois, il se fait à la 5ᵉ Lune, l'année de l'examen de Licence, en même temps qu'a lieu pour les Bacheliers-traduc-

---

(1) Comme on le verra bientôt, cette règle n'est applicable qu'à la traduction proprement dite, et ne convient pas à la dissertation.

teurs l'épreuve préliminaire (科考 *k'o-k'ao*) pour la Licence.

Les Candidats subissent un premier examen devant le 都統 *tou-t'ong*, sur le tir à l'arc et la traduction. S'ils le passent avec succès, ils sont présentés au Maire de 順天 *Choen-t'ien;* celui-ci à son tour les recommande au Ministère de la guerre (兵部 *ping-pou)* pour un second examen de tir; après quoi, l'examen de traduction suit son cours.

La veille au soir, ont lieu l'appel, la perquisition et l'entrée dans la cellule du local d'examen *(貢院 hong-yuen)*. Le jour de l'examen, dès l'aurore, les sujets de version choisis par l'Empereur et imprimés, sont distribués aux Candidats. L'examen se termine le jour même. Les noms des Traducteurs sont cachés, et remplacés par des chiffres qui restent seuls apparents.

Les Examinateurs sont appelés 閲卷大臣 *yué-k'iuen-ta-tch'en;* ils sont nommés par l'Empereur. Ils lisent les traductions, mettent sur la couverture du cahier une feuille de papier jaune sur laquelle ils inscrivent leurs notes; à la fin du cahier, ils marquent à l'encre noire le numéro du classement. Tous les cahiers sont envoyés à l'Empereur, auquel est réservée l'approbation du classement définitif. Ceux dont la traduction est jugée satisfaisante, voient leurs noms inscrits sur le tableau circulaire*(團案 t'oan-ngan)* et sont admis à la répétition d'examen*(招覆 tchao-fou)*. Les cahiers cette fois encore sont envoyés au palais, et enfin le Ministère des rites découvrant les noms, les inscrit au tableau des nouveaux Bacheliers; ce tableau est envoyé à la Mairie de 順天 *Choen-t'ien* où il reste suspendu.

Autrefois, du temps de l'Empereur 乾隆 *K'ien-long,* on vit pour cet examen jusqu'à 800 ou 1300 Mandchous, dont un était promu sur quinze; à la même époque, il y eut de 80 à 120 concurrents mongols, dont on recevait un sur dix. Plus tard, le nombre des Candidats décrut considérablement; ainsi la 21e année de 道光 *Tao-koang* (1841), on ne compta que 262 Mandchous et six Mongols. Depuis lors, on a permis de recevoir un Bachelier sur cinq ou six aspirants Mandchous; il ne parait point du reste qu'il y ait aujourd'hui de promotion spéciale pour les Mongols.

Nous n'avons parlé jusqu'ici que des Candidats tartares se présentant à *Pé-king.* Ajoutons quelques mots sur ceux qui se trouvent dans les Garnisons 駐防 *tchou-fang* des Provinces. En 1843 (22e an. de son règne), l'Empereur 道光 *Tao-koang* avait interdit aux Tartares de cette condition de se présenter à d'autres examens qu'à ceux de Traducteurs; mais cette prohibition a été rapportée par 咸豐 *Hien-fong* la 11e année de son règne (1861).

En Province, comme à *Pé-king,* il y a deux sessions de Baccalauréat tous les trois ans; une a lieu à la 8e Lune, deux ans avant l'examen de Licence, la seconde se tient l'année qui précède la Licence. Les Candidats passent d'abord un examen de tir à l'arc et de traduction devant leur 將軍 *tsiang-kiun* (Général tartare de division), ou à son défaut, devant leur 副 都 統 *fou-lou-t'ong* (Général de brigade), etc. Les sujets de versions sont choisis par l'Examinateur et l'examen se termine le jour même. On reçoit un Candidat sur cinq, le plus ordinairement on en reçoit 5 en tout. Si cependant le nombre des Candidats excède 110, on ajoute un Bachelier ; 2, s'il dépasse 130; 3, s'il dépasse 150. Au delà de ce dernier chiffre, il n'y a pas d'accroissement. — Les cahiers des lauréats doivent être envoyés en même temps que les sujets de versions au Ministère des rites.

§ III. DE LA LICENCE.

L'examen pour la Licence a lieu tous les trois ans à *Pé-king*, deux jours après la publication de la liste des Licenciés ès lettres ; il a lieu également les années où il y a examen de faveur 恩 科 *ngen-k'o*. Ceux qui ont été reçus Bacheliers-traducteurs doivent, comme les Bacheliers ès lettres ordinaires, subir l'examen préliminaire 錄 科 *lou-k'o;* ils le font en même temps et dans la même séance que les Candidats aspirant au Baccalauréat. Cet examen 科 試 *k'o-che* ne se répète pas.

Le sujet de version de l'examen 錄 科 *lou-k'o* est choisi par l'Empereur et présenté par le Maire de 順 天 *Choen-t'ien*. Les traductions sont jugées par les Examinateurs, et la liste des élus est promulguée par le Ministère des rites. Les Bacheliers qui à cet examen ont été rangés dans l'une des trois premières classes, sont admissibles à l'examen de Licence; le sont également ceux qui sont devenus Bacheliers par la voie ordinaire et non par le concours spécial des Traducteurs.

Avant de passer l'examen de Licence, les Traducteurs doivent subir devant l'autorité militaire une épreuve préalable sur le tir. Les Examinateurs (主 考 *tchou-k'ao*) sont nommés par l'Empereur ; deux sont d'origine mandchoue; on leur adjoint un Mongol, s'il se trouve des Candidats de cette nationalité. Ils doivent entrer dans le local des examens avec les autres officiers nommés également par l'Empereur, le lendemain de la publication du tableau. Les cahiers, pour cet examen, ont un pied de long et quatre pouces de large; la première partie contient huit feuillets non réglés, pour le brouillon, plus un pour la couverture ; la seconde partie a seize feuillets pour la transcription. Chaque feuillet contient deux pages, ayant chacune quatre lignes verticales tracées en rouge : la traduction est transcrite sur cette même ligne rouge. Le prix du cahier est de 0ᵀ ,036 (3 錢 *ts'ien* 6 分 *fen*).

Voici les thèmes de cet examen. Un premier sujet est choisi par l'Empereur dans les «Quatre livres classiques» écrits en mandchou (1); tous les Candidats, tant Mongols que Mandchous doivent écrire sur ce sujet une dissertation en langue mandchoue; un second sujet, choisi par les Examinateurs, comprend une matière écrite en chinois pour la traduction en mandchou, et une autre écrite en mandchou, pour la traduction mongole. L'examen ne comporte qu'une séance. Les noms des Candidats sont cachés, mais les cahiers ne sont pas recopiés en rouge.

Les Examinateurs lisent les traductions, et les annotent en rouge; ils font leur choix, et envoient les compositions classées à l'Empereur, qui, après avoir contrôlé l'ordre proposé, renvoie les compositions au Président (c'est précisément le Président mandchou de l'examen ordinaire de Licence), afin de préparer le tableau de publication. Le chiffre de la promotion n'a rien de fixe, il dépend uniquement de l'Empereur. Au commencement du règne de 乾隆 K'ien-long, on reçut plus de 50 Mandchous et environ 9 Mongols. Depuis la 20ᵉ année de l'Emp. 道光 Tao-koang (1840) il n'y a plus de promotion de Traducteurs mongols; quant aux Traducteurs mandchous, on en reçoit d'ordinaire cinq ou six.

S'il se trouve à cet examen des Candidats de la famille impériale (宗室 tsong-che), ils doivent subir l'examen préalable ordinaire de tir à l'arc, devant le Tribunal 宗人府 tsong-jen-fou; puis ils composent et traduisent comme les autres, mais sur des thèmes différents. Il faut qu'ils soient au moins vingt Candidats de leur catégorie : s'ils étaient moins nombreux, ils devraient être examinés avec les autres Tartares. Sous le règne de 嘉慶 Kia-k'ing, on en promut jusqu'à 7, 8 ou 9; mais de nos jours, c'est à peine si nous en trouvons quelqu'un.

Un mot des Tartares des Garnisons (駐防 tchou-fang). S'ils ont déjà été promus Bacheliers par la voie ordinaire, ou s'ils sont devenus 貢生 kong-cheng ils peuvent également se présenter à l'examen de Licence des Traducteurs; mais alors, ils ne pourront plus se présenter au concours de Licence ès lettres. Pour eux, l'examen préliminaire (錄科 lou-k'o) a lieu séparément; on examine d'abord les Bacheliers, puis les Candidats au Baccalauréat; ces derniers, une fois reçus, sont dispensés pour cette fois de l'examen 錄科 lou-k'o.

L'examen de ces Tartares a lieu dans leur Province respective, puis vient immédiatement l'examen de Licence ordinaire. Ainsi, l'appel se fait le 17 de la 8ᵉ Lune; l'examen, le 18; clôture le 19. Comme pour les autres Tartares, il y a deux sujets de composition : l'un pour une dissertation, l'autre pour une traduction. Ces thèmes sont apportés de Pé-king par les Examinateurs impériaux, qui les ont reçus, la veille de leur départ pour

---

(1) La traduction relative aux "Quatre livres classiques" n'a pas pour objet le texte même de ces livres : on prépare une analyse d'un passage du dit texte, et c'est cette analyse que l'on propose comme texte à traduire.

la Province, de la Chancellerie impériale (內 閣 *nei-ko*); ils les remettent au Président de l'examen, lequel les ouvre et les fait imprimer le jour de l'appel.

Après l'examen, les noms sont cachés, et dès le lendemain, le Président est tenu d'expédier tous les cahiers sans exception ainsi que le thème impérial, au Ministère des rites, où ils doivent parvenir dans les 50 jours qui suivent l'envoi. Quand tous les cahiers sont arrivés des diverses Provinces, le Ministère des rites demande à l'Empereur de nommer des Examinateurs; ceux-ci classent les compositions, inscrivent à la fin des cahiers le numéro de classement et les envoient à l'Empereur. Les cahiers sont ensuite retournés au même Ministère, qui découvre les noms des élus, et les porte sur un tableau qu'il remet au Ministère de la guerre; celui-ci expédie aussitôt les noms des nouveaux Licenciés à leur Garnison respective, où ils sont affichés.

Il y a une promotion par dix Candidats; on ajoute un Licencié pour une fraction de ce nombre supérieure à 5, sans toutefois que le nombre total des lauréats dépasse trois. Si parmi les Candidats, il se trouve des Mongols, on en reçoit un sur 7 ou 8. La promotion qui eut lieu la 11ᵉ année de 光 緒 *Koang-siu* (1885) compta 18 Licenciés-traducteurs mandchous : 2 étaient du 山 東 *Chan-tong*, 3 du 福 建 *Fou-kien*, 3 du 湖 北 *Hou-pé*, 3 du 廣 東 *Koang-tong*, 3 du 四 川 *Se-tch'oan*, 3 du 陝 西 *Chen-si* et un du 甘 蕭 *Kan-sou*.

Les nouveaux gradués ont droit à l'indemnité ordinaire, mais non point au banquet; de plus la liste de leurs noms envoyée à l'Empereur n'est pas imprimée, mais simplement écrite. Ceux qui ont été promus à *Pé-king*, ont immédiatement au palais une répétition (覆 試 *fou-che*); ceux qui l'ont été en Province subiront cette épreuve l'année suivante, dans le même palais, durant la Lune qui précède l'examen de Doctorat. Dans cette répétition, ils traduisent une composition, rien de plus.

---

§ IV. DU DOCTORAT.

Cet examen comporte deux épreuves : la première se passe deux jours et la seconde cinq jours après la publication du tableau de l'examen 會 試 *Hoei-che*. Dans la 1ᵉʳᵉ, il y a deux thèmes choisis par l'Empereur; l'un tiré des «Quatre livres» en mandchou, pour une dissertation; l'autre est pris dans le «Livre de la piété filiale» (孝 經 *hiao-king*), pour la traduction. Les Candidats mandchous et mongols font ces deux compositions en mandchou. Dans la 2ᵉ épreuve, ce sont les Examinateurs qui déterminent le sujet, lequel est unique et ne demande qu'une traduction. A notre époque, il n'y a guère qu'un Candidat de promu à ce concours.

28

Les Candidats appartenant à la famille impériale, ne sont soumis pour cet examen, qu'à une seule épreuve. On leur donne deux thèmes, l'un, pour la dissertation, choisi par l'Empereur dans les «Quatre livres» en mandchou; l'autre, pour la traduction mandchoue, écrit par les Examinateurs. S'il y a 9 Candidats de cette catégorie, on en reçoit deux. S'ils n'atteignent pas ce chiffre, ils concourent avec les autres Tartares.

Les Tartares des Garnisons, s'il s'en trouve 7 ou 8, sont admis au concours avec les autres Tartares; mais leur promotion se fait séparément. Actuellement il y en a ordinairement deux de reçus.

Tous les lauréats nouvellement promus, doivent prendre part à une répétition d'examen, comme cela s'est fait pour le concours de Licence; mais pour eux il n'y a pas d'examen 殿試 Tien-che: l'Empereur leur confère sans plus tarder le titre de 進士出身 tsin-che-tch'ou-cheng, et ils sont admis à l'audience impériale. Parmi eux, l'Empereur en admet deux ou trois comme Elèves-académiciens (庶吉士 chou-hi-che), etc...; ensuite il nomme l'un ou l'autre 編修 pien-sieou «Compilateur de l'Académie», etc... Les Docteurs de cette catégorie ont droit à l'indemnité ordinaire, mais non point au banquet, non plus qu'au monument commémoratif 進士題名碑 tsin-che-t'i-ming-pei élevé, comme nous l'avons dit (pag. 204), pour les autres Docteurs, dans le Collège impérial.

APPENDICE II.

熙朝鼎甲錄

LISTE DES TROIS PREMIERS DOCTEURS

des 108 promotions qui ont eu lieu sous la présente dynastie.

———•○•———

Dates. — Noms. — Lieux d'origine. — Charges exercées par les lauréats. — Tableaux comparatifs et récapitulatifs.

APPENDICE II.

LISTE DES TROIS PREMIERS DOCTEURS
de la présente dynastie (1).

Les ouvrages qui nous ont servi à faire ce tableau sont les suivants : 國 朝 貢 舉 考 略 *Kouo-tch'ao-kong-kiu-k'ao-lio.* — 歷 科 典 試 題 名 鼎 甲 錄 *Li-k'o-tien-che-t'i-ming-ting-kia-lou.* — 大 清 搢 紳 錄 *Ta-ts'ing-tsin-chen-lou.*

(1) De cette liste et de celle des hauts fonctionnaires de l'empire (à partir du degré d'Intendant) pour l'année 1893 (*List of the higher Metropolitan and Provincial Authorities of China*, comp. by J. N. Jordan, 1893), le traducteur a tiré le tableau suivant, qui montrera trois choses : 1° Que les Examinateurs ont fait preuve d'une louable impartialité en n'attribuant aucune des premières places aux Candidats mandchous. 2° Que même indépendamment de la "part de lion" que se sont réservée les conquérants tartares, dans le partage des hautes places gouvernementales, la répartition des charges parmi les Chinois est loin d'être proportionnée au mérite littéraire relatif des sujets : c'est ainsi par exemple que la Province du *Hou-nan*, bien qu'elle n'ait obtenu depuis 1646 au concours du Doctorat, que 10 lauréats promus aux trois premiers rangs, compte actuellement 58 officiers supérieurs en charge ; tandis que le *Kiang-sou* n'en a que 34, après des succès prodigieux. 3° Que les provinces les mieux partagées sont celles qui ont trouvé chez elles un protecteur puissant : c'est ainsi, semble-t-il, que le *Hou-nan* a dû son influence et sa haute position dans les conseils du gouvernement à la famille *Tseng*, le *Ngan-hoei* à la famille *Li*.

		Docteurs de 1646 à 1894.					Mandarins supérieurs en 1893.		
					Sommes			Sommes	
		N°1	N°2	N°3	de détail	par nat.	de détail	par nations	
宗室	*Fam. impér.*	...	...	...	...		46		
滿州	*Mandchous.*	...	...	...	...		268		
蒙古	*Mongols.*	1	...	...	1	} 3	43	} 398	hommes des Bannières
漢軍	*Bann. chin.*	...	...	2	2		36		
奉天	*Moukden.*	...	...	...	...		5		
直隸	*Tche-li.*	2	2	3	7		23		
順天	*Pé-king.*	1	5	2	8		8		
山東	*Chan-tong.*	5	6	3	14		28		
山西	*Chan-si.*	...	1	3	4		4		
河南	*Ho-nan.*	1	2	2	5		16		
陝西	*Chen-si.*	1	1	...	2		6		
甘肅	*Kan-sou.*	...	...	...			2		
江蘇	*Kiang-sou.*	49	26	41	116		34		
安徽	*Ngan-hoei.*	9	7	5	21		32		
浙江	*Tché-kiang.*	20	28	26	74	} 321	37	} 350	Chinois
江西	*Kiang-si.*	3	11	5	19		16		
湖北	*Hou-pé.*	3	6	5	14		15		
湖南	*Hou-nan.*	2	3	5	10		58		
四川	*Se-tch'oan.*	...	1	1	2		6		
福建	*Fou-kien.*	3	6	1	10		10		
廣東	*Koang-tong.*	3	3	4	10		27		
廣西	*Koang-si.*	4	...	...	4		14		
雲南	*Yun-nan.*	...	...	...	...		2		
貴州	*Koei-tcheou.*	1	...	...	1		12		
		108	108	108	324 = 324		748 = 748		

RÈGNE ANNÉE.	NOM.	LIEU D'ORIGINE.
順治 CHOEN-TCHE.		
3° an. 丙戌 (1646)	1. 傅以漸 *Fou I-tsien* 2. 呂纘祖 *Liu Tsoan-tsou* 3. 李奭棠 *Liu Che-t'ang*	聊城 *Liao-tch'eng (Chan-tong)* 滄州 *Ts'ang-tcheou (Tche-li)* 大興 *Ta-hing (Choen-t'ien)*
4° an. 丁亥 (1647)	1. 呂　宮 *Liu Kong* 2. 程芳朝 *Tch'eng Fang-tchao* 3. 蔣　超 *Tsiang Tch'ao*	武進 *Ou-tsin (Kiang-sou)* 桐城 *T'ong-tch'eng (Ngan-hoei)* 金壇 *Kin-tan (Kiang-sou)*
6° an. 己丑 (1649)	1. 劉子壯 *Lieou Tse-tchoang* 2. 熊伯龍 *Hiong Pé-long* 3. 張天植 *Tchang T'ien-tche*	黃岡 *Hoang-kang (Hou-pé)* 漢陽 *Han-yang (Hou-pé)* 嘉興 *Kia-hing (Tché-kiang)*
9° an. 壬辰 (1652)	1. 鄒忠倚 *Tcheou Tchong-i* 2. 張永祺 *Tchang Yong-k'i* 3. 沈　奎 *Chen K'oei*	無錫 *Ou-si (Kiang-sou)* 大興 *Ta-hing (Choen-t'ien)* 青浦 *Ts'ing-p'ou (Kiang-sou)*
12° an. 乙未 (1655)	1. 史大成 *Che Ta-tch'eng* 2. 戴王綸 *Tai Wang-liun* 3. 秦　鉽 *Ts'in Che*	鄞縣 *Yn-hien (Tché-kiang)* 滄州 *Ts'ang-tcheou (Tche-li)* 無錫 *Ou-si (Kiang-sou)*
15° an. 戊戌 (1658)	1. 孫承恩 *Suen Tch'eng-ngen* 2. 孫一致 *Suen I-tche* 3. 吳國對 *Ou Kouo-toei*	常熟 *Tch'ang-chou (Kiang-sou)* 鹽城 *Yen-tch'eng (Kiang-sou)* 全椒 *Ts'iuen-tsiao (Ngan-hoei)*
16° an. 己亥 (1659)	1. 徐元文 *Siu Yuen-wen* 2. 華亦祥 *Hoa I-siang* 3. 葉方藹 *Yé Fang-ngai*	崑山 *K'oen-chan (Kiang-sou)* 無錫 *Ou-si (Kiang-sou)* 崑山 *K'oen-chan (Kiang-sou)*
18° an. 辛丑 (1661)	1. 馬世俊 *Ma Che-tsuen* 2. 李仙根 *Li Sien-ken* 3. 吳　光 *Ou Koang*	溧陽 *Li-yang (Kiang-sou)* 遂寧 *Soei-ning (Se-tch'oan)* 歸安 *Koei-ngan (Tché-kiang)*
康熙 K'ANG-HI.		
3° an. 甲辰 (1664)	1. 嚴我斯 *Yen Ouo-se* 2. 李元振 *Li Yuen-tchen* 3. 秦　宏 *Ts'in Hong*	歸安 *Koei-ngan (Tché-kiang)* 柘城 *Tché-tch'eng (Ho-nan)* 無錫 *Ou-si (Kiang-sou)*
6° an. 丁未 (1667)	1. 繆彤 *Miao T'ong* 2. 張玉裁 *Tchang Yu-ts'ai* 3. 董訥 *Tong No*	吳縣 *Ou-hien (Kiang-sou)* 丹徒 *Tan-t'ou (Kiang-sou)* 平原 *P'ing-yuen (Chan-tong)*

(1) Les chiffres et les lettres qui suivent la désignation de la fonction,

FONCTION (1).

大學士 學士 尙書	Grand secrétaire de la Chancellerie impériale 內閣. 1 a. Secrétaire *ibid*. 2 b. Président d'un des six grands Ministères 六部. 1 b.
大學士 寺卿	Grand secrét. de la Chanc. impériale. Directeur d'une des cinq Cours supérieures 五寺. 3 a à 4 a.
學士 侍郎	Secrétaire de la Chanc. impériale. Vice-président d'un des six grands Ministères. 2 a.
少卿 侍郎	Sous-directeur d'une des cinq Cours supérieures. 4 a à 5 b. Vice-président d'un des six grands Ministères.
侍郎 糧道 按察	Vice-président d'un des six grands Ministères. Intendant préposé au tribut. 4 a. Grand juge provincial. 3 a.
學士 侍讀	Secrétaire de la Chanc. impériale. Lecteur de l'Académie impériale. 4 b à 5 b.
大學士 學士 侍郎	Grand Secrét. de la Chanc. impériale. Secrétaire *ibid*. Vice-président d'un des six grands Ministères.
侍讀 侍郎	Lecteur de l'Académie impériale. Vice-présid. d'un des six grands Ministères.
侍郎 侍郎 學士	Vice-présid. d'un des six grands Ministères. *Item*. Secrétaire de la Chanc. impériale.
侍講	Commentateur de l'Académie impériale. 4 b. à 5 b.
左都御史	Président de la Censure. 1 b.

indiquent le degré de l'office (*Cf*. pag. 11, note).

Règne Année.	Nom.	Lieu d'origine.
康熙 K'ANG-HI.		
9° an. 庚戌 (1670)	1. 蔡啟傳 Ts'ai K'i-tsuen 2. 孫在豐 Suen Tsai-fong 3. 徐乾學 Siu K'ien-hio	德清 Té-ts'ing (Tché-kiang) 德清 Té-ts'ing (Tché-kiang) 崑山 K'oen-chan (Kiang-sou)
12° an. 癸丑 (1673)	1. 韓菼 Han T'an 2. 王鴻緒 Wang Hong-siu 3. 徐秉義 Siu Ping-i	長洲 Tch'ang-tcheou(Kiang-sou) 婁縣 Leou-hien (Kiang-sou) 崑山 K'oen-chan (Kiang-sou)
15° an. 丙辰 (1676)	1. 彭定求 P'ang Ting-k'ieou 2. 胡會恩 Hou Hoei-ngen 3. 翁叔元 Wong Chou-yuen	長洲 Tch'ang-tcheou(Kiang-sou) 德清 Té-ts'ing (Tché-kiang) 常熟 Tch'ang-chou (Kiang-sou)
18° an. 己未 (1679)	1. 歸允肅 Koei Yun-sou 2. 孫卓 Suen Tcho 3. 沐薦馨 Mao Tsien-hing	常熟 Tch'ang-chou (Kiang-sou) 宣城 Siuen-tch'eng (Ngan-hoei) 長興 Tch'ang-hing(Tché-kiang)
21° an. 壬戌 (1682)	1. 蔡升元 Ts'ai Cheng-yuen 2. 吳涵 Ou Han 3. 彭甯求 P'ang Ning-k'ieou	德清 Té-ts'ing (Tché-kiang) 石門 Che-men (Tché-kiang) 長洲 Tch'ang-tcheou(Kiang-sou)
24° an. 乙丑 (1685)	1. 陸肯堂 Lou K'eng-t'ang 2. 陳元龍 Tch'en Yuen-long 3. 黃夢麟 Hoang Mong-lin	長洲 Tch'ang-tcheou(Kiang-sou) 海甯 Hai-ning (Tché-kiang) 溧陽 Li-yang (Kiang-sou)
27° an. 戊辰 (1688)	1. 沈廷文 Chen T'ing-wen 2. 查嗣韓 Tcha Se-han 3. 張豫章 Tchang Yu-tchang	秀水 Sieou-choei (Tché-kiang) 海甯 Hai-ning (Tché-kiang) 青浦 Ts'ing-p'ou (Kiang-sou)
30° an. 辛未 (1691)	1. 戴有祺 Tai Yeou-k'i 2. 吳昺 Ou Ping 3. 黃叔琳 Hoang Chou-lin	金山 Kin-chan (Kiang-sou) 全椒 Ts'iuen-tsiao (Ngan-hoei) 大興 Ta-hing (Choen-t'ien)
33° an. 甲戌 (1694)	1. 胡任與 Hou Jen-yu 2. 顧圖河 Kou T'ou-ho 3. 顧悅履 Kou Yué-li	上元 Chang-yuen (Kiang-sou) 江都 Kiang-tou (Kiang-sou) 海甯 Hai-ning (Tché-kiang)
36° an. 丁丑 (1697)	1. 李幡 Li Fan 2. 嚴虞惇 Yen Yu-choen 3. 姜宸英 Kiang Chen-yng	徐州 Siu-tcheou (Kiang-sou) 華亭 Hoa-t'ing (Kiang-sou) 慈谿 Tse-k'i (Tché-kiang)
39° an. 庚辰 (1700)	1. 汪繹 Wang I 2. 季愈 Ki Yu 3. 王露 Wang Lou	常熟 Tch'ang-chou (Kiang-sou) 寶應 Pao-yng (Kiang-sou) 柘城 Tché-tch'eng (Ho-nan)

FONCTION.

中允	Secrétaire du Préceptorat impérial 詹事府. 6 a.
閣學	Secrétaire de la Chancellerie impériale.
尙書	Président d'un des six grands Ministères.

禮部尙書	Président du Ministère des rites.
尙書	Président d'un des six grands Ministères.
侍郎	Vice-présid. *ibid*.

侍講	Commentateur de l'Académie impériale.
尙書	Président d'un des six grands Ministères.
尙書	*Item*.

少詹	Sous-directeur du Préceptorat impérial. 4 a.

禮部尙書	Président du Ministère des rites.
都御史	Président de la Censure.
中允	Secrétaire du Préceptorat impérial.

侍讀	Lecteur de l'Académie impériale.
大學士	Grand secrétaire de la Chancellerie impériale.
中允	Secrétaire du Préceptorat impérial.

洗馬	Bibliothécaire du Préceptorat impérial. 5 b.

侍講	Commentateur de l'Académie impériale.
侍郎	Vice-président d'un des six grands Ministères.

閣學	Secrétaire de la Chancellerie impériale.

少卿	Sous-directeur d'une des cinq Cours supérieures.

庶子	Assistant du Préceptorat impérial. 5 a.

RÈGNE ANNÉE.	NOM.	LIEU D'ORIGINE.
康熙 K'ANG-HI.		
42° an. 癸未 (1703)	1. 王式丹 Wang Che-tan 2. 趙 晉 Tchao Tsin 3. 錢名世 Ts'ien Ming-che	寶應 Pao-yng (Kiang-sou) 閩縣 Min-hien (Fou-kien) 武進 Ou-tsin (Kiang-sou)
45° an. 丙戌 (1706)	1. 王雲錦 Wang Yun-kin 2. 呂葆中 Liu Pao-tchong 3. 賈國維 Kia Kouo-wei	無錫 Ou-si (Kiang-sou) 石門 Che-men (Tché-kiang) 高郵 Kao-yeou (Kiang-sou)
48° an. 己丑 (1709)	1. 趙熊詔 Tchao Hiong-tchao 2. 戴名世 Tai Ming-che 3. 繆 沅 Miao Yuen	武進 Ou-tsin (Kiang-sou) 桐城 T'ong-tch'eng (Ngan-hoei) 泰州 T'ai-tcheou (Kiang-sou)
51° an. 壬辰 (1712)	1. 王世琛 Wang Che-tch'en 2. 沈樹本 Chen Chou-pen 3. 徐葆光 Siu Pao-koang.	長洲 Tch'ang-tcheou (Kiang-sou) 歸安 Koei-ngan (Tché-kiang) 吳縣 Ou-hien (Kiang-sou)
52° an. 癸巳 (1713)	1. 王敬銘 Wang King-ming 2. 任蘭芝 Jen Lan-iche 3. 魏廷珍 Wei T'ing-tchen	嘉定 Kia-ting (Kiang-sou) 溧陽 Li-yang (Kiang-sou) 景州 King-tcheou (Tche-li)
54° an. 乙未 (1715)	1. 徐陶璋 Siu T'ao-tchang 2. 繆日藻 Miao Je-tsao 3. 傅玉露 Fou Yu-lou	崑山 K'oen-chan (Kiang-sou) 吳縣 Ou-hien (Kiang-sou) 會稽 Koei-ki (Tché-kiang)
57° an. 戊戌 (1718)	1. 汪應銓 Wang Yng-ts'iuen 2. 張廷璐 Tchang T'ing-lou 3. 沈錫輅 Chen Si-lou	常熟 Tch'ang-chou (Kiang-sou) 桐城 T'ong-tch'eng (Ngan-hoei) 仁和 Jen-ho (Tché-kiang)
60° an. 辛丑 (1721)	1. 鄧鍾岳 Teng Tchong-yo 2. 吳文煥 Ou Wen-hoan 3. 程元章 Tch'eng Yuen-tchang	東昌 Tong-tch'ang (Chan-tong) 長樂 Tch'ang-lo (Fou-kien) 上蔡 Chang-ts'ai (Ho-nan)
雍正 YONG-TCHENG.		
1ère an. 癸卯 (1723)	1. 于 振 Yu Tchen 2. 戴 瀚 Tai Han 3. 楊 炳 Yang Ping	金壇 Kin-tan (Kiang-sou) 上元 Chang-yuen (Kiang-sou) 鍾祥 Tchong-siang (Hou-pé)
2° an. 甲辰 (1724)	1. 陳德華 Tch'en Té-hoa 2. 王安國 Wang Ngan-kouo 3. 汪德容 Wang Té-yong	安州 Ngan-tcheou (Tche-li) 高郵 Kao-yeou (Kiang-sou) 錢塘 Ts'ien-t'ang (Tché-kiang)
5° an. 丁未 (1727)	1. 彭啟豐 P'ang K'i-fong 2. 鄧啟元 Teng K'i-yuen 3. 馬宏琦 Ma Hong-k'i	長洲 Tch'ang-tcheou (Kiang-sou) 德化 Té-hoa (Fou-kien) 通州 T'ong-tcheou (Kiang-sou)

	FONCTION.
侍講	Commentateur de l'Académie impériale.
侍讀	Lecteur de l'Académie impériale.
侍郎	Vice-président d'un des six grands Ministères.
少詹	Sous-directeur du Préceptorat impérial.
侍講	Commentateur de l'Académie impériale.
尙書 尙書	Président d'un des six grands Ministères. *Item.*
洗馬 庶子	Bibliothécaire du Préceptorat impérial. Assistant du Préceptorat impérial.
贊善 侍郎	Sous-secrétaire du Préceptorat impérial. 6 b. Vice-président d'un des six grands Ministères.
侍郎 御史 總督	Vice-président d'un des six grands Ministères. Censeur. 5 b. Vice-roi. 2 a.
學士 學士 學士	Secrétaire de la Chancellerie impériale. *Item.* *Item.*
禮部尙書 尙書	Président du Ministère des rites. Président d'un des six grands Ministères.
尙書	Président d'un des six grands Ministères.
給事	Censeur des grands Ministères.

RÈGNE ANNÉE.	NOM.	LIEU D'ORIGINE.
雍正 YONG-TCHENG.		
8° an. 庚戌 (1730)	1. 周霽 Tcheou Tchou 2. 沈昌宇 Chen Tch'ang-yu 3. 梁詩正 Liang Che-tcheng	錢塘 Ts'ien-t'ang (Tché-kiang) 秀水 Sieou-choei (Tché-kiang) 錢塘 Ts'ien-t'ang (Tché-kiang)
11° an. 癸丑 (1733)	1. 陳倓 Tch'en T'an 2. 田志勤 T'ien Tche-k'in 3. 沈文高 Chen Wen-kao	儀徵 I-tch'eng (Kiang-sou) 大興 Ta-hing (Choen-t'ien) 崇明 Tch'ong-ming (Kiang-sou)
乾隆 K'IEN-LONG.		
1ère an. 丙辰 (1736)	1. 金德瑛 Kin Té-yng 2. 黃孫懋 Hoang Suen-meou 3. 秦蕙田 Ts'in Hoei-t'ien	仁和 Jen-ho (Tché-kiang) 曲阜 K'iu-feou (Chan-tong) 金匱 Kin-koei (Kiang-sou)
2° an. 丁巳 (1737)	1. 于敏中 Yu Min-tchong 2. 林枝春 Lin Tche-tch'oen 3. 任端書 Jen Toan-chou	金壇 Kin-tan (Kiang-sou) 福清 Fou-ts'ing (Fou-kien) 溧陽 Li-yang (Kiang-sou)
4° an. 己未 (1739)	1. 莊有恭 Tchoang Yeou-kong 2. 涂霑逢 T'ou Tchen-fong 3. 秦勇均 Ts'in Yong-kiun	番禺 P'an-yu (Koang-tong) 南昌 Nan-tch'ang (Kiang-si) 金匱 Kin-koei (Kiang-sou)
7° an. 壬戌 (1742)	1. 金甡 Kin Cheng 2. 楊述曾 Yang Chou-tseng 3. 湯大紳 T'ang Ta-chen	仁和 Jen-ho (Tché-kiang) 陽湖 Yang-hou (Kiang-sou) 陽湖 Yang-hou (Kiang-sou)
10° an. 乙丑 (1745)	1. 錢維城 Ts'ien Wei-tch'eng 2. 莊存與 Tchoang Ts'uen-yu 3. 王際華 Wang Tsi-hoa	武進 Ou-tsin (Kiang-sou) 武進 Ou-tsin (Kiang-sou) 錢塘 Ts'ien-t'ang (Tché-kiang)
13° an. 戊辰 (1748)	1. 梁國治 Liang Kouo-tche 2. 陳柟 Tch'en Nan 3. 汪廷璵 Wang T'ing-yu	會稽 Koei-ki (Tché-kiang) 仁和 Jen-ho (Tché-kiang) 鎮洋 Tcheng-yang (Kiang-sou)
16° an. 辛未 (1751)	1. 吳鴻 Ou Hong 2. 饒學曙 Jao Hio-chou 3. 周灃 Tcheou Fong	仁和 Jen-ho (Tché-kiang) 廣昌 Koang-tch'ang (Tché-kiang) 嘉善 Kia-chan (Tché-kiang)
17° an. 壬申 (1752)	1. 秦大士 Ts'in Ta-che 2. 范棫士 Fan Yu-che 3. 盧文弨 Liu Wen-tch'ao	江寧 Kiang-ning (Kiang-sou) 華亭 Hoa-t'ing (Kiang-sou) 餘姚 Yu-yao (Tché-kiang)
19° an. 甲戌 (1754)	1. 蔣培因 Tsiang P'ei-yn 2. 王鳴盛 Wang Ming-cheng 3. 倪承寬 Ni Tch'eng-k'oan	陽湖 Yang-hou (Kiang-sou) 嘉定 Kia-ting (Kiang-sou) 仁和 Jen-ho (Tché-kiang)

FONCTION.
學士 Secrétaire de la Chancellerie impériale. 大學士 Grand secrétaire de la Chancellerie impériale.
侍講 Commentateur de l'Académie impériale.
左都 Président de la Censure. 閣學 Secrétaire de la Chancellerie impériale. 尙書 Président d'un des six grands Ministères.
大學士 Grand secrétaire de la Chancellerie impériale. 通政使 Président de l'office de Transmission.
尙書 Président d'un des six grands Ministères. 侍郎 Vice-président d'un des six grands Ministères. 按察 Grand juge provincial.
侍郎 Vice-président d'un des six grands Ministères. 侍讀 Lecteur de l'Académie impériale.
尙書 Président d'un des six grands Ministères. 侍郎 Vice-président d'un des six grands Ministères. 尙書 Président d'un des six grands Ministères.
大學士 Grand secrétaire de la Chancellerie impériale. 侍郎 Vice-président d'un des six grands-Ministères.
侍讀 Lecteur de l'Académie impériale. 中允 Secrétaire du Préceptorat impérial.
學士 Secrétaire de la Chancellerie impériale. 給事 Censeur des grands Ministères. 學士 Secrétaire de la Chancellerie impériale.
學士 Secrétaire de la Chancellerie impériale. 閣學 Item. 侍郎 Vice-président d'un des six grands Ministères.

RÈGNE ANNÉE.	NOM.	LIEU D'ORIGINE.
乾 隆 K'IEN-LONG.		
22ᵉ an. 丁丑 (1757)	1. 蔡以臺 *Ts'ai I-t'ai* 2. 梅立本 *Mei Li-pen* 3. 鄒奕孝 *Tcheou I-hiao*	嘉善 *Kin-chan (Tché-kiang)* 宣城 *Siuen-tch'eng (Ngan-hoei)* 金匱 *Kin-koei (Kiang-sou)*
25ᵉ an. 庚辰 (1760)	1. 畢　沅 *Pi Yuen* 2. 諸重光 *Tchou Tchong-koang* 3. 王文治 *Wang Wen-tche*	鎮洋 *Tchen-yang (Kiang-sou)* 餘姚 *Yu-yao (Tché-kiang)* 丹徒 *Tan-t'ou (Kiang-sou)*
26ᵉ an. 辛巳 (1761)	1. 王　杰 *Wang Kié* 2. 胡高望 *Hou Kao-wang* 3. 趙　翼 *Tchao I*	韓城 *Han-tch'eng (Chen-si)* 仁和 *Jen-ho (Tché-kiang)* 湖陽 *Hou-yang (Kiang-sou)*
28ᵉ an. 癸未 (1763)	1. 秦大成 *Ts'in Ta-tch'eng* 2. 沈　初 *Chen Tch'ou* 3. 韋謙恒 *Wei K'ien-heng*	嘉定 *Kia-ting (Kiang-sou)* 平湖 *P'ing-hou (Tché-kiang)* 蕪湖 *Ou-hou (Ngan-hoei)*
31ᵉ an. 丙戌 (1766)	1. 張書勳 *Tchang Chou-hiun* 2. 姚　頤 *Yao I* 3. 劉躍雲 *Lieou Yo-yun*	吳縣 *Ou-hien (Kiang-sou)* 泰河 *T'ai-ho (Kiang-si)* 武進 *Ou-tsin (Kiang-sou)*
34ᵉ an. 己丑 (1769)	1. 陳初哲 *Tch'en Tch'ou-tche* 2. 徐天柱 *Siu T'ien-tchou* 3. 陳嗣龍 *Tch'en Se-long*	元和 *Yuen-ho (Kiang-sou)* 德清 *Té-ts'ing (Tché-kiang)* 平湖 *P'ing-hou (Tché-kiang)*
36ᵉ an. 辛卯 (1771)	1. 黃　軒 *Hoang Hien* 2. 王　增 *Wang Tseng* 3. 范　衷 *Fan Tchong*	休寧 *Hieou-ning (Ngan-hoei)* 會稽 *Koei-ki (Tché-kiang)* 上虞 *Chang-yu (Tché-kiang)*
37ᵉ an. 壬辰 (1772)	1. 金　榜 *Kin Pang* 2. 孫辰東 *Suen Tch'en-tong* 3. 俞大猷 *Yu Ta-yeou*	歙縣 *Hi-hien (Ngan-hoei)* 歸安 *Koei-ngan (Tché-kiang)* 山陰 *Chan-yn (Tché-kiang)*
40ᵉ an. 乙未 (1775)	1. 吳錫齡 *Ou Si-ling* 2. 汪　鏞 *Wang Yong* 3. 沈清藻 *Chen Ts'ing-tsao*	休寧 *Hieou-ning (Ngan-hoei)* 歷城 *Li-tch'eng (Chan-tong)* 仁和 *Jen-ho (Tché-kiang)*
43ᵉ an. 戊戌 (1778)	1. 戴衢亨 *Tai K'iu-heng* 2. 蔡廷衡 *Ts'ai T'ing-heng* 3. 孫希旦 *Suen Hi-tan*	大庾 *Ta-yu (Kiang-si)* 仁和 *Jen-ho (Tché-kiang)* 瑞安 *Joei-ngan (Tché-kiang)*
45ᵉ an. 庚子 (1780)	1. 汪如洋 *Wang Jou-yang* 2. 江德量 *Kiang Té-liang* 3. 程昌期 *Tch'eng Tch'ang-ki*	秀水 *Sieou-choei (Tché-kiang)* 儀徵 *I-tch'eng (Kiang-sou)* 歙縣 *Hi-hien (Ngan-hoei)*

FONCTION.
侍郎　Vice-président d'un des six grands Ministères.
湖廣總督 Vice-roi du Hou-koang. 知府　　Préfet. 4 b. 知府　　Préfet.
大學士 Grand secrétaire de la Chancellerie impériale. 尙書　Président d'un des six grands Ministères. 巡道　Intendant régional.
尙書　Président d'un des six grands Ministères. 少卿　Sous-directeur d'une des cinq Cours supérieures.
中允　Secrétaire du Préceptorat impérial. 按察　Grand juge provincial. 侍郎　Vice-président d'un des six grands Ministères.
巡道　Intendant régional.
光祿　Directeur de la Cour des banquets.
巡道　Intendant régional.
御史　Censeur.
知府　Préfet.
御史　Censeur.
大學士 Grand secrétaire de la Chancellerie impériale. 巡道　Intendant régional.
御史　Censeur. 學士　Secrétaire de la Chancellerie impériale.

RÈGNE ANNÉE.	NOM.	LIEU D'ORIGINE.
乾隆 K'IEN-LONG.		
46° an. 辛丑 (1781)	1. 錢　棨 Ts'ien K'i 2. 陳萬青 Tch'en Wan-ts'ing 3. 汪學金 Wang Hio-kin	長洲 Tch'ang-tcheou (Kiang-sou) 石門 Che-men (Tché-kiang) 鎮洋 Tchen-yang (Kiang-sou)
49° an. 甲辰 (1784)	1. 茹　棻 Jou Fen 2. 邵　瑛 Chao Yng 3. 邵玉清 Chao Yu-ts'ing	會稽 Koei-ki (Tché-kiang) 餘姚 Yu-yao (Tché-kiang) 天津 T'ien-tsing (Tche-li)
52° an. 丁未 (1787)	1. 史致光 Che Tche-koang 2. 孫星衍 Suen Sing-yen 3. 董敎增 Tong Kiao-tseng	山陰 Chan-yn (Tché-kiang) 陽湖 Yang-hou (Kiang-sou) 上元 Chang-yuen (Kiang-sou)
54° an. 己酉 (1789)	1. 胡長齡 Hou Tch'ang-ling 2. 汪廷珍 Wang T'ing-tchen 3. 劉鳳誥 Lieou Fong-kao	通州 T'ong-tcheou (Kiang-sou) 山陽 Chan-yang (Kiang-sou) 萍鄉 P'ing-hiang (Kiang-si)
55° an. 庚戌 (1790)	1. 石韞玉 Che Yun-yu 2. 洪亮吉 Hong Liang-ki 3. 王宗誠 Wang Tsong-tch'eng	吳縣 Ou-hien (Kiang-sou) 陽湖 Yang-hou (Kiang-sou) 青陽 Ts'ing-yang (Ngan-hoei)
58° an. 癸丑 (1793)	1. 潘世恩 P'an Che-ngen 2. 陳　雲 Tch'en Yun 3. 陳希曾 Tch'en Hi-tseng	吳縣 Ou-hien (Kiang-sou) 宛平 Wan-p'ing (Choen-t'ien) 新城 Sin-tch'eng (Kiang-sou)
60° an. 乙卯 (1795)	1. 王以銜 Wang I-hien 2. 莫　晉 Mo Tsin 3. 潘世璜 P'an Che-hoang	歸安 Koei-ngan (Tché-kiang) 會稽 Koei-ki (Tché-kiang) 吳縣 Ou-hien (Kiang-sou)
嘉慶 KIA-K'ING.		
1ère an. 丙辰 (1796)	1. 趙文楷 Tchao Wen-k'ini 2. 汪守和 Wang Cheou-ho 3. 帥承瀛 Choei Tch'eng-yng	太湖 T'ai-hou (Ngan-hoei) 樂平 Lo-p'ing (Kiang-si) 黃梅 Hoang-mei (Hou-pé)
4° an. 己未 (1799)	1. 姚文田 Yao Wen-t'ien 2. 蘇兆登 Sou Tchao-teng 3. 王引之 Wang Yn-tche	歸安 Koei-ngan (Tché-kiang) 霑化 Tchan-hoa (Chan-tong) 高郵 Kao-yeou (Kiang-sou)
5° an. 庚申 (1800)	1. 顧　皐 Kou Kao 2. 劉彬士 Lieou Pin-che 3. 鄒家燮 Tcheou Kia-sié	金匱 Kin-koei (Kiang-sou) 黃陂 Hoang-p'o (Hou-pé) 樂平 Lo-p'ing (Kiang-si)
7° an. 壬辰 (1802)	1. 吳廷琛 Ou T'ing-tch'en 2. 李宗昉 Li Tsong-fang 3. 朱士彥 Tchou Che-yen	元和 Yuen-ho (Kiang-sou) 山陽 Chan-yang (Kiang-sou) 寶應 Pao-yng (Kiang-sou)

	FONCTION.
學士 侍讀	Secrétaire de la Chancellerie impériale. Lecteur de l'Académie impériale.
倘書 中書	Président d'un des six grands Ministères. Secrétaire de la Chancellerie impériale.
總督 巡道 巡撫	Vice-roi. Intendant régional. Gouverneur provincial.
倘書 大學士 閣學	Président d'un des six grands Ministères. Grand secrétaire de la Chancellerie impériale. Secrétaire de la Chancellerie impériale.
按察	Grand juge provincial.
侍郎	Vice-président d'un des six grands Ministères.
大學士	Grand secrétaire de la Chancellerie impériale.
侍郎	Vice-président d'un des six grands Ministères.
侍郎 學士	Vice-président d'un des six grands Ministères. Secrétaire de la Chancellerie impériale.
巡道	Intendant régional.
侍郎	Vice-président d'un des six grands Ministères.
倘書	Président d'un des six grands Ministères.
侍郎	Vice-président d'un des six grands Ministères.
閣學 侍郎	Secrétaire de la Chanc. impériale. Vice-président d'un des six grands Ministères.
按察 侍郎 倘書	Grand juge provincial. Vice-présid. d'un des six grands Ministères. Président *ibid*.

RÈGNE ANNÉE.	NOM.	LIEU D'ORIGINE.
嘉 慶 KIA-K'ING.		
10ᵉ an. 乙 丑 (1805)	1. 彭　浚 *P'ang Siun* 2. 徐　頤 *Siu T'ing* 3. 何 凌漢 *Ho Ling-han*	衡 山 *Heng-chan (Hou-nan)* 長 洲 *Tch'ang-tcheou(Kiang-sou)* 道 州 *Tao-tcheou (Hou-nan)*
13ᵉ an. 己 巳 (1808)	1. 吳 信中 *Ou Sin-tchong* 2. 謝 階樹 *Sié Kiai-chou* 3. 石 承藻 *Che Tch'eng-tsao*	吳 縣 *Ou-hien (Kiang-sou)* 宜 黃 *I-hoang (Kiang-si)* 湘 潭 *Siang-t'an (Hou-nan)*
14ᵉ an. 寅 午 (1809)	1. 洪　瑩 *Hong Yong* 2. 廖 金城 *Liao Kin-tch'eng* 3. 張 岳崧 *Tchang Yo-song*	歙 縣 *Hi-hien (Ngan-hoei)* 侯 官 *Heou-koan (Fou-kien)* 定 安 *Ting-ngan (Koang-tong)*
16ᵉ an. 辛 未 (1811)	1. 蔣 立鏞 *Tsiang Li-yong* 2. 王 毓英 *Wang Yu-yng* 3. 吳 廷珍 *Ou T'ing-tchen*	天 門 *T'ien-men (Hou-pé)* 吳 縣 *Ou-hien (Kiang-sou)* 吳 縣 *Ou-hien (Kiang-sou)*
19ᵉ an. 甲 戌 (1814)	1. 龍 汝言 *Long Jou-yen* 2. 祝 慶蕃 *Tchou K'ing-fan* 3. 伍 長華 *Ou Tch'ang-hoa*	桐 城 *T'ong-tch'eng (Ngan-hoei)* 固 始 *Kou-che (Ho-nan)* 上 元 *Chang-yuen (Kiang-sou)*
22ᵉ an. 丁 丑 (1817)	1. 吳 其濬 *Ou K'i-siun* 2. 凌 泰封 *Ling T'ai-fong* 3. 吳 清鵬 *Ou Ts'ing-p'ong*	固 始 *Kou-che (Ho-nan)* 定 遠 *Ting-yuen (Ngan-hoei)* 錢 塘 *Ts'ien-t'ang (Tché-kiang)*
24ᵉ an. 己 卯 (1819)	1. 陳　沆 *Tch'en Hang* 2. 楊 九畹 *Yang Kieou-yuen* 3. 胡 達源 *Hou Ta-yuen*	蘄 水 *K'i-choei (Hou-pé)* 慈 谿 *Ts'e-k'i (Tché-kiang)* 益 陽 *I-yang (Hou-nan)*
25ᵉ an. 庚 辰 (1820)	1. 陳 繼昌 *Tch'en Ki-tch'ang* 2. 許 乃普 *Hiu Nai-p'ou* 3. 陳　鑾 *Tch'en Loan*	臨 桂 *Lin-koei (Koang-si)* 錢 塘 *Ts'ien-t'ang (Tché-kiang)* 江 夏 *Kiang-hia (Hou-pé)*
道 光 TAO-KOANG.		
2ᵉ an. 壬 午 (1822)	1. 戴 蘭芬 *Tai Lan-fen* 2. 鄭 秉恬 *Tcheng Ping-t'ien* 3. 羅 文俊 *Louo Wen-tsuen*	天 長 *T'ien-tch'ang (Ngan-hoei)* 上 高 *Chang-kao (Kiang-si)* 南 海 *Nan-hai (Koang-tong)*
3ᵉ an. 癸 未 (1823)	1. 林 召棠 *Lin Tchao-t'ang* 2. 王 廣蔭 *Wang Koang-yn* 3. 周 開麒 *Tcheou K'ai-k'i*	吳 川 *Ou-tch'oan (Koang-tong)* 通 州 *T'ong-tcheou (Kiang-sou)* 江 甯 *Kiang-ning (Kiang-sou)*
6ᵉ an. 丙 戌 (1826)	1. 朱 昌頤 *Tchou Tch'ang-i* 2. 賈　楨 *Kia Tcheng* 3. 帥 方蔚 *Choei Fang-wei*	海 鹽 *Hai-yen (Tché-kiang)* 黃 縣 *Hoang-hien (Chan-tong)* 奉 新 *Fong-sin (Kiang-si)*

FONCTION.
府丞 Sous-gouverneur de la Préf. de 順天府 *Chöen-t'ien-fou*. 4 a. 正詹 Directeur du Préceptorat impérial. 3 a. 尙書 Président d'un des six grands Ministères.
學士 Secrétaire de la Chanc. impériale.
工部尙書 Président du Ministère des travaux.
閣學士 Secrétaire de la Chanc. impériale.
巡撫 Gouverneur provincial. 2 b.
布政 Trésorier provincial. 2 b. 大學士 Grand secrétaire de la Chanc. impériale. 總督 Vice-roi .
學士 Secrétaire de la Chanc. impériale.
尙書 Président d'un des six grands Ministères.
給事中 Censeur des grands Ministères. 大學士 Grand secrétaire de la Chanc. impériale.

RÈGNE ANNÉE.	NOM.	LIEU D'ORIGINE.
道 光 TAO-KGANG.		
9e an. 己 丑 (1829)	1. 李振鈞 *Li Tchen-kiun* 2. 錢福昌 *Ts'ien Fou-tch'ang* 3. 朱　蘭 *Tchou Lan*	太湖 *T'ai-hou (Ngan-hoei)* 平湖 *P'ing-hou (Tché-kiang)* 餘姚 *Yu-yao (Tché-kiang)*
12e an. 壬 辰 (1832)	1. 吳鍾駿 *Ou Tchong-tsiun* 2. 朱鳳標 *Tchou Fong-piao* 3. 季芝昌 *Ki Tche-tch'ang*	吳縣 *Ou-hien (Kiang-sou)* 蕭山 *Siao-chan (Tché-kiang)* 長洲 *Tch'ang-tcheou (Kiang-sou)*
13e an. 癸 巳 (1833)	1. 汪鳴相 *Wang Ming-siang* 2. 曹履泰 *Ts'ao Li-t'ai* 3. 蔣元溥 *Tsiang Yuen-p'ou*	彭澤 *P'ang-tché (Kiang-si)* 都昌 *Tou-tch'ang (Kiang-si)* 天門 *T'ien-men (Hou-pé)*
15e an. 乙 未 (1835)	1. 劉　繹 *Lieou I* 2. 曹聯陞 *Ts'ao Lien-cheng* 3. 喬晉芳 *Kiao Tsin-fang*	永豐 *Yong-fong (Kiang-si)* 新建 *Sin-hien (Kiang-si)* 聞喜 *Wen-hi (Chan-si)*
16e an. 丙 申 (1836)	1. 林鴻年 *Lin Hong-nien* 2. 何冠英 *Ho Koan-yng* 3. 蘇敬衡 *Sou King-hien*	侯官 *Heou-koan (Fou-kien)* 閩縣 *Min-hien (Fou-kien)* 霑化 *Tchan-hoa (Chan-tong)*
18e an. 戊 戌 (1838)	1. 鈕福保 *Nieou Fou-pao* 2. 金國均 *Kin Kouo-kiun* 3. 江國霖 *Kiang Kouo-lin*	烏程 *Ou-tch'eng (Tché-kiang)* 黃陂 *Hoang-p'o (Hou-pé)* 大竹 *Ta-tchou (Se-tch'oan)*
20e an. 庚 子 (1840)	1. 李承霖 *Li Tch'eng-lin* 2. 馮桂芬 *Fong Koei-fen* 3. 張百揆 *Tchang Pé-k'oei*	丹徒 *Tan-t'ou (Kiang-sou)* 吳縣 *Ou-hien (Kiang-sou)* 蕭山 *Siao-chan (Tché-kiang)*
21e an. 辛 丑 (1841)	1. 龍啟瑞 *Long K'i-choei* 2. 龔寶蓮 *Kong Pao-lien* 3. 胡家玉 *Hou Kia-yu*	臨桂 *Lin-koei (Koang-si)* 大興 *Ta-hing (Choen-t'ien)* 新建 *Sin-hien (Kiang-si)*
24e an. 甲 辰 (1844)	1. 孫毓溎 *Suen Yu-yen* 2. 周學濬 *Tcheou Hio-siun* 3. 馮培元 *Fong P'ei-yuen*	濟甯 *Tsi-ning (Chan-tong)* 烏程 *Ou-tch'eng (Tché-kiang)* 仁和 *Jen-ho (Tché-kiang)*
25e an. 乙 巳 (1845)	1. 蕭錦忠 *Siao Kin-tchong* 2. 金鶴清 *Kin Ho-ts'ing* 3. 吳福年 *Ou Fou-nien*	湘鄉 *Siang-hiang (Hou-nan)* 桐鄉 *T'ong-hiang (Tché-kiang)* 錢塘 *Ts'ien-t'ang (Tché-kiang)*
27e an. 丁 未 (1847)	1. 張之萬 *Tchang Tche-wan* 2. 袁續懋 *Yuen Siu-meou* 3. 龐鍾璐 *P'ang Tchong-lou*	南皮 *Nan-p'i (Tche-li)* 宛平 *Yuen-p'ing (Choen-t'ien)* 常熟 *Tch'ang-chou (Kiang-sou)*

FONCTION.
閣學士 Secrétaire de la Chanc. impériale. 大學士 Grand secrétaire *ibid.* 大學士 *Item.*
詹事 Directeur du Préceptorat impérial.
巡撫 Gouverneur provincial.
學士 Secrétaire de la Chanc. impériale.
侍講 Commentateur de l'Acad. impériale. 中允 Secrétaire du Préceptorat impérial.
布政 Trésorier provincial.
侍郎 Vice-président d'un des six grands Ministères.
按察 Grand juge criminel.
大學士 Grand secrétaire de la Chanc. impériale. 刑部尚書 Président du Ministère des châtiments.

RÈGNE ANNÉE.	NOM.	LIEU D'ORIGINE.
道光 TAO-KOANG.		
30ᵉ an. 庚戌 (1850)	1. 陸增祥 *Lou Tseng-siang* 2. 許其光 *Hiu K'i-koang* 3. 謝　增 *Sié Tseng*	太倉 *T'ai-ts'ang (Kiang-sou)* 番禺 *P'an-yu (Koang-tong)* 儀徵 *I-tch'eng (Kiang-sou)*
咸豐 HIEN-FONG.		
2ᵉ an. 壬子 (1852)	1. 章　鋆 *Tchang Yun* 2. 楊泗孫 *Yang Se-suen* 3. 潘祖蔭 *P'an Tsou-yn*	鄞縣 *Yn-hien (Tché-kiang)* 常熟 *Tch'ang-chou (Kiang-sou)* 吳縣 *Ou-hien (Kiang-sou)*
3ᵉ an. 癸丑 (1853)	1. 孫如瑾 *Suen Jou-kin* 2. 吳鳳藻 *Ou Fong-tsao* 3. 呂朝瑞 *Liu Tch'ao-choei*	濟甯 *Tsi-ning (Chan-tong)* 錢搪 *Ts'ien-t'ang (Tché-kiang)* 旌德 *Tsing-té (Ngan-hoei)*
6ᵉ an. 丙辰 (1856)	1. 翁同龢 *Wong T'ong-ho* 2. 孫毓汶 *Suen Yu-wen* 3. 洪昌燕 *Hong Tch'ang-yen*	常熟 *Tch'ang-chou (Kiang-sou)* 濟甯 *Tsi-ning (Chan-tong)* 錢塘 *Ts'ien-t'ang (Tché-kiang)*
9ᵉ an. 己未 (1859)	1. 孫家鼐 *Suen Kia-nai* 2. 孫念祖 *Suen Nien-tsou* 3. 李文田 *Li Wen-t'ien*	壽州 *Cheou-tcheou (Ngan-hoei)* 會稽 *Koei-ki (Tché-kiang)* 順德 *Choen-té (Koang-tong)*
10ᵉ an. 庚申 (1860)	1. 鍾駿聲 *Tchong Tsiun-cheng* 2. 林彭年 *Lin P'ang-nien* 3. 歐陽保極 *Ngeou-yang Pao-ki*	仁和 *Jen-ho (Tché-kiang)* 番禺 *P'an-yu (Koang-tong)* 江夏 *Kiang-hia (Hou-pé)*
同治 T'ONG-TCHE.		
1ᵉ an. 壬戌 (1862)	1. 徐　郙 *Siu Fou* 2. 何金壽 *Ho Kin-cheou* 3. 溫忠翰 *Wen Tchong-han*	嘉定 *Kia-ting (Kiang-sou)* 江夏 *Kiang-hia (Hou-pé)* 太谷 *T'ai-kou (Chan-si)*
2ᵉ an. 癸亥 (1863)	1. 翁曾源 *Wong Tseng-yuen* 2. 龔承鈞 *Kong Tch'eng-kiun* 3. 張之洞 *Tchang Tche-t'ong*	常熟 *Tch'ang-chou (Kiang-sou)* 湘潭 *Siang-t'an (Hou-nan)* 南皮 *Nan-p'i (Tche-li)*
4ᵉ an. 乙丑 (1865)	1. 崇　綺 *Tch'ong K'i* 2. 于建章 *Yu Kien-tchang* 3. 楊　霽 *Yang Tsi*	正藍 *Mongol Bann. bleue* 臨桂 *Lin-koei (Koang-si)* 正紅 *Chinois Bann. rouge*
7ᵉ an. 戊辰 (1868)	1. 洪　鈞 *Hong Kiun* 2. 黃自元 *Hoang Tse-yuen* 3. 王文在 *Wang Wen-tsai*	吳縣 *Ou-hien (Kiang-sou)* 安化 *Ngan-hoa (Hou-pé)* 稷山 *Tsi-chan (Chan-si)*

FONCTION.

巡道	Intendant régional.

祭酒	Officier des libations au Collège impérial 國子監. 4 b.
工部尙書	Président du Ministère des travaux.
閣學	Secrétaire de la Chanc. impériale.
御史	Censeur impérial.

戶部尙書	Président du Ministère des finances.
兵部尙書	Président du Ministère de la guerre.

工部尙書	Président du Ministère des travaux.

禮部侍郎	Vice-président du Ministère des rites.
學士	Secrétaire de la Chanc. impériale.
侍講	Commentateur de l'Académie impériale.

左都	Président de la Censure.
知府	Préfet.
按察	Grand juge provincial.

御史	Censeur impérial.
總督	Vice-roi.
都統	Lieutenant-général.
知府	Préfet.
侍郎	Vice-président d'un des six grands Ministères.
知府	Préfet.

RÈGNE ANNÉE.	NOM.	LIEU D'ORIGINE.
同 治 T'ONG-TCHE.		
10° an. 辛 未 (1871)	1. 梁耀樞 *Liang Yao-tchou* 2. 高嶽崧 *Kao Yo-song* 3. 郁　昆 *Yu Koen*	順德 *Choen-té (Koang-tong)* 長安 *Tch'ang-ngan (Chen-si)* 蕭山 *Siao-chan (Tché-kiang)*
13° an. 甲 戌 (1874)	1. 陸潤庠 *Lou Joen-siang* 2. 譚宗浚 *T'an Tsong-siun* 3. 黃貽楫 *Hoang I-tsi*	元和 *Yuen-ho (Kiang-sou)* 番禺 *P'an-yu (Koang-tong)* 晉江 *Tsin-kiang (Fou-kien)*
光 緒 KOANG-SIU.		
2° an. 丙 子 (1876)	1. 曹鴻勛 *Ts'ao Hong-hiun* 2. 王廣榮 *Wang Keng-yong* 3. 馮文蔚 *Fong Wen-wei*	濰縣 *Wei-hien (Chan-tong)* 朔州 *So-tcheou (Chan-si)* 烏程 *Ou-tch'eng (Tché-kiang)*
3° an. 丁 丑 (1877)	1. 王仁堪 *Wang Jen-k'an* 2. 余聯沅 *Yu Lien-yuen* 3. 朱賡颺 *Tchou Keng-yang*	閩縣 *Min-hien (Fou-kien)* 孝感 *Hiao-kan (Hou-pé)* 華亭 *Hoa-t'ing (Kiang-sou)*
6° an. 庚 辰 (1880)	1. 黃思永 *Hoang Se-yong* 2. 曹詒孫 *Ts'ao I-suen* 3. 譚鑫振 *T'an Hiong-tchen*	江甯 *Kiang-ning (Kiang-sou)* 茶陵 *Tch'a-ling (Hou-nan)* 衡山 *Heng-chan (Hou-nan)*
9° an. 癸 未 (1883)	1. 陳　晃 *Tch'en Mien* 2. 壽　耆 *Cheou K'i* 3. 管廷獻 *Koan T'ing-hien*	宛平 *Wan-p'ing (Choen-t'ien)* 益州 *I-tcheou (Chan-tong)* 莒州 *Kiu-tcheou (Chan-tong)*
12° an. 丙 戌 (1886)	1. 趙以炯 *Tchao I-k'iong* 2. 鄒福保 *Tcheou Fou-pao* 3. 馮　煦 *Fong Hiu*	貴陽 *Koei-yang (Koei-tcheou)* 元和 *Yuen-ho (Kiang-sou)* 金壇 *Kin-tan (Kiang-sou)*
15° an. 己 丑 (1889)	1. 張建勳 *Tchang Kien-hiun* 2. 李盛鐸 *Li Cheng-to* 3. 劉世安 *Lieou Che-ngan*	臨桂 *Lin-koei (Koang-si)* 德化 *Té-hoa (Kiang-si)* 廂黃 *Chin. Bann. jaune bordée*
16° an. 庚 寅 (1890)	1. 吳　魯 *Ou Lou* 2. 文廷式 *Wen T'ing-che* 3. 吳蔭培 *Ou Yn-p'ei*	晉江 *Tsin-kiang (Fou-kien)* 萍鄉 *P'ing-hiang (Kiang-si)* 吳縣 *Ou-hien (Kiang-sou)*
18° an. 壬 辰 (1892)	1. 劉福姚 *Lieou Fou-yao* 2. 吳士鑒 *Ou Che-kien* 3. 陳伯陶 *Tchen Pé-t'ao*	臨桂 *Lin-koei (Koang-si)* 錢塘 *Ts'ien-t'ang (Tché-kiang)* 東莞 *Tong-koan (Koang-tong)*
20° an. 甲 午 (1894)	1. 張　謇 *Tchang Kien* 2. 尹銘綬 *Yn Ming-cheou* 3. 鄭　沅 *Tcheng Yuen*	通州 *T'ong-tcheou (Kiang-sou)* 茶陵 *Tch'a-ling (Hou-nan)* 長沙 *Tch'ang-cha (Hou-nan)*

	FONCTION.
詹事	Directeur du Préceptorat impérial.
祭酒 糧道	Officier des libations au Collège impérial. Intendant du tribut.
知府 庶子	Préfet. Sous-assistant du Préceptorat impérial.
知府 給事中	Préfet. Censeur des Ministères.
侍讀	Lecteur de l'Acad. impériale.

TABLES.

———o๐๐๐o———

I.

DÉCRETS IMPÉRIAUX 上 諭 *CHANG-YU*

ET

DÉCISIONS MINISTÉRIELLES 部 議 *POU-I*.

———◦◄◕►◦———

II.

EXPRESSIONS TECHNIQUES

CONTENUES

DANS LE CORPS DE L'OUVRAGE.

———◄◕►———

III.

TABLE DES MATIÈRES.

———◄◆►———

TABLE I.

—oo͙͙͙oo—

TABLEAU

PAR ORDRE DE DATE DES

DÉCRETS IMPÉRIAUX 上 諭 *CHANG-YU,*

ET DES

DÉCISIONS MINISTÉRIELLES 部 議 *POU-I,*

CONCERNANT LES EXAMENS ET CITÉS DANS CET OUVRAGE.

N. B. Le premier chiffre indique l'année de règne; le second, placé entre parenthèse, l'année correspondante de l'ère chrétienne (1); le troisième, la page.

SOUS L'EMPEREUR 順 治 *CHOEN-TCHE.*

SOUS L'EMPEREUR 康 熙 *K'ANG-HI.*

(1) S'il se trouve au cours de l'ouvrage quelques nombres qui ne concordent pas, ils doivent être corrigés par le présent tableau.

SOUS L'EMPEREUR 雍正 YONG-TCHENG.

SOUS L'EMPEREUR 乾 隆 *K'IEN-LONG*.

SOUS L'EMPEREUR 嘉 慶 KIA-K'ING.

SOUS L'EMPEREUR 道光 *TAO-KOANG*.

SOUS L'EMPEREUR 咸豐 *HIEN-FONG*.

SOUS L'EMPEREUR 同治 *T'ONG-TCHE*.

SOUS L'EMPEREUR 光 緒 *KOANG-SIU*.

TABLE II.

EXPRESSIONS TECHNIQUES

CONTENUES

DANS LE CORPS DE L'OUVRAGE.

N. B. On ne trouvera pas dans ce tableau les noms propres de personnes ou de lieux, non plus que les expressions, du reste fort rares, renfermant plus de cinq caractères.

C

珊瑚頂 Chan-hou-ting, 11.
繕寫 Chan-sié, 39.
商 Chang, 10, 209.
尚書 Chang-chou, 59, 187.
尚書大傳 Chang-chou-ta-tch'oan, 145.
商學 Chang-hio, 9.
上馬宴 Chang-ma-yen, 129.
上表謝恩 Chang-piao-sié-ngen, 202.
商臺 Chang-t'ong, 30.
商籍 Chang-tsi, 29, 30, 114.
上諭 Chang-yu, IV.
詩 Che, 7, 208.
實 Che, 155.
食時 Che-che, 64.
釋褐禮 Che-ho-li, 202.
試藝 Che-i, 7.
識認 Che-jen, 36.
史記 Che-ki, 145.
試卷 Che-k'iuen, 36.
侍郎 Che-lang, 187.
實錄 Che-lou, 182.
實策 Che-tch'é, 148.
試院 Che-yuen, 7, 57.
詩韻 Che-yun, 61.
蛇 Ché, 64.

身 Chen, 21.
申時 Chen-che, 64.
宸垣識略 Chen-yuen-tche-lio, 189
省試 Cheng-che, 173.
盛京三陵 Cheng-king-san-ling, 26.
省會 Cheng-hoei, 14.
聖廟 Cheng-miao, 9.
省闈 Cheng-wei, 103.
聖諭 Cheng-yu, 45.
聖諭廣訓 Cheng-yu-koang-hiun, 44, 45, 52.
生員 Cheng-yuen, 10, 111.
省垣 Cheng-yuen, 14.
守孝 Cheou-hiao, 24.
首縣 Cheou-hien, 51, 60.
搜檢 Cheou-kien, 62.
搜檢官 Cheou-kien-koan, 111.
受卷 Cheou-k'iuen, 109.
收卷局 Cheou-k'iuen-kiu, 125, 128.
受卷官 Cheou-k'iuen-koan, 109, 141, 188.
受卷所 Cheou-k'iuen-souo, 109.
收掌 Cheou-tchang, 130.
收掌官 Cheou-tchang-koan, 111, 151, 188.
守制 Cheou-tche, 24.
首題 Cheou-t'i, 38.
霜降 Choang-kiang, 22.

喝道 Ho-tao, 24.
合字號 Ho-tse-hao, 115, 120.
換卷 Hoan-k'iuen, 63.
患病 Hoan-ping, 80.
黃昏 Hoang-hoen, 64.
黃榜 Hoang-pang, 199.
皇帝之寶 Hoang-ti-tche-pao, 199.
會試 Hoei-che, 114, 125, 169,
　　170, 171, 173, 174, 175, 176,
　　177, 178, 179, 182, 187, 189,
　　200, 201, 217.
會試卷金 Hoei-che-k'iuen-kin,
　　174.
會試錄 Hoei-che-lou, 180.
會試題名錄 Hoei-che-t'i-ming-
　　lou, 202.
會銜 Hoei-hien, 85.
會考 Hoei-k'ao, 85.
會魁 Hoei-k'oei, 180.
惠陵 Hoei-ling, 27.
迴避 Hoei-pi, 111.
會典 Hoei-tien, 182.
會元 Hoei-yuen, 180, 200.
紅結 Hong-kié, 67, 68.
黌宮 Hong-kong, 8.
鴻臚寺 Hong-lou-se, 196, 200.
紅案 Hong-ngan, 66.
紅班 Hong-pan, 24.
紅寶石 Hong-pao-che, 11.
虎 Hou, 64.
戶房 Hou-fang, 19.
互結 Hou-kié, 27.
互結單 Hou-kié-tan, 67.

I

揖 I, 47.
佾生 I-cheng, 73.
逆犯 I-fan, 25.
一更 I-keng, 35.
一甲 I-kia, 200, 201.
一甲三名 I-kia-san-ming, 199.
易經 I-king, 8, 143, 144.
遺卷 I-k'iuen, 152.
已冠文題 I-koan-wen-t'i, 38.
衣帽銀 I-mao-yn, 159.

儀門 I-men, 60, 136.
貽謀錄 I-meou-lou, 197.
遷案 I-ngan, 125.
曳白 I-pé, 141.
移席 I-si, 63.
一歲一貢 I-soei-i-kong, 89.
一塲 I-tch'ang, 178.
一正三覆 I-tcheng-san-fou, 47.
一正四覆 I-tcheng-se-fou, 47.
一等 I-teng, 83, 86, 123.
役卒 I-tsou, 24.
乙夜 I-yé, 35.

J

日入 Je-jou, 64.
日知錄 Je-tche-lou, 197.
日中 Je-tchong, 64.
日出 Je-tch'ou, 64.
日昳 Je-tié, 64.
認保 Jen-pao, 7.
八定 Jen-ting, 64.
閏月 Joen-yué, 24.
乳名 Jou-ming, 25.
儒學 Jou-hio, 8, 66.
入學 Jou-hio, 8.
入泮 Jou-p'an, 8.
入籍 Jou-tsi, 28.

K

盖猴 Kai-tch'o, 38.
陔餘叢考 Kai-yu-ts'ong-k'ao,
　　169, 200.
開復 K'ai-fou, 176.
開考 K'ai-k'ao, 19.
開道 K'ai-tao, 24.
趕考 Kan-k'ao, 19.
扛夫 Kang-fou, 25.
抗拒 K'ang-kiu, 63.
抗糧 K'ang-liang, 21.
告頂 Kao-ting, 97.
考市 K'ao-che, 19.
考試迴避 K'ao-che-hoei-pi, 31.

L

藍榜 Lan-pang, 142.
藍寶石 Lan-pao-che, 11.
老師 Lao-che, 12, 159.
老生 Lao-cheng, 177.
纇試 Lei-che, 103.
雷同 Lei-t'ong, 36, 46.
鏤金頂 Leou-kin-ting, 11.
漏寫 Leou-sié, 141.
漏籍 Leou-tsi, 28.
鏤銀頂 Leou-yn-ting, 11.
隸 Li, 24, 25.
劣生 Li-cheng, 10, 97.
禮書 Li-chou, 31.
禮房 Li-fang, 19.
吏房 Li-fang, 19.
禮服 Li-fou, 192, 193.
立夏 Li-hia, 22.
禮記 Li-ki, 8, 143, 145.
例監生 Li-kien-cheng, 92.
立決 Li-kiué, 23.
例貢生 Li-kong-cheng, 93.
吏部 Li-pou, 182, 183.
禮部尙書 Li-pou-chang-chou, 181.
立春 Li-tch'oen, 22.
立冬 Li-tong, 22.
立秋 Li-ts'ieou, 22, 23.
禮闈 Li-wei, 173.
兩榜 Liang-pang, 201.
良字號 Liang-tse-hao, 116.
聯 Lien, 7, 140.
連山 Lien-chan, 144.
連中三元 Lien-tchong-san-yuen, 200.
練雀 Lien-tsio, 11.
流 Lieou, 23, 30.
廩膳 Lin-chan, 83.
廩膳生 Lin-chan-cheng, 83.
廩生 Lin-cheng, 7, 12, 83, 84, 89, 94, 160.
廩監生 Lin-kien-cheng, 93.
廩貢生 Lin-kong-cheng, 84.
廩祿 Lin-lou, 83.
廩保 Lin-pao, 7, 36, 51.
陵 Ling, 26.
落卷 Lo-k'iuen, 152, 160.
鑾儀衞 Loan-i-wei, 196.
龍 Long, 64.

龍虎榜 Long-hou-pang, 154.
龍門 Long-men, 60, 64, 130, 136, 141, 142.
龍亭 Long-t'ing, 201.
六房 Lou-fang, 19.
錄遺 Lou-i, 99, 123, 125.
錄科 Lou-k'o, 97, 113, 160, 215, 216.
六科 Lou-k'o, 114.
鹿鳴宴 Lou-ming-yen, 159.
六品 Lou-p'in, 202.
六部 Lou-pou, 19, 114, 208.
鹵部 Lou-pou, 199.
鷺鶿 Lou-se, 11.
鹵字號 Lou-tse-hao, 112, 116, 118.
鑼 Louo, 35.
羅試 Louo-che, 123.
論 Luen, 8, 44, 208.
論語 Luen-yu, 8, 138.

M

馬 Ma, 64.
馬夫 Ma-fou, 25.
馬快 Ma-k'oai, 24.
馬步射 Ma-pou-che, 113.
馬箭 Ma-tsien, 53.
賣卷廠 Mai-k'iuen-tch'ang, 125, 126, 128.
滿孝 Man-hiao, 24.
滿卷 Man-k'iuen, 112.
滿字號 Man-tse-hao, 115, 120.
芒種 Mang-tchong, 22.
卯時 Mao-che, 64.
冒考 Mao-k'ao, 7.
冒名 Mao-ming, 37.
冒保 Mao-pao, 36.
冒籍 Mao-tsi, 28.
面 Mien, 24.
墨 Mé, 35.
墨卷 Mé-k'iuen, 111.
默寫 Mé-sié, 44, 143.
門斗 Men-teou, 31, 133.
門子 Men-tse, 25.
茂才 Meou-ts'ai, 10.

大戊 Ta-meou, 145.
大比 Ta-pi, 3.
大雪 Ta-siué, 22.
大竹板 Ta-tchou-pan, 22.
大挑 Ta-t'iao, 182.
大挑舉人 Ta-t'iao-kiu-jen, 182.
大同小異 Ta-t'ong-siao-i, IV.
大清 Ta-ts'ing, 4, 13, 27.
大清會典 Ta-ts'ing-hoei-tien, II.
大清律例 Ta-ts'ing-liu-li, 21.
大清搢紳錄 Ta-ts'ing-tsin-chen-lou, 221.
打印 Ta-yn, 38.
打印錢 Ta-yn-ts'ien, 31.
代考 Tai-k'ao, 37.
代倩 Tai-ts'ing, 37.
太學 T'ai-hio, 9, 92.
太學生 T'ai-hio-cheng, 92.
太和殿 T'ai-ho-tien, 199, 209.
泰陵 T'ai-ling, 26, 27.
石 Tan, 140.
單名 Tan-ming, 62.
丹墀 Tan-tch'e, 199.
旦字號 Tan-tse-hao, 112, 115.
當差 Tang-tch'ai, 10.
探花 T'an-hoa, 200.
唐 T'ang, 10, 103, 156, 159, 173, 187.
堂覆 T'ang-fou, 65.
堂號 T'ang-hao, 62.
堂備 T'ang-pei, 153.
道考 Tao-k'ao, 14.
道臺 Tao-t'ai, 14, 58, 109.
斬 Tchan, 23.
詹事府 Tchan-che-fou, 114.
站班 Tchan-pan, 24.
攙越 Tch'an-yué, 63.
杖 Tchang, 22.
掌責 Tchang-tché, 11.
倡 Tch'ang, 25.
常服 Tch'ang-fou, 192.
昌陵 Tch'ang-ling, 27.
唱名 Tch'ang-ming, 36.
長案 Tch'ang-ngan, 44, 46.
長安門 Tch'ang-ngan-men, 201.
塲斃 Tch'ang-pi, 176.
長隨 Tch'ang-soei, 25.

招覆 Tchao-fou, 67, 214.
招覆案 Tchao-fou-ngan, 65, 66, 68.
照入籤 Tchao-jou-ts'ien, 136.
昭陵 Tchao-ling, 26.
照出籤 Tchao-tch'ou-ts'ien, 141.
昭德門 Tchao-té-men, 196.
照進牌 Tchao-tsin-p'ai, 60.
朝服 Tch'ao-fou, 181, 191, 192.
朝考 Tch'ao-k'ao, 85, 86, 89, 170, 198, 205, 207.
朝考卷 Tch'ao-k'ao-k'iuen, 86, 207.
勤襲 Tch'ao-si, 35.
朝珠 Tch'ao-tchou, 11.
笞 Tche, 21.
紙 Tche, 35.
至聖 Tche-cheng, 113.
至聖先師 Tche-cheng-sien-che, 58.
知府 Tche-fou, 14.
知縣 Tche-hien, 14, 208, 209.
制義 Tche-i, 7.
贄儀 Tche-i, 68.
制舉 Tche-kiu, 187.
制科 Tche-k'o, 187.
知貢舉 Tche-kong-kiu, 177.
至公堂 Tche-kong-t'ang, 141.
制臺 Tche-t'ai, 5.
制策 Tche-tch'é, 190.
至字號 Tche-tse-hao, 116, 117.
馳驛 Tch'e-i, 174.
策 Tch'é, 99, 108, 187.
撤卷 Tch'é-k'iuen, 64.
策冒 Tch'é-mao, 197.
策五道 Tch'é-ou-tao, 144.
折責 Tch'é-tché, 22.
策題 Tch'é-t'i, 144.
策問 Tch'é-wen, 85, 144.
辰時 Tch'en-che, 64.
正黃旗 Tcheng-hoang-k'i, 53.
正紅旗 Tcheng-hong-k'i, 53.
正考官 Tcheng-k'ao-koan, 107, 177.
正卷 Tcheng-k'iuen, 187, 197.
正科 Tcheng-k'o, 103, 160.
正藍旗 Tcheng-lan-k'i, 53.
正案 Tcheng-ngan, 46, 99.

III.

TABLE DES MATIÈRES.

———oo༔ཌྷ༔ჯo———

══════❦══════

PREMIÈRE PARTIE.

DE L'EXAMEN POUR LE BACCALAURÉAT.

————❦————

CHAPITRE I.

NOTIONS PRÉLIMINAIRES.

Dénomination des Candidats. — Désordres qu'ils suscitent. — Répression. — Age des Candidats.

Local des examens. — L'examen. — Les Répondants. — Compositions. — Gymnases des gradués. — Dénominations et privilèges des Bacheliers.

Directeurs et Sous-directeurs des lettrés. — Examinateurs provinciaux.

Nombre. — But. — Durée.

————

SECONDE PARTIE.

DE L'EXAMEN, POUR LA LICENCE.

CHAPITRE III.

L'EXAMEN.

CHAPITRE IV.

APRÈS L'EXAMEN.

CHPITRE V.

APPENDICE.

TROISIÈME PARTIE.

DE L'EXAMEN POUR LE DOCTORAT.

—◦—

CHAPITRE IV.

DE L'EXAMEN CONSÉCUTIF POUR L'ACADÉMIE.

QUATRIÈME PARTIE.

APPENDICES.

APPENDICE I.

DE LA PROMOTION SPÉCIALE DES TRADUCTEURS (翻 譯 *FAN-I*)
APPARTENANT AUX BANNIÈRES.

APPENDICE II.

熙 朝 鼎 甲 錄

LISTE DES TROIS PREMIERS DOCTEURS

des 108 promotions qui ont eu lieu sous la présente dynastie.

page 221 à 241.

Dates. — Noms. — Lieux d'origine. — Charges exercées par les lauréats. — Tableaux comparatifs et récapitulatifs.

TABLES.

I.

DÉCRETS IMPÉRIAUX 上 諭 *CHANG-YU*

ET

DÉCISIONS MINISTÉRIELLES 部 議 *POU-I.*

page 245 à 252.

II.

EXPRESSIONS TECHNIQUES

contenues

dans le corps de l'ouvrage.

page 253 à 268.

III.

TABLE DES MATIÈRES.

page 269 à 277.

ERRATA.

page 278.

ERRATA.

Pag. 22. 23ᵉ lign. *au lieu de* qui précède..... *mettre* qui suit.
  ,, 59. Not. 6ᵒ l. *au lieu de* livre..... *mettre* titre.
  ,, 89. 24ᵒ l. *au lieu de* 貢 生..... *mettre* 廩 生.
  ,, 188. *Au lieu de* 由 舉 人 光 緒..... *mettre* 由 舉 人 應 光 緒.
  ,, 194. *Au lieu de* 常 服..... *mettre* 便 服.

Le lecteur corrigera facilement les fautes d'inadvertance, telles que *promulger* pour *promulguer* (pag. 6), *exposition* pour *apposition* (pag. 154), *tois* pour *trois* (pag. 202) et autres semblables.

ZI-KA-WEI. — TYP. DE LA MISSION CATHOLIQUE.

www.ingramcontent.com/pod-product-compliance
Lightning Source LLC
Chambersburg PA
CBHW071902020726
47502CB00003B/860